多情的土地

黄福林◎著

百花洲文艺出版社
BAIHUAZHOU LITERATURE AND ART PRESS

图书在版编目（CIP）数据

多情的土地 / 黄福林著. -- 南昌：百花洲文艺出版社, 2021.7
ISBN 978-7-5500-4291-9

Ⅰ.①多… Ⅱ.①黄… Ⅲ.①散文集－中国－当代Ⅳ.①I267

中国版本图书馆CIP数据核字(2021)第116930号

多情的土地

黄福林　著

责任编辑	许　复	
书籍设计	张诗思	
制　作	周璐敏	
出版发行	百花洲文艺出版社	
社　址	南昌市红谷滩区世贸路898号博能中心一期A座20楼	
邮　编	330038	
经　销	全国新华书店	
印　刷	南昌市红星印刷有限公司	
开　本	710mm×1000mm 1/16　印张 19.75	
版　次	2021年8月第1版	
印　次	2021年8月第1次印刷	
字　数	250千字	
书　号	ISBN 978-7-5500-4291-9	
定　价	59.00元	

赣版权登字 05-2021-217

邮购联系 0791-86895108
网　址 http://www.bhzwy.com
图书若有印装错误，影响阅读，可向承印厂联系调换。

心灵原乡的回望

—— 为《多情的土地》序

陈德淼

身处人生的时空坐标中，向前有追寻，向后是回望。

每一位漂泊他乡的游子都留有一扇回望之门。打开门，第一眼就能看到故乡最熟悉的景致。怀着对家乡土地的深深眷恋，漫长时光在回路溯游的瞬间变得很短，能忆起的那些人和事，一幕一幕重现，让倏忽而逝的人生又变得悠然绵长。

黄福林先生继《消逝的乡景》问世之后，又完成了它的姊妹篇《多情的土地》。这是又一卷厚重的记忆，又一次深情的回望。

扯一把岁月的湖草，用文字创造之力拧出多彩生活的液汁，可品可赏，沁人心脾。

从鄱阳湖畔的故乡出发，跋山涉水，寒来暑往，风雨兼程的生活磨砺，虽已阅尽繁华，最忆犹是原乡。盈盈湖水，默默青山；哞哞牛群，芸芸众生；奶奶的灶间，母亲的油灯；田野的犁铧，新年的烟花；灵巧的银镰，带泥的莲藕；热腾的米粑，课堂的书声；福顺的琴弦，有义的讲古；胞弟的病榻，盘旋的苍鹰……一个个鲜活的物象跃然纸上。

作者用深情的笔墨，细细描述，为渐去渐远的田园生活留下一帧帧珍贵的照片，为徐徐合幕的农耕文明轻轻掀开一角。它是自然的也是心灵的，是现实的也是历史的一份记录。

这是一段充盈成长养料的心路历程。

在作者记忆的长河里，奶奶总是扬帆的主角。"从我记事起，灶间就是奶奶活动的舞台……一双小脚步子迈得不大，频率却很快，一会儿灶前烧火，把一个束好的柴捆子塞进灶膛，待火焰一旺，又到灶后淘米、切菜、刷盆洗碗……简陋的灶间香气盈溢，尽管是粗茶淡饭，萝卜白菜，奶奶用紫红砂钵盛着放在灶台上，就像迎上来的温馨笑脸。""奶奶点燃的烟火，一直让日子充满着温暖和吉祥。岁月，就这样薪火相传，永远不老。"过去的日子，不管是富有还是清贫，不管是欢乐还是艰辛，作者以明媚的心情，感恩的心态，乐观地面对，这也是他对故乡土地多情的源泉，正如作者所言："奶奶破旧的围裙，在我心中却是一面旗帜。"（《奶奶的灶间》）

这是一扎洋溢青春理想的灵魂存记。

生命的养分来自根。带着大地的呼吸，湖水的温度，黄福林先生写出了一段段离人心最近的文字。从后黄村小到花园村小到尧山高小到双港中学，再到农村接受"再教育"，塔尧湖成了"大有作为"的广阔天地，一步一个脚印，一页又一页的思想与文化启蒙……正是因为眷念《香飘四季》，不倦地阅读，才让作者的生命旅程四季飘香！

作者感恩山野的赐予，砍柴，讨菜，拾麦穗，采菱藕，寄情于那一次次农活，一件件消失的农具：犁、耙、镰、锄……曾经打起的血泡，是永不过时的坚强，风车扇去了生活中的碎屑杂物，沉淀了岁月留香。

作者对老队长的哨音从好奇、冲动到向往、激动，再到倦怠、无动，严于解剖自己，还原一个真实的自我——骨子里还保留了农民的底色。

这是真情表露。

这是一轴溢满乡愁滋味的故园画卷。

尽管作者年逾花甲，对芳华岁月却依然心存感念。那来自遥远童年的一件件人与事、情与景、喜与悲的记忆，使脑子里面住着一个个亲密邻里：八十多岁还骑着三轮车卖豆腐，家庭四世同堂的仁正；"做人的品行就像土坯一样，沉沉实实地垒在我的心中"的福根；除了做木匠，还会唱曲和讲古的达旺；为爱情抱憾终生的福顺；边做活边唱赣剧的篾工师傅龙贵；从深秋到隆冬，待在墙根下唠嗑的长木匠和猴拐子；把苦日子当作常态的麻雀大姊，还有家运不顺五十一岁就故去的运长，等等。在他们身上，留下了串门的记忆和问候的语音。因为每当回眸他们的身影，总有一分深深的惦念裹着淡淡的忧伤。

岁月多情，有深情土地的耕耘；多情岁月，有原乡故事的演绎。生活时空中的细节犹如浩渺鄱阳湖的朵朵浪花，一一被忆起，一一被回味。而那些难以忘怀的情感，触及心灵的感悟，如同埋藏在沙岸的精美贝壳，一一被捡拾，一一被珍藏。

这是一次直抒赤子情怀的文学之旅。

发现、融入、归整、种植，黄福林先生将积蓄了多年的浓烈情感的种子，虔诚地撒进文学的田园，精心浇灌，细心呵护。独有的人生阅历、生活磨砺不经意间完成了文学转换。闪烁的都是阳光，洋溢的都是深情。

文字里蕴藏着的生活本原的肌理质感逐一呈现，还原真实且带着人生思考的精神光照，无不来源于真实淳朴的生活经历，也透露出作者敏锐采撷文学花果的准确与睿智。

情之所由，在牵挂，在开智，在历练，在憧憬！

万里蹀躞，情系原乡。《多情的土地》已然抖落繁花无数，搀扶起生活的美学，构建自己的香格里拉。在风云翻卷的时代大变迁中，中华大地上经历数千年的传统农耕方式的大幕将徐徐落下。那一刹那，作者掀开了大幕的一角，作惊鸿一瞥。我以为，黄福林先生出版的不仅仅是两本书，百余篇散文的事，而是用心血为历经百年之变的乡土，完成了人事情景的定格，而这些亦真亦幻的一篇篇记忆，会在将来，让每一个失落心灵原乡的人，因为这书中的某个场景，某个片断，某个人事，触发他们内心为自己所独有的有温度的记忆，让欣慰抚平遗憾，让心情平添温馨；也为后来人留下一点未曾经历的前人的生活印记。

心灵原乡的回望是多情的，深厚的，恒久的！

二〇二〇年十二月三十一日

自序：我与童年有个约会

　　不知道从什么时候起，当一个人寂寞的时候，我总能想到一个地方，那里山峦起伏，白云悠悠，山坡上有梯田、树木、竹林，山下有一条河流，河边散落着人家，从篱笆院里不时传来鸡鸣犬吠……它们构成了我梦幻中的世界。如果是春天，必有一头或几头老牛拉着犁耙在田野里缓慢前行，大地就绽开一行行黑色的泥花。如果是夏天，就有许多草帽、头巾在烈日下起起伏伏，知了不倦地聒噪为他们助兴。如果是秋天，必然晃着金灿灿的谷子、玉米和稻草，是镰刀切割了它们与大地的亲吻，生生地带进农家的谷仓和院子。只有冬天，这里白茫茫一片，山坳下的农屋草舍舞动袅袅青烟，撕开天地间苍茫的大幕……无论春夏秋冬，那弯弯曲曲的山道上，总是走动着我的父老乡亲，当然也有我蹒跚的脚印。这时候的我，都是背着书包兴冲冲地在山道上奔跑。后来，是扛着锄头，或挑着担子，或牵着耕牛在山道上穿行。

　　在山道上或小巷中疯走，是我梦里亘古不变的情结。最初是捉迷藏，把房前屋后的角角落落寻觅了无数遍。后来是砍柴、讨菜（挖野菜），把村里村外的岭岭洼洼反反复复地梳理。再后来是"修地球"，把家乡的土地、山林、沟壑一遍一遍地拾掇。于是，山村的孩子就有了自己成长的历史，有了山野的故事，有了心灵的童话。它们就像挂在农家柴火灶上久经熏烤的腊肉，时时闪着暗红色的光芒，散发诱人的醇香，又像农人用自产的高粱、红薯酿制的谷烧，经年存放，令人微熏欲醉。尤其是寂静的夜晚，这种色彩和醇香会肆无忌惮地穿越时空，绕过喧嚣，袭上心头，让人回味无穷不能自拔。它幸福着，也忧伤着。幸福，是因为那是一段天高云淡的美好岁月，是现在的孩子们难以体验到的无忧无虑的童真；忧伤，是因为时光一去不复返，谁也回不到那段青涩却任性的年代。

童年漫长而又短暂，漫长到一生都晃动着它的影子，短暂到如同雪落掌心，片刻消融，只留下丝丝的凉意。时光稍纵即逝，又总是雁过留声，在每个人心中都留下属于自己的童话。我不知道，是不是所有人的内心深处都有那么一个地方，它让你看到这个世界最初的模样，看到你与这个世界最初的联系及延生的枝蔓，让你一生刻骨铭心。我也不知道，是不是所有人内心的童话都会定格在某些特定的场景，或在特定的时空再现。人生犹如登山，历尽千辛万苦，一步一步登上山巅，然后又一步一步回到低谷。当你回首张望，岁月已是一个轮回。蓦然发现当初的攀登更有意义，它是那么充满激情，充满希冀，充满美好，所以总是让人留恋、回味。

其实，那个让我魂牵梦绕的地方，就是一个偏僻的乡村。那里有山——斗牛山；有水——斗牛山湖。虽然山不巍峨，水也不浩渺，但遍野绿荫和一弯清流却给了乡村无限的滋润和灵动，也给我的童年、少年，乃至青年抹上了浓厚而独特的底色：山岩给了我坚硬，溪流给了我柔软，山花给了我芬芳，鸟鸣给了我悠扬，田园给了我古朴，乡野给了我自由。跋涉在其间的少年，自然会烙下五颜六色的梦，留下丰富多彩的情。尽管我一跨进青年的门槛就离开了山村，进入都市，几十年的城市生活丝毫没有抹去山野的底色。相反，随着时光的流淌和涤荡，反而越发清晰和鲜艳，就像斗牛山的野草和山花，在秋风中不停地摇曳，召唤曾经从这里走出的少年和游子。

乡愁是有巨大力量的。它驱使我以笔为锄，在荒芜而又多情的土地上且耕且播，且耘且乐，且舞且歌……

笔墨铺路，文字搭桥。终于，奔向古稀的我，在时空的隧道上，与童年有了一个甜蜜的约会。

二○二○年重阳节

目录

辑一　时光梦痕

奶奶的灶间 / 3

哦，生命之灯 / 8

年到农家 / 13

五月的清欢 / 20

村边，那一座座草垛 / 26

一声"叮磕"入梦来 / 31

眷念一本书 / 36

我为村人写对联 / 41

初入校门 / 46

难忘师恩 / 52

寻梦尧山 / 59

又见星星亮晶晶 / 65

辑二　厚土深情

在水一方 / 71

多情的土地 / 79

感恩山野 / 98

CONTENTS

农耕风物 / 108

怀念一种哨声 / 121

谁退出了村庄的朋友圈 / 130

春 潮 / 144

我的六月下雪了 / 146

同窗絮语 / 153

辑三 村人远影

仁 正 / 163

福 根 / 167

达 旺 / 171

大和尚 / 174

福 顺 / 177

有 义 / 182

麻雀大婶 / 185

相 公 / 188

运 长 / 192

环环驼子 / 196

才 义 / 200

龙贵师傅 / 203

福保与新枝 / 207

墙根下的老倌 / 212

CONTENTS

辑四　异乡晓月

最后的伊甸园 / 219

康定：见证爱情地老天荒 / 226

乐起纳西 / 233

柳拂古城 / 236

情撼雪山 / 239

问佛向峨眉 / 243

追寻远去的芬芳 / 251

拜水都江堰 / 256

博鳌人家 / 262

万泉河水清又清 / 268

天之涯　海之角 / 273

云影天梯龙脊田 / 279

油菜花开 / 285

甘棠湖之夜 / 289

情满积余村 / 294

后记：把记忆掰碎了给人看 / 300

时光梦痕

　　我一直觉得，那婀娜缥缈的炊烟，就是奶奶在灶间导演的一场古典《飞天》舞剧。奶奶拿着烧火棍，像魔术师一样在灶膛里一拨、一吹，一股浓烟蹿出灶口，待火焰升起，烟由黑变灰、变白，由浓变淡、变薄，先是在灶间弥漫、伸展、翻腾，然后直冲屋顶。瓦虽然持矛举盾，严阵以待，却经不住烟的冲撞、缠绕、穿透，终于全线崩溃。炊烟与晨雾、暮霭、山岚混合一起，把村庄都给俘虏了。

奶奶的灶间

　　炊烟这个精灵，在与屋瓦的对抗中，硬是把青瓦整得灰头土脸。瓦片虽然沉实，铺满屋顶，却压不住炊烟的轻柔和缭绕。炊烟用柔软的身体挤呀、冲呀，总是从瓦缝里袅袅逸出，得意扬扬地飘向天空，顺手扔下一把刷子，把瓦片、房檩、墙壁涂抹成黑褐色。屋瓦挂着蛛网一样丝丝缕缕的烟尘，有几只飞虫粘在上面，翅翼颤动，好像在告诉人们：瓦已败北，举起降旗。

　　我一直觉得，那婀娜缥缈的炊烟，就是奶奶在灶间导演的一场古典《飞天》舞剧。奶奶拿着烧火棍，像魔术师一样在灶膛里一拨、一吹，一股浓烟便蹿出灶口，待火焰升起，烟由黑变灰、变白，由浓变淡、变薄，先是在灶间弥漫、伸展、翻腾，然后直冲屋顶。瓦虽然持矛举盾，严阵以待，却经不住烟的冲撞、缠绕、穿透，终于全线崩溃。炊烟与晨雾、暮霭、山岚混合一起，把村庄都给俘虏了。

灶屋面积不大，是一间偏舍，中间靠墙垒了一口土灶，灶台铺着磨光的红石，靠土墙边放着两个缺口的旧罐子，分别装着盐和自家产的菜籽油。灶前面是柴垛，茅草、秸秆折成小捆堆放在墙角边。灶后面是一口大水缸，两只水桶，水缸里的水满了又浅，浅了又满，总也担不够。水缸用木架框着，木架上面放着饭盆，旁边是碗橱。逼仄、阴暗、潮湿的空间，每天要做十几个人的饭菜。

从我记事起，灶间就是奶奶活动的舞台。奶奶头上扎着已褪色的白底蓝花毛巾，长年穿着靛蓝色的带襻扣的斜襟土布衣服，一条补丁摞补丁的黑色围裙系在身上。奶奶的围裙虽然破旧，在我心中却是一面旗帜。她从早到晚都忙碌在这狭小的空间里。一双从小裹就的小脚步子迈得不大，频率却很快。一会儿在灶前用火钳夹着一个束好的柴捆子塞进灶膛，把燃尽的草灰刮进灰坑，柴草吐出火舌；一会儿又到灶后淘米、切菜、刷盆洗碗，一切有条不紊，忙而不乱。早晨，当孩子们都起床和大人干活回来，一大桶大米拌红薯或白菜的稀饭正冒着热气，一家人就着放在灶台上的几碟咸菜，享用农家的早餐。中午、晚上回到家里，饭菜早已备好，只见奶奶搬出一摞景德镇烧制的粗瓷蓝花碗，一边一碗一碗地盛饭，一边喊着："都过来吃饭啦。"一家人又欢乐地围坐一起。

灶间虽小，却容纳乡村世界，村里村外，自家人家的事情，奶奶不出灶间都能知晓。每到后晌或卜午，奶奶收拾完锅碗瓢盆，备妥下顿的菜蔬，邻居家大爷大妈都会过来聊天，或说心里话，或道家务事，或谈戏剧情。她们坐在柴垛边，灶门口，或靠在被岁月熏黑的门框上，能聊一两个时辰，乡村信息就在家长里短中互相传递着。聊到高兴处，

拍着巴掌哈哈大笑，说到伤心事，也连连唉声叹气。她们聊得最多的，还是赣剧戏曲，有时看了一场戏，就要聊几天。这些目不识丁的爷爷奶奶们，从戏文中品出了酸甜苦辣、善恶有报的生活道理，并拿这些道理来教育孩子们。一个秦香莲，一个王宝钏，两个古代苦命妇女的故事，都听得我耳朵长了茧，那做人的忠诚、刚强、贞烈，为人的自矜、自贵、自尊，也在幼小的心灵扎下了根。人们的感情，就在这些百聊不厌的传统戏曲中，显得更加朴素、真实、深厚。

灶间也是我流连和寻梦的地方。太阳从瓦缝里射过来，照进水缸里，荡漾着细碎的光斑，闪烁跳跃。我想起在小画书上看到的田螺姑娘的故事：一个美丽的仙女，每天从水缸里走出来，为农夫做饭。好奇心驱使我不止一次地爬在缸边张望，总想揭开田螺姑娘的秘密。缸里的水平静、清澈，拍一下缸沿，喊一声"嘿"，水波微微晃动，看见一根草叶在水面上飘动，怎么也不像变出仙女的神物。而映在水中脸面扭曲、形象模糊的自己，倒像故事中的妖怪，让人很是无趣。

"水缸里哪有仙女呢，牛郎和董永遇到的仙女，都是从天上下凡来的。"奶奶认真地说。奶奶讲故事，必然是晚上，收拾完灶间以后，空中星光点点，院里树影婆娑，柔软得和她的声音一样。奶奶讲的故事，都是戏里面演过的，有些戏我也看过，但再从奶奶嘴里叙述出来，就声情并茂，更加有滋有味，仿佛就发生在眼前。奶奶有一搭无一搭讲着"牛郎织女""天仙配"的故事，就呵欠连连，一天的忙碌，过早地招来了瞌睡虫，她就枕着柴米油盐的生活细节很快进入梦乡。我望着屋外空中横穿天际的银河，一颗流星划过，似乎看到了牛郎织女在相会。

无论是中午，还是傍晚，我放学回家，总是背着书包兴冲冲地直奔灶间。简陋的灶间香气充盈，在很远的地方，就闻到了那熟悉的味道。尽管是粗茶淡饭，锅里烧着整年不变的萝卜白菜，奶奶用粗砂钵盛着放在灶台上，就像迎上来的温馨笑脸。我没有等到开饭，就用手抓着一片往嘴里塞。口喝了，拿起葫芦瓢到水缸里舀半瓢水，咕嘟咕嘟往嘴里灌，下颌直滴水珠。喝剩下的，连瓢带水往水缸里一扔，水花就溅在身上。奶奶就嚷："喝不完的不能倒水缸里。"我用手一擦嘴巴，就到堂屋去了。大人下地还没有收工，我就先做一会作业，往往一道题还没做完，又跑到灶间夹一片菜叶吃。我有时在外面和同学打架，回来后，父母知道，还得加一顿揍。每到这个时候，我就跑到灶间寻找庇护和温暖。奶奶的锅里，正煮着香喷喷的红薯，所有的不愉快都在一碗蛋黄色的芬芳里被稀释。

乡下人过光景，总是处处节省着。在生活条件比较困难的情况下，奶奶精打细算，粗粮细作，既要盘算让粮食接上茬，又尽量做出多样之炊。那时生产队田地少，粮食产量也低，到了农历正二月就青黄不接。奶奶平时把红薯、南瓜、白菜、野菜与大米、荞麦、谷子等混合起来，粗细搭配，使主粮不断顿，杂粮不单调。即使是南瓜、红薯，也要做出花样，煮、蒸、炒，咸、辣、甜，稀、稠、干，做出各种味道。奶奶是一位在贫苦中也能使生活显得美好的巧妇。她能用极其简单的东西，做出可口的饭菜，我一直到现在仍然记得那浸入骨髓的味道。

奶奶就连烧柴也是处处节约，一火多用。做饭时，用一个小砂罐装上米和水，加一点咸菜，放在灶膛里煨，做出来的饭又软又香，这是给年幼的弟弟妹妹吃的。在灶口上方挂一个黑黢黢的大肚子铁鼎，用蹿出的余火烧水，饭做好了，鼎中的水也咕嘟咕嘟开了，可以泡茶、饮用。饭做好后，盛起来放在木盆里，趁热锅余火，把泔水放在锅里温热后喂猪。冬天杀了年猪，就挂在灶头熏猪头猪肉，一个肥腻硕大的猪首，烟熏火燎，香气四溢，站在村巷里都能闻到香味。

奶奶想着法子，千方百计让一家人吃饱吃好，自己吃饭却总是凑凑

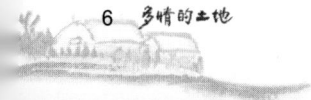

合合。每天最早起来做饭的是奶奶，最后一个吃饭的也是奶奶。当家里人都吃得差不多时，奶奶才拿起饭碗，把剩下的饭、菜、汤都混在一起，坐在灶后面细嚼慢咽；饭不够时，就用热水泡锅巴吃。奶奶两只手抓着锅铲，用劲地铲着锅巴，发出"嚓嚓嚓"的声音，好像要把锅底铲穿。我就从堂屋跑到灶台前，抓起一块锅巴，边走边嚼，高兴得不得了。

像陀螺一样，奶奶一天到晚不停地在灶间转着，单调、重复、劳累，从没有一点怨言。一直到六十年代中期，奶奶已七十岁，我父亲兄弟三个分家，各自立灶，奶奶才离开灶间，开始一个人用小炉子做饭，单独生活。后来腿脚也不方便了，就轮流到三个儿子家吃饭。儿子们都做了新屋，灶间也焕然一新，叫作厨房了。

奶奶在灶间操劳的那些岁月，家里的经济虽然还不富裕，但日子从来没有贫乏过，精神没有枯燥过。特别是父亲兄弟三个都娶妻生子，十几口人在奶奶的操持和调理下，和和睦睦，亲亲密密，兄弟之间、妯娌之间从未红过脸，吵过架。我们生活在甜蜜的梦中，生活在恬静的田园里，一个知足常乐的农家日常生活，就这么简单、朴素、充实。

幸福流淌得太快，回味却很悠长。

二十世纪九十年代之前，我每年都回一趟老家，拾取远去的时光。老屋的灶台还在，只是做了新屋以后再也没有用过。灶上布满了灰尘，灶膛也没有火光，但我总恍惚间看见奶奶忙碌的样子，虽然奶奶已经离开了我们，可脑海中总有奶奶的身影：潮湿的柴草烧不旺，冒出浓浓的黑烟，眼泪就从奶奶的眼角渗了出来。奶奶用手轻轻一擦，就用烧火棍对着灶膛吹，柴草蹿出火焰，灶膛里一如既往地盛着光阴。那袅袅升起的炊烟，给村子布满了暖意和安详，将日子的艰辛，隐藏在了烟火的背后。奶奶点燃的烟火，一直让日子充满着温暖和吉祥。

岁月，就这样薪火相传，永远不老。

哦，生命之灯

人过花甲，脑筋老往岁月深处撞，一不留神，就钻进了童年的巷子。记忆深处，一颗火苗闪烁跳跃，在乡村的夜晚就那样独自动情着，那样欢乐地舞蹈着，那样痴迷地摇曳着岁月的黄昏。

那是儿时的一盏老油灯！

那是母亲结婚时陪嫁的一盏景德镇烧制的青花瓷油灯。油灯底部是碗口大的灯座，中间是印着盘龙的细长的瓷柱，顶部是碟子样的灯盘，灯盘上放着铁制的灯盏。倒上自家产的菜籽油，放一根用鸡毛从义乌货郎担那里换来的灯芯，灯芯吐出青森的光，像一朵小小的白花，拨开四周的夜色，坚强地在漫长的黑暗中支撑起一抹似有若无的光明。

因为穷，所以敝帚自珍。母亲把它擦得油光锃

亮，像捧着珍贵的古董一样，小心地呵护着，轻拿轻放，生怕有半点闪失。乡间的夜，黑魆魆的。油灯首先在灶间亮起来，一家人围坐在餐桌上吃饭。豆粒般的火苗，冒着纤细的青烟，在灯台上轻轻地跳动，恍恍惚惚，影影绰绰，静默恬淡中尽显优美的身姿。微弱的亮光洒满土墙灰壁的灶间，菜油的清香和缥缈的青烟便弥漫开来。朦胧中有一种烛光晚宴的浪漫氛围，只是那时我们没有半点浪漫情调，也不会享受油灯产生的浪漫温情。

父亲用一根筷子拨了一下灯芯，轻轻地剔除燃尽的碳头，一个小黑点就掉了下来，灯光倏地亮了许多。"灯不拨不明"，原来是这样啊！家乡有一个"拨灯棒"的传说：一个财主嫁女，把女儿一生所用的东西都陪嫁过去，有方木（桌子、柜子、箱子），圆木（脸盆、脚盆、马桶），还有油灯。路人见了都赞叹不已。一个叫花子见了，笑着说："这也叫全副嫁妆？连个拨灯棒都没有。"他又说："我妈出嫁时也有这些，就是少了拨灯棒，所以我才沦为拿着打狗棍的乞丐。"看来，拨灯棒与菜油灯是先天的匹配，也是不能少的。不过财主家的拨灯棒都是银制的。父亲以竹制的筷子代替拨灯棒，不时轻拨灯芯，仿佛剪烛西窗一般，一切都荡漾着温馨。

坐在昏黄的油灯下，全家人其乐融融。大人们唠着家常，奶奶收拾碗筷，洗洗涮涮。然后移灯到堂屋，一家人还是共着一盏灯，忙着各自的活计。那时，邻居们常到我家来玩，有的伯伯、叔叔来了就会逗一逗我，他们用单手或双手组合成各种图形，在灯光的映射下投到堂屋的板壁上，就成了活动的鸡、狗、兔。我追着这些小动物，用手去捉，忽然又没了。一会儿又跳出来，我又去追。突然，跳出一只大老虎，发出恐怖的吼声，吓得我一头钻进奶奶怀中，大人们就哈哈大笑。奶奶抚着我的头，说："别怕，那是影子。"又让我看他们再次演示，

我就明白了，这就是所谓"刀光剑影"。后来读书了，还知道"杯弓蛇影"，我的胆子也就大了。"剔开红焰救飞蛾。"我从屋子的东头跑到西头，从南墙跑到北墙，母亲、伯母正在纺棉花，我又穿梭在纺车中间，有意无意地撞断她们正在纺的棉线，在大人们的呵斥声中越发疯跑，一颗幼小的童心像在飞翔。油灯下的童年美如云朵，快乐如鱼！

油灯下的时光，确有许多鲜活的记忆：奶奶不厌其烦地给我讲"从前有一座山"的故事；父亲耐心地教我认字、练字，帮我削铅笔；和弟弟妹妹们捉迷藏，做游戏。但让我铭心刻骨的，是漫漫长夜里幽暗的灯光下母亲忙碌的剪影——有时夜晚一觉醒来，常常看到母亲靠在油灯旁，一针一线一线一针地纳鞋底，缝衣服。灯光将母亲的身影拉得很长，母亲动作轻柔而安详，让我感动和痴迷。我把头枕在手臂上，侧着身子看母亲缝补，看着她那疲惫的身体随着摇曳的灯光舞动，看着那小小的银针在母亲手中来回穿梭，听着纳鞋底时细细的麻绳扯出的噼噼声。这声音，是这深夜舞影中最温馨感人的天籁。

母亲大概忘了时光的流逝。她用余光扫过来，微微地笑了，伸手为我披了披被角，继续做着针线。我依然歪着头看着母亲。母亲一缕头发垂下来，挡住了眼睛，她用手把头发划拉一下，依旧纳着鞋底。针尖钝了，就在头上摩擦几下，然后顶着针箍使劲地向厚实的鞋底上扎刺；瞌睡来了，用两个手指掐一掐眉心，好像瞌睡虫就藏在眉间，一掐它就跑了；眼睛涩了，便用手指揉揉，望一望睡在身边的儿女，立即来了精神，低下头接着重复原来的动作。

一盏昏黄的油灯，是母亲燃烧的心。油灯下，母亲不知道为我们做了多少鞋，缝了多少衣，纺了多少棉，更数不清，母亲刺伤过多少次指头，耽搁了多少瞌睡，耗费了多少心血。她将所有的爱，都缝进了密密麻麻的针脚里，织进了柔柔软软的棉衣里。年轮夺走了母亲的

青春，熬老了母亲的面容，却没有熬干她的希望。后来，我读到孟郊的《游子吟》，对诗中描述的母爱精神，有着深切的同感和共鸣，并对作者的感恩情怀产生了由衷的敬重和亲切感。

时间在灯光中流逝。转眼间我就上学了。乡村的夜晚寂寞幽静，我在油灯下，就着昏黄的光芒，看小人书，练毛笔字，学打算盘，做白天剩下的作业。灯光下，我慢慢地认识了刘备、诸葛亮、宋江、岳飞、包公等历史人物，学会了"二一添作五""三一三十一"，把算盘珠拨得噼里啪啦响，甚至走进诗圣、诗仙、诗翁的书墨里，领略"白日依山尽"的风景。灯光晃动着，幼小的身影也随之晃动，琅琅书声也在晃动。油灯好似闪烁着父母期待的目光，让我不敢偷懒，不敢懈怠，尽管也有倦意，望一眼仍在劳作的父母，不敢有一丝马虎。那吐着火苗，冒着青烟的油灯，仿佛是我追求梦想的动力，又像是我幼小心灵的微光。

我做完作业，母亲还在灯下纺棉花。纺车吱吱不停地转着。她把一根根搓好的棉条，从纺针上拉下来，右手摇动纺车，左手斜着慢慢地往后拉去，一直拉到尽头，纺车转几圈，然后一个弧形回收，一段又白又细的棉线在手指间形成，并迅速卷起。那动作像舞蹈一样，水袖轻拂，霓裳拢起，神态安闲自得，手法娴熟自如。等母亲纺完一坨线，我已在流水鸟鸣般的小夜曲声中进入梦乡。

中学时代接踵而至。小油灯成了我亲密的伙伴，不过，那时不用菜油灯了，而是用上了煤油灯。我买不起那种玻璃罩子灯，就自己动手做了一个煤油灯：用一个墨水瓶，一节很细的铁皮管，瓶盖上用钉子钻一个小洞，穿上铁皮管，管里穿一根棉线，瓶子里添上煤油，点燃灯芯，简陋的煤油灯就放出璀璨的光亮。

学校每晚两个半小时自习，几十盏煤油灯把教室渲染成烛光晚会。我除了做作业，读课文，更多的是看小说、看杂志。夜更深，阅读渐入佳境。土得掉渣的煤油灯,把我带进一个灿烂辉煌的灯火海洋。我不仅看到"烽火戏诸侯"的滚滚浓烟,三国争雄的纷飞战火,红袖添香中的青灯黄卷,灯火阑珊处的伊人,红枫渔火中的不眠人,更看到井冈山燎原的星星之火,延安窑洞里的不灭灯光,天安门前的华灯初上,新中国的万丈光芒。夜色无边,那煤油灯如同茫茫大海中闪烁的灯塔。"一灯如悟道,为客照心迷。"如豆的灯光,让我增长了知识,打开了眼界,开阔了视野。我的少年乃至青年时期的阅读,大部分是在煤油灯下完成的。小小的油灯,不仅照亮了乡村的夜晚,也照亮了我的漫漫求学路,照亮了我的人生我的梦。

小时候,我在苦涩中甜蜜着,即使在那些电闪雷鸣大雨倾盆的黑夜里,有灯光相伴,有父母呵护,我就倍感踏实、温馨。如今,油灯下为我讲故事的奶奶,给我削铅笔的父亲都已远去,油灯下为我缝补衣服的母亲已白发苍苍,油灯前曾看小人书、读小说的孩童也年过花甲,油灯前的欢乐已成遥远的记忆,油灯也完成了自己的历史使命进入博物馆。但是,只要想起童年的油灯,我依然热泪盈眶,父母用全部的心血抚育我成长,就像那古老的油灯,以自己的生命燃烧,为孩子照亮前进的道路,也将微弱的光热撒播人间。父母永远是我生命中的一盏心灯。

哦,生命之灯,永世芬芳!

年到农家

  大人盼栽田，小孩盼过年。在眼巴巴的盼望中，年，砸着后脚跟了。

  说不清这是第一场雪，还是最后一场雪，在腊月的最后一天，从早上就飞羽飘绒，到晌午大地就肿了一圈，村庄像披着羊皮的老倌，蜷缩在斗牛山脚下，又像独钓寒江的渔翁，蹲守在斗牛山湖边。站在暮雪朦胧的院子里，能闻到寒冷的空气中，流动着腊肉、烟花、檀香的味道，先是一丝轻柔的飘忽，撩诱人的味蕾，后来一阵阵扑鼻的浓香，弥漫在村庄上空。这种气味，让人在冬天有一种温暖的感觉、一种愉悦的心情，还有庄重的肃穆。

  这时候，家家户户堂屋的条几上，摆放着祖宗的灵牌或画像。先人们神态庄重，目光温和。条几

下方的八仙桌上，用木盆盛着热气腾腾的猪头、猪尾、公鸡、鲤鱼，还有自家酿制的谷酒。三炷檀香，两支蜡烛慢慢地燃烧，岁月一般渐次逝去。除夕夜最隆重的仪式——还年（祭祖）开始了。一挂鞭炮放过之后，先是长辈对着祖宗的灵牌、画像作揖。大人们一个个表情严肃，态度虔诚，嘴上念念有词，都是祈求平安、富贵之类的话，这时候孩子们是不能乱说话的，否则就会遭到一顿训斥。完后，是孩子们叩头，大人在一边教说一些吉利的话，孩子们就嘻嘻哈哈重复着或自编几句求祖宗保佑的心愿。然后就掰"神福"（猪头）、切肉、炒菜，准备吃年夜饭。

为了这顿年夜饭，奶奶和父亲母亲、伯父伯母、叔父叔母从早晨就开始忙碌，他们担水的担水，劈柴的劈柴，淘米的淘米，洗菜的洗菜。叔父从鸡窝抓出两只金黄色的大阉鸡，鸡脚蹬翅拍，咯咯叫着，极力反抗，叔父用几根稻草拧巴几下，就分别把两只鸡的双脚双翅勒住，往地上一扔，鸡就动弹不了了。这时，奶奶已烧好一锅开水，叔父就开始过年的第一个节目——杀鸡。过年杀鸡与平时杀鸡不一样，要在堂屋八仙桌边举刀，先是拜一下祖宗，再拿来瓷碗，碗里放点盐。杀鸡时，让鸡血流在碗中。接着，把杀好的鸡放在开水中浸泡。这时，我和弟弟妹妹们顾不上玩雪球、打雪仗，都跑来拔鸡毛，挑那又长又亮的鸡毛做毽子。其他的鸡毛也不会扔掉，用稻草捆成一束，塞在旮旯里，等卖米糖的进村，兑糖吃。

中午，就开始煮肉、蒸饭、备菜、上祖坟、贴对联。大人和小孩各有分工，有条不紊地进行。奶奶把冬天杀年猪留下的经过腌制、烘烤的猪头，放进大铁锅和其他腌制的猪肉、猪脚、猪肝、猪心等一起用火炖。家里两口大锅，一口炖肉，一口蒸饭。火光舐着锅底，沸水煮着食物，慢慢地，肉汤翻腾，香气四溢。香味从各家的灶间飘出，

村子里都是肉香味，加上鞭炮的硝烟味，蒸饭的米香味，人间烟火达到一个最旺盛、最高潮的时候。"宁穷一年，不穷一日。"一年的饥馑、辛劳、期盼，在这个夜晚几乎都得到了回报。

堂兄和我高高兴兴地带着弟弟妹妹们去上坟祭祖。乡间习俗，大年三十要把祖先们"请"回家，团团圆圆吃年饭。我们一群小孩冒雪向野外走去。堂兄用扁担挑着托盆和竹篮，托盆里装着一大块猪肉、一条腌干的鲤鱼、一碗米饭、一杯水酒，竹篮里是香、烛、纸和鞭炮。我们来到距家六七百米的一座叫作"苍下"的坟山，祭祀祖先。山风呼啸着，把沙尘翻上天，把雪花拽下地，雪花和着风沙旋转，捆在脸上，像刀子一样，身上一阵哆嗦，但我们一腔热血，一股激情，弟妹们互相牵着、扶着，从太祖爷太祖奶、太爷太奶、爷爷的坟茔依次祭来。每祭一座祖坟，点燃一对香烛，焚烧一堆裱纸，放响一挂爆竹，喊几声"太爷太奶（或太祖爷、太祖奶）回家吃年饭！"冥茫之中，那些驾鹤西归的祖先们仿佛从坟茔中来到人间，望着未曾见过面的子孙们，露出慈眉善目的面容。孩子们没见过自己的先人，也谈不上悲伤，叽叽喳喳喊完，就转到另一座祖坟。燃烧的裱纸，火焰忽大忽小，灰烬带着火烟随风飘舞，好像一只只化蝶的生灵。这些黑色的"蝴蝶"，陪伴着一个个逝去的先人，走在从天堂回家的路上。茫茫的雪野里，回响着孩子们焚香放炮的呼喊声，仿佛大年是这些孝子贤孙们喊来的。

回到家里，浓浓的肉香直冲鼻翼，让人愈加兴奋。我们就贴对联，先一点一点撕去去年已经褪色变淡的旧对联，然后用竹帚醮着米汤往门上一抹，把新对联往上一贴，老屋的大门就亮堂起来了。"地增五谷人增寿，春满乾坤福满园""人勤春来早，地润五谷丰"，尽是大吉大利之词。我们把正门、侧门、厨房、灶台、米柜、猪圈，还有院子里的桃树、梨树都贴上对子或红纸，到处是红艳艳的，喜庆的气氛浓得化不开。

　　终于到了"掰神福"的时候。"神福"即煮熟了的一个整猪头，村人把过年的猪头喻为天神赐福，"掰神福"就是把猪头掰开切块。叔父在祭祀过祖宗之后，就在大木盆里掰那个三十多斤重的煮烂了的猪头，我和弟妹们都围在盆边，叔父把肉和骨头分开，用刀切成片。叔父切一片，我们就抓在手上吃一片，还把骨头抓在手上啃。经过充分腌制、熏烤、蒸煮的猪头肉，香而不咸，油而不腻，醇而不硬，吃得手上、嘴上、鼻子上全都是油。"神福"掰完，我们也吃饱了，到吃年夜饭的时候，其他东西也吃不下去了。大人们还在桌上喝酒，我们就在一边捡鞭炮、放鞭炮。味蕾是有记忆的，它烙下的是童年的味道，已经嵌入了生命的基因而无法改变，纵使山珍海味也无法取代。在我的意识深处，"神福肉"是乡下最美的食物。到现在，我还十分恋念农家那土生土长、原汁原味、腌制烘烤的"神福肉"。就像时光一去不复返，现在花再多的钱，也很难买到那种香喷喷的"神福肉"，它代表了一个时代的美食。

　　三十晚上的压岁钱，要看年景和家境而定。年景好的时候，也能得到几角甚至几块压岁钱。奶奶从已经脱漆的樟木箱子里捧出一个铁皮盒子，把盖子打开，里面是一个蓝色布包，把带子解开，是一块花手绢，打开手绢，就是叠得整整齐齐的一角、二角、五角的纸币和一堆一分、二分、五分的硬币，有时也有几张一元的。不管男孩女孩，奶奶一视同仁，每人一角或二角，纸币不够，就用硬币来凑。我们就欢天喜地接过压岁钱。有时伯父、叔父也会给我和妹妹一点，父亲也会给堂兄堂妹一些。我们从大人手上接过的，好像不是一两角钱，而是一生的幸福。长大后，我每年挣过几百、几千、几万，总是过手就忘，可奶奶那时给的一角两角，至今还历历在目，甚至那些纸币的颜色、

新旧、大小，还记得清清楚楚。

辞年，是年夜饭后必不可少的一个重要仪式。所谓"辞年"，是这一年哪家有老人去世，全村男女都要到这家去给亡人告辞，以表示对亡者的尊重和悼念。这是祖先遗留下来的"死者为大"的风俗和规矩，也表示辞旧迎新的意思。雪夜的乡村，映着白光，我跟着母亲走出家门，路上不断地有手电、马灯、火把、香火的晃动和行人的脚步声、说话声，这是村人在成群结伙去辞年。我们先到附近的王大爷家，王大爷是秋天作古的，他家堂屋右角摆着白色的"灵屋"。"灵屋"是用竹片和彩纸扎成的房子，一米多高，有点像天宫的玉宇琼阁，中间安放着王大爷的遗像和灵牌，两边飘着白色的纸带，一边写着"先父王氏大人千古"，一边写着"孝男孝孙敬挽"。"灵屋"前面的地上垫着一条麻袋，供人们叩头用。母亲在门口放了一挂爆竹，再献上一对蜡烛，便在"灵屋"前拜了三拜。接着，我也学着母亲的样子，敷衍潦草地拜了几下，主人就招待我们坐下喝茶吃点心，旁边的八仙桌上有瓜子、蚕豆、冻米糖。我们待了一会儿，又匆匆到下一家去辞年。村上有三位老人去世，我们拜了三家。村人在这些人家进进出出，相互打着招呼，尽管是给亡人辞年，见面仍是说说笑笑，相互问候，讲着祝福和吉利的话。辞年，其实是一种表达对故人怀念的仪式。

守夜的习俗亘古不变。除夕夜吃饭、关门、开门都要放鞭炮，孩子们尽情地玩耍，最用心的，就是在院子里寻找未点燃的爆竹。捡着后，就点着一支香，一个个放鞭炮，有时故意往人堆里丢一颗，把人吓得一跳。母亲开始翻箱倒柜，找出给孩子新做的或比较新一点的衣服，准备孩子大年初一"亮相"。父亲和伯父、叔父围着火盆嗑瓜子、喝茶、抽烟、聊天、续香。等不到关门的鞭炮响起，我们的瞌睡就来了，一个个上床睡觉。

不知哪家开的头，凌晨的村庄上空就有几声爆竹炸响，声音尖厉悠远。接着热锅炒豆子，噼噼啪啪响成一片，爆声追着爆声，烟花压着烟花，电光把黑夜撕碎了，从门缝射进来，屋内就有闪动的光线。正当睡眼惺忪，忽然更加激烈的爆竹声在堂屋响起，叔父披着衣服起来放开门鞭炮，硝烟漫进卧室，钻进鼻子，有点呛人。我索性起床，穿起母亲昨晚找出的新衣服，人就精神了许多。此时，堂兄和弟妹们也都起来了，我们就在院子里玩。雪早已停了，昨晚的雪花被风刮到墙角边已经凝固，像一条白色的地埂，上面还有斑斑点点的沙土。我们把爆竹插进雪堆里，用香火点燃，"砰"的一声，炸出一个窟窿，雪水和泥水溅在身上，留下浅浅的印痕。

　　奶奶已在灶间忙碌。正月初一早晨吃面条，昨天晚上准备好了手擀面，摊在筛子里。奶奶给堂屋条几上的长明灯添了菜籽油，又点燃一对又粗又红的蜡烛及三束檀香，摆上一盅米饭和一杯水酒。然后在八仙桌上摆上糖盒，糖盒里放着瓜子、蚕豆、冻米糖、"猫耳朵"（面炸食品），一格一格，五颜六色像一朵花，是春天的第一朵，盛开在农家桌上。这些美食是招待今天来拜年和串门的客人、邻居的。不过，我们也会抓几粒瓜子，或拿一片"猫耳朵"放进衣兜里。

　　上午是给长辈拜年和给亡人拜座子年。正月初一，晚辈要给家族长辈行作揖礼，主要是对老人。奶奶是黄氏家族的长辈，辈分最高，左邻右舍和家亲后生都过来给奶奶拜年。奶奶一上午几乎都是笑着还礼，嘴上"好、好、好""坐、坐、坐"不停地招待晚辈们。拜座子年，仍然是重复着昨天晚上的仪式，到去年有老人去世的人家去行跪拜礼，把亡人送上祖先的座位，并祝愿故人新的一年在天堂安详。这时，我就和堂兄及邻里小伙伴结伴而行，母亲和伯母、叔母一起走。孩子们把拜座子年当作游戏和串门，一会儿就拜完了。大人们就非常庄重，

到一家作完了揖，还和主人聊一会儿家常，说些安慰和祝福的话，没有一两个时辰，在村子里是拜不完座子年的。

最壮观的拜年活动，是在下午。有亡人的家族，凡是没有出五服的家亲，孝子孝孙分成男女两支队伍，穿着孝衣，或披件白大褂，到村里挨家挨户回拜，以致谢意。亡人的儿子走在前面，披麻戴孝，后面一簇人跟随，蜿蜒百十米，走到哪一家门前，高喊一声"拜年啦"！众人跟着一起高喊，双手握拳相揖。这家主人赶忙在大门口握拳还礼，回应着"拜年拜年"！男队刚过，女队又来，有的年轻媳妇抱着或牵着孩子作揖。这种作揖和回拜，都是在笑哈哈的气氛中站着进行。回拜的人越多，队伍越长，说明这家人丁兴旺，家族和睦。有时几支队伍交叉混杂一起，拜年声、感谢声响成一片。村人在拜座子年中，有形无形，有意无意，紧紧地凝结在一起，人间烟火，人间礼节，人间亲情，在互相拜谢中越来越浓。

那一年，我的堂祖父去世，我才上小学，初一下午回拜的时候，队伍逶迤到一里路长。我披着一件大人的白衬衫，晃晃荡荡跟在后面，一边放着鞭炮，一边喊着"拜年啦"！爆竹的"通通"声在村庄上空回响，粉红的纸屑，花瓣一样在空中散落，飘扬，一地落红，好像给堂祖父铺就了一条通往天堂之路。

这是六十年代鄱阳湖畔后黄村的春节。

五月的清欢

夏至一过，几晌南风送来麦子成熟的信息，端午节就临近了。

儿时，我对端午节的期盼，丝毫不亚于春节。倒不是想着看龙舟、包粽子，而是麦收后那新麦做出来的面条和发粑，对我有着巨大的诱惑，那香甜的美味和清欢的气氛已定格在五月的乡村。农人从割麦、打场、归仓，到磨麦、筛粉、做粑，不仅充满节日的欢乐，更有劳动收获的愉悦，比起春节单纯地吃鱼吃肉，更令人回味和留恋。

端午节划龙船、包粽子，是中华民族古老的传统。可在故乡，端午节除了这两项活动，还有比这更重要的内容：做发粑。包粽子、划龙船，是为了纪念屈原。做发粑有什么来历和讲究，我说不清。

小时候曾问过村上一位白胡子老爷爷，他说，从他爷爷的爷爷那时起，就是这样的。村人把做发粑看得比包粽子还重，操作起来更费时、费劲。殷实的人家，要做百十斤面粉发粑；家境贫寒的，就是不包粽子，也要磨几升小麦，做一笼发粑，否则，就不叫过端午节。

发粑其实就是馒头，只是它的用料和制作比馒头更讲究。馒头是用发酵粉或老面发酵的，发粑则是用糯米酒水发酵，还要放糖、香油、芝麻等配料，分别做出头粉、二粉和麸子等多种发粑。城里人把馒头当主食，吃馒头是家常便饭，而家乡只在端午节吃一次发粑，做得非常隆重和认真，准备时间也格外长。在割麦子的同时，就开始酿糯米酒。农人一边在地里收割，一边把糯米蒸熟，然后放入酒曲，让其慢慢发酵。麦粒进仓，米酒飘香。

我弄不清楚，在山村，到底是季节催醒了大地，还是庄稼人的农具唤醒了沉睡一个冬春的麦禾。布谷鸟一声啼鸣，大地充满喜气，庄稼人拿出早已磨好的镰刀，在麦浪滚滚的田野里起起伏伏。我们这些小孩也挎着竹篮，跟在后面走走停停——每当大人把一块地里的麦捆运走，我们就把未收尽的麦穗一点不落捡到篮子里。五月的骄阳无遮无拦地倾泻下来，覆盖着广袤的大地，就像一头老母牛对着刚出生的小牛犊一样，伸着长长的舌头，轻轻地舔着它。在潜意识里，篮子里的麦穗，就是碗里的面条，笼里的发粑。因此，不管日头多么毒辣，麦芒多么扎人，我们一点都不懈怠。一季麦收下来，一二十斤麦子就捡到家里了。粮食不多，却有一种富贵的感觉，因而也就有了吃粑的底气和资本。村庄伸着懒腰，还睡意蒙眬，阳光在上空织出透明的薄幕，也许就是萦绕它的梦吧。村庄也像小孩一样等着过节，面条、发粑仿佛就在面前，伸手可及。

收完麦子，村巷里就传出隆隆的石磨声，人们在磨刚收获的新麦。

系着绳子挂在房梁上的磨杆，由两人推着，发出"吱扭吱扭"的声音，仿佛在为主人"加油"。各家磨的麦子有多有少，但磨子是昼夜不停的，你家磨了我家磨。粗糙的石槽咬合饱满的麦粒，生生地压出白粉来，屋子里就弥漫着蒙蒙的粉尘。太阳从瓦缝里射进来，就能看到粉尘在阳光中跳舞，主妇的脸上露出满足的笑意。汗水和着粉尘，顺着脸颊往下淌，顺手用袖子一抹，汗水就江河横流，满脸像涂了白浆。即使是新媳妇磨面，一晌下来，一头青丝也会变成两鬓白霜，然后用毛巾一擦，又还原成青春少妇。

母亲、伯母、叔母在磨麦子，奶奶在磨盘边用小筛子筛面。麦子要磨二三遍，第一遍用网眼像丝袜一样的筛子筛出头粉。头粉又白又细，肉眼看不出颗粒，倒在盆里像水一样流动。筛子上面的粗面再磨第二遍，用网眼大一点的筛子筛出二粉。二粉要粗一些，颜色黑一点。剩下的全是麦麸，略带一些面粉，有的人家把它再磨一遍，粗麸变成细麸，有人嫌麻烦，就不再磨了，直接做成麸子粑。麸子缺少纤维，做出的粑又黑又硬又散。

屋子里粉尘飘荡，奶奶的头上、身上、手上一层白面，不时用袖子擦把脸，袖子也是白的，脸上就出现深一道浅一道的擦痕，有点像戏台上的花脸，但奶奶自己不觉，仍专心致志地筛面。石磨转动的隆隆声，房梁上绳子的吱吱声，筛子筛面的沙沙声混合在一起，组成五月的乡村交响乐。

小孩子像过年一样，兴奋地在屋子里蹿来蹿去，不时遭大人训斥："走远点，别捣乱！"好像那不是挨骂，而是夸奖，玩得更起劲，更疯癫，直到奶奶说："你们到外面去，一会儿给做面条吃。"弟妹们才一哄而散，到树林里，或湖边上去玩耍。

大人哄小孩的话，有时也是兑现的。磨完面，奶奶掏上一碗二粉

面，来到灶间；先往灶膛里添一把柴草，火焰拥抱铁锅；又往锅里洒下几滴菜籽油，锅里氤氲着轻烟；扔几片生姜；再用葫芦瓢从水缸里舀上几瓢水倒下，嗞啦一声，水汽冲天，快速盖上锅盖，等它烧开。然后奶奶又在木盆里和面、揉面、擀面。面粉变成面团，面团变成面皮，薄得像纸一样。擀好的面皮撒上一层干粉，被小心地叠了起来，菜刀从面卷上划过，没有一丝声音。随后，奶奶把切成丝的面提起来一抖，它们立即变成了面条，下到沸水中，用筷子拨拉几下，很快就熟了。几只青花粗瓷碗摆在灶台上，张大了嘴似的。奶奶在每只碗里挑上几筷子面条，又舀了一些汤，放了几叶小葱，更加清香。早扒在灶台边上的我们端着碗，拿起筷子就往嘴里挑，烫得舌头直呵冷气。奶奶就说："莫急，没有人抢。"但我的嘴巴还是和碗抢起来了。

面条只是一个前奏，发粑才是端午的高潮。农历五月初四，也就是端午节的前一天，家家户户开始做粑。上午，奶奶用一大缸糯米酒水发面，母亲伯母撸起袖子，在大盆里揉好面，然后让它们发醒。吃过中饭，就用长凳搭上铺板，上面铺一条干净的床单，撒上干粉，再从盆里把揉好的面放在铺板上做粑。一般先做二粉粑，再做麸子粑，最后做头粉粑。因为头粉粑是待客人和走亲戚用的，放在前面做被家人一吃就不够了。奶奶把揉好的二粉面掐成一个个鸡蛋大的团子，母亲她们再一捏一揉，在手心上转几圈，就团成了圆圆的发粑。这时，我和弟弟妹妹们也要做粑，奶奶就喊："快去洗手！"母亲用木盆从水缸里打来水，帮我们洗了手。我们抓些揉好的二粉面，把它搓成长条，再从两头对卷起来，用筷子在中间一夹，就是一只"蝴蝶"，还会拿出玩泥巴的本事，捏出一些小鱼、小鸡、小猪。一会儿，铺板上盛不下了，奶奶把发粑放进笼屉，端到灶间开始蒸粑。层层笼屉如镇山宝塔摞在锅里，数一数真有七级浮屠。平时舍不得烧的松树枝、老树根，这会儿都塞进了灶膛，熊熊的火焰把满锅的水烧得热浪滚滚，蒸笼里烟云冉冉，雾气袅袅，香味浓浓。我中了埋伏似的，不能突破香味的封锁。我是愿意做俘虏的，也在等待做俘虏。

奶奶坐在灶前，不时用火钳拨动一下灶膛里正在燃烧的木柴，或夹一些树枝添进灶膛，心里默算着笼屉冒气的时间，灶火映得她脸上红扑扑的。从瓦缝里漏出的斜阳，在她的周围罩下一层光晕。我和妹妹偎依在奶奶身边。时间似乎停滞不前，然而，时间却又是一去不返，这竟成了我终生难以忘记的定格。可以说，这些画面是我对端午节最深的记忆，是我对五月最强的印象，也是我对亲人最深的思念，尽管已经很遥远。

一会儿，第一锅发粑出笼，奶奶掀开笼屉盖，氤氲的蒸汽直冲屋顶。待蒸汽散开，奶奶用手指轻按发粑，然后一屉一屉摊开。原来鸡蛋大的粉团已膨胀得像个又白又亮的皮球，按下去松手立即反弹。我们不等发粑冷却，抓起一个就往嘴里塞，那感觉又柔又软，又香又甜。吃饱后，带着自己的面制作品，到一边玩去了。

奶奶和母亲她们还在继续做粑、蒸粑。做头粉粑时，还在面粉里放了芝麻、白糖、香油。蒸好的头粉粑像个白胖娃娃，奶奶端着一小杯融化好的"洋红洋绿"，轻轻地为它们化妆，先用刻着梅花图案的小圆章在发粑上盖一个红印，然后用筷子蘸上"洋绿"，在梅花边上点几个小点，就见发粑上有火花跳跃，有绿叶飘扬。发粑鲜活起来了。奶奶像完成一件珍贵的艺术品，脸上挂着笑容。头粉粑披红缀绿，又喜庆，又好看。尽管我的肚子早被二粉粑撑饱，还是抓了一个头粉粑吃了起来，那味道比二粉粑香多了。

翌日，端午节隆重登场，我们继续吃发粑，甚至可以吃到初六、初七。端午节这天，如果天气晴朗，家家户户都要晒粑，主妇们拿着菜刀、砧板，把余下的头粉粑、二粉粑、麸子粑，全部切成半月形的小片放在太阳底下晒，小孩子就一片片地把它整齐地摆在铺板和晒席上，不时往嘴里塞一片。麸子粑又黑又粗，味道如糠，都懒得尝它。经过一两天的曝晒，粑块干得像树片一样，母亲把晒干后的粑片装进像葫芦一样的粗瓷瓮里，留作日后当零食吃。如果端午这天下雨，发粑晒不成，就用锯木粉或柴草屑烧小火烘烤。烤粑不切片或只把它切开，烤出来的粑色泽金黄，烤煳的地方呈暗红色或黑褐色，比晒干的粑更香。

我上学后，奶奶经常在我书包里放几片干粑。有时上课饿了，老师在台上讲课，我在下面"嘎嘣嘎嘣"啃起干粑。老师和同学们都盯着我，而我却不觉，独自沉浸在干粑的清香里。

不知从什么时候起，乡下出现做发粑的专业户。距村庄两里外的乡政府所在地小华村，有三四家长年做发粑，而且都是头粉粑，有新鲜的，有烤干的；有甜的，有放芝麻。村人如今过端午节，既不磨麦，又不做粑，而是到小华村去买。有的人家把发粑当早餐，随吃随买，一年四季都可吃上发粑。发粑，成了家乡一个特产，外地人来了，或家乡人出去打工，都要带一袋烤干的发粑去，颇受朋友欢迎。

发粑专卖店的出现，省了乡人磨麦、筛面、做粑的麻烦，方便了农村生活，可端午节却缺了一项活动，少了一道程序，淡化了过节的欢乐气氛，再也没有仪式感。在社会进步，农村生产和生活方式发生重大变化的同时，我却常常怀念端午节做发粑的那分兴奋和期盼，怀念儿时亲手制作的小鱼、小鸡、小狗这些"处女作"，怀念五月麦收后故乡那种特有的静好和清欢。

村边，那一座座草垛

　　被暮霭笼罩的鄱湖水乡，静立着一座座像房子一样的草垛。草垛不是房子，草垛也不会变成房子，但在农人眼里，深秋的草垛比房子还要风光。

　　村边的草垛多姿多彩，有方的、圆的，有高的、低的，还有灰的、黄的。草垛看似雷同，但每一个草垛都不一样。那些长方形的灰褐色草垛，是来自鄱阳湖草坪上的野草。初秋时节，在无垠的草坪上，漫过膝盖的野草在秋风中如波浪起伏，农人挥舞草刀，唰唰地从草根划过，青翠的野草吐着绿汁，匍匐在地。青草晒干后，用杈杆一拢，便聚成一团一团的草球，再一担一担挑回村庄，村头上、山道边，就矗起一座座或长或方的干草垛。

　　干草是庄稼的房子。深秋，农人把干枯的野草

一缕一缕均匀地撒在小麦和油菜地里，田野覆盖了一层灰色的羽绒，麦苗、油菜在蓬松柔软的草被里冬眠。风吹，霜打，雪压，冰冻，全由干草护着。来年春天，一声响雷唤醒了麦子、油菜，嫩绿的麦苗一个哈欠，从被雨水沤烂的泥草里伸出懒腰，大地就有了生机，远远近近一片绿油油的。油菜不满足于单一的色彩，在绿色的茎秆上，开出黄灿灿的花朵，硬是把大地变成金色的海洋。于是，草垛完成了它的使命：保墒，防寒，沤肥。甘作新泥护稼禾。大自然又进入一个新的轮回。

那圆圆的金黄色的房子是稻草垛。稻草比野草金贵得多。野草是鄱阳湖自然生长出来的，稻草是农人用汗水和力气耕种出来的。稻草在十月打谷桶的"嗵嗵"声中为人们奉献了稻谷，便筋疲力尽躺在稻田里。它不是就此长眠，只是稍加休憩，然后褪去绿裙，换上黄褂，躺在农人的肩上或坐着独轮车来到农家的院子里、禾场上，被主人垒成一座一座臃肿的圆垛。草垛是村庄的群山，也是生活的靠山。稻草垛的肥与瘦、多与少，佐证了一个村子、一个家庭的丰盈与贫困。人们从草垛边经过，总会评头论足，或羡慕赞叹，或悲悯低看。垒大、垒多稻草垛，是庄稼人朴素的梦想和奢望。

稻草和稻谷一起回到农家，一起充盈乡村岁月，一起延续人间烟火。每天，主妇从谷仓里舀出一升一升大米，随手又从草垛上扯下一把一把稻草，从一锅米到一锅饭，一饭一粥，一菜一汤，都是稻草用火热的情怀，吻热冰冷的锅，煮沸清凉的水，融化坚硬的米。那空中升起的袅袅炊烟，是稻草不灭的灵魂。几千年来，稻草矢志不渝燃烧自己，以"煮豆燃豆萁"的牺牲精神温暖人间，让岁月永远不老，薪火代代相传。

稻草是耕牛冬日的食粮。忙活了一个春、夏、秋日的水牛、黄牛，难得迎来冬闲，终于可以不急不躁地在牛栏里咀嚼干枯的稻草。牛们长长的舌头卷起绵绵的稻草，连茎带叶大快朵颐，吃到酣畅处口涎直流，在阳光中拉出一丝明媚的弧线。牛吃得很粗心、粗糙，好像还没有品出稻草的味道，也许是干枯的稻草实在难咽，又躺在一角不停地反刍，有滋有味地细品慢嚼，神态是那样安静、悠闲、自得，就像品尝山珍海味。在牛的眼里，一把稻草就是一道佳肴。

草垛不仅是烟火之薪、耕牛之食，还是人们享乐之所。儿童、青年、老人都钟情像房子一样的草垛。

在温暖如春的煦阳下，在夕阳西下的晚霞里，在月朗星明的夜空中，总有一群孩子在草垛上玩耍。他们望着从北向南飞来的雁阵，云天之上就有了一道灰黑色运动着的直线或弧线，并发出啼鸣。孩子们就仰着头呼喊起来："大雁飞'一'字！""大雁飞'人'字！"不知是大雁接受了孩子们的指令，还是另有一种神奇的力量控制着它们飞翔的姿势，果然就变换队形，现出"一"字或"人"字。若干年后，我读《西厢记》看到"北雁南飞。晓来谁染霜林醉？总是离人泪"这一句，就想起儿时在草垛上人呼雁鸣的情景，一种浓浓的乡愁涌上心头，也把儿时的欢乐定格在草垛上。当雁阵从天空消失后，孩子们又继续在草垛上翻跟斗、捉迷藏，不到父母来呼唤，是不会回家吃饭、睡觉的。

草垛也受到小伙子和姑娘们的青睐。有热恋中的青年，傍晚也会来到草垛边，度过一段浪漫的时光。硕大的月亮明晃晃地挂在高空，四周被夜色浸染过，村庄一片静谧，星星眨着眼睛在煽情。一对在劳动中相爱的恋人悄悄地来到草垛边，在月亮下诉说衷肠。风在树梢上舞蹈，虫在草丛里欢唱，草垛静静地聆听爱情的誓言。村庄因草垛而增添了几分曼妙、朦胧和柔情。

老人对草垛的喜爱一点也不比孩子们和年轻人逊色。日上三竿，村上的老倌和婆子，不约而同来到这里，或坐或站或蹲，靠着草垛，眯着眼睛，舒适地享受冬日的暖阳。话匣子像豁了牙的嘴唇，不张自开。他们有一搭没一搭扯着闲篇，东家长西家短拉着家常，陈芝麻烂谷子数着往事，光阴就这样安静而无聊地从草垛边溜走。眨眼间，人生又是一个春秋。

主妇们当然不会像老倌和婆子那样在草垛上打发时光，她们风风火火、麻麻利利地从草垛上扯出一捆鲜亮的稻草，剔除枯叶残茎，梳理出粗壮、金黄、柔软的稻秆，把它们编成草席，或者就那样松散地铺在床上，上面放一床旧棉絮；家境差些的，只在稻草上铺一张粗布床单。农家的被褥，一半是稻草做成的。记得小时候，母亲常常更换床上的稻草，并隔三岔五把铺席的稻草抱到太阳底下，晒上一个日头，抖去藏在草里的虱子、跳蚤，晚上睡觉又蓬松，又暖和，人就格外舒坦。直到我参军后，回乡结婚时，床上仍然铺着稻草。

金丝被，稻花香，庄户人家谁家不是睡着稻草被入眠！人们还用稻草盖草房，织草袋，搓草绳，打草鞋，谁家的日子离得开稻草！

岁月匆匆。如今村边再也看不到草垛，稻草亦无昔日的风光。鄱阳湖草坪绿了又枯，枯了又绿，再也无人打草了。麦子、油菜虽然还种着，但都是使用化肥，不需以草沤肥、保墒。村子里青壮年都外出打工了，大片稻田荒芜着，即使种点稻谷，稻草也都扔在田里。农家做饭用煤、电、气，谁还烧稻草柴禾，更没人用稻草铺席垫床。

草垛时代已经翻篇，但草垛的影子却难以从我心中抹去。每次回到乡下，脑海里总是闪出胡弦《风》里的诗句：

有时，你以为一切都过去了，

但风在吹，

过往的一切，

又在风中重来。

……

一声"叮嗑"入梦来

　　暮春四月，晚霞贪恋人间欢乐，迟迟不肯退去，给马路、公园、小区洒下一抹橙红。浔城走湖的人们，已三三两两徜徉在甘棠湖边。

　　我用完晚餐，准备"饭后百步走"。忽然，窗外传来一阵清脆的金属敲击声：

　　叮嗑叮嗑叮叮嗑！

　　叮嗑叮嗑叮叮嗑！

　　节奏不紧不慢，抑扬顿挫，铿锵悦耳。这声音，非常耳熟而又久未听闻，近在咫尺而又古老悠远，音色激越而又画面流动。我恍惚一阵，终于回过神来：这"叮叮嗑"的声音，是来自遥远的童年信号，是半个多世纪前那偏僻山村的最诱人的信息再现。

　　我向窗外望去，只见夕阳下，一男子挑着两只

箩筐，筐子里面各有一坨用透明塑料薄膜盖着的乳白色米糖。卖糖人左手握着一块小铁片，右手拿着小铁锤，边走边敲，眼睛打量着四周行人。多么熟悉的声音，多么眼热的画面，多么诱人的米糖！我急忙下楼，来到卖糖人面前。这是一个年近花甲的农村老汉，粗密的皱纹展示着满脸的沧桑，一副担子仿佛挑着沉重的人生。我向他招呼："糖怎么卖？""五块钱一两。"我一时还未判断出这价格是贵还是廉，只想重拾久违的感觉，就说"来二两。"卖糖人把担子放在路边，掀开一只筐子上的塑料薄膜，此时他手中的铁片变成刀片，插入米糖的边沿，用锤子轻轻敲打，一条窄窄长长的米糖就裂下来了。一股清香沁入鼻翼。

在卖糖人敲糖、称糖、包装的过程中，我们有了一段对话：

"师傅哪里人？"

"重庆的。"

"什么好糖？跑这么远来做生意！"

"乡下特产，宫廷米糖。"

"城里巧克力、奶糖那么多，怎么不在乡下卖？"

"乡下哪里有人啊，老人小孩都进城了。"卖糖人瞅了我一眼，又补充道，"这米糖不光小孩喜欢，老人也喜欢，他们怀旧，喜欢传统食品。你不也买了吗？"他狡黠而和善地笑笑。

我不得不佩服这卖糖老汉的直爽和精明，他不仅懂生意经，而且会打心理战！他真是摸透了消费者群体的转移和心理的需求，打出了"怀旧"牌。至少眼下把我的心理就摸透了。我尝了一块米糖，绵软而香甜，还是儿时的味道。我含在嘴里，让它慢慢融化，轻抚味蕾，渗入肠胃。我心里暗想，是哪个朝代宫廷制作米糖的秘方流落到民间了？会不会是诗经的年代或是春秋时期就有了呢？这样一想，我的舌

尖上和肺腑里就有了千古绵延的味道。

甜软的米糖，把我带回到那苦涩的儿童时代。

那时，农村还没有超市，也没有像样的百货商店，只有公社所在地的一个供销社代销点。乡下商品流通、维修服务，主要靠货郎担串村走巷。因此，无论是炎热的夏天，还是寒冷的冬日，村道上时常传来挑货郎的叫卖声。

"洋红洋绿雪花膏——"洋红洋绿是涂抹在发粑、米糕上的颜料，农村很作兴它，用它点缀食品，非常鲜艳喜庆。卖洋红洋绿和雪花膏的是八里外蒋家村的吴老头，他每个月都要来叫卖一两回，村上男女老少都叫他老吴。

"补伞补鞋补水靴——"邻村五十多岁的水牯佬，每隔几天就背着一个黑布包到村上吆喝一遍，揽了活不是当场修，而是带回家去修，修好了再送过来。水牯佬不识字，但记忆力非常好，谁家的破伞破鞋都记得清清楚楚，收上来的，送回去的，从未发生差错。

"磨剪子，戗菜刀——"

"弹棉花，做棉絮——"

"鸡毛换灯芯——"

做这些生意的，基本都是外省人，如浙江、福建、安徽，他们的吆喝声，最后一个字都拉得格外长，也格外重。这些人背井离乡，走南闯北，吃苦耐劳，有的甚至带着老婆孩子出来谋生。他们在村上做活，有时也住在村上。

这些吆喝的生意人，或背着箱子，或挑着担子，在村庄里边走边喊，谁家有活便在谁家门口或堂屋里做，如磨剪子，换灯芯。有的是把家伙什儿放在村头的大树下，然后到村子里吆喝，揽到生意就集中到一个地方做，如补锅、弹棉花。我们这些小孩子，围在边上看热闹。

货郎不走，我们不散。

还有一种不是吆喝，而是用乐器或铁器敲击声来招揽生意。后者比前者更艺术、更文化一些，也更容易吸引孩子们。

一个小孩儿牵着一位盲人，盲人边走边拉胡琴或敲着铃铛，琴声悠扬凄切。这是算命卜卦的。

挑着货担摇手鼓，叮当叮当一串响。这是卖针头线脑的。

拿着锤子敲铁片，叮磕叮磕叮叮磕。这是兑米糖的。

在所有的叫卖声中，对孩子们最具诱惑力的，就是"叮叮磕"的声音。只要它一出现，宁静的山村，就会有一群孩子，闹哄哄地跟着货郎担在巷子里、村道上乱转，惊得人家的鸡也飞，狗也叫。惹得卖糖人把担子一放，冲着孩子们吼："跟什么跟，回去找爹娘要票子去！"孩子们自然不会找爹娘要票子去，那时大人们还没有足够的能力满足孩子们的愿望。更多的时候，孩子们只是跟着货郎的担子过过眼瘾，而不能解嘴馋，任其流着幸福的口水。

儿时的我，一听到"叮叮磕"的声音，就非常兴奋，急急忙忙跑回家告诉母亲："敲叮叮磕的来了。"母亲正在纺棉花，手不停地摇着纺车，发出"吱吱扭扭"的声音，对我的告知好像没听见。我又补充一句："敲叮叮磕的来了。"母亲这才抬起头，瞅了瞅我，用手弹去粘在袖子上的碎棉绒："来了你把他请来当菩萨供呀！"母亲这样训斥我，我便没趣地走开，因为我那点小聪明她完全明白。母亲没有给我好脸色，其实她内心也很苦酸，她哪有票子、毫子（硬币）来满足我的要求呢？最多一年有一次吃"宝塔糖"（驱蛔虫药）的机会。不过，我们还是有办法的：把过年杀猪宰鸡时留下的猪毛、鸡毛和平时积攒下来的牙膏皮、塑料纸拿出来，也能兑回一小块米糖；夏天在树底下找蝉壳，到野地里挖野蒜子晒干，秋天在草丛中捡蛇衣，都能

换一点塞牙缝的米糖。然后，恋恋不舍地目送"叮叮磕"远去，隔几天，又望眼欲穿地盼着"叮叮磕"再来。那是我儿时最熟悉、最亲切、最期盼的信号。

不知多少年了，再也没有听到过"叮叮磕"的声音，今天突然传来，心里就有一丝甜意。我把包好的米糖带回家，妻子看了，说："你怎么像个小孩，还恋着米糖。"其实，作为青梅竹马，从小一起长大变老的妻子，也露出了惊喜："小时候想吃也吃不上。"我说："现在你想吃多少我买多少！"两人都笑了起来。

唉，一声"叮磕叮磕叮叮磕"，凭白闯入我的梦乡，勾起我们无穷的念想。

眷念一本书

我这一生毛病不少，唯有一个爱好——读书，与附庸风雅还沾点边。

小时候爱读连环画，没事就捧着一本小人书，消磨掉一个阳光灿烂的上午。稍大点，爱读小说，抱着一本大部头，独自沉浸一整天或半个夜晚。参加工作后，除了看专业书籍，常读一些闲书野史，比较感兴趣的还是文学，小说、散文、传记、诗歌，什么都看，也算"博览群书"了。

但是，有一个时期，社会上闹"书荒"，看书成了一件难事。

那是二十世纪六十年代末、七十年代初，图书馆关闭，文学杂志停刊，除了读"红宝书"和几本指定的小说外，大量文学书籍被打为"封、资、修"，

遭到禁阅。那时我参军刚到部队，严格的组织纪律和教育管理，更无法接触到其他图书。恰在这时，部队移防，有一段时间住在农村老乡家里，在房东家里偶然发现一本既无封面，又无封底，残页卷角的旧书，从发黄的书脊上，隐约看出几个字："香飘四季。"我浏览了一下，这是一本当代小说。

后来才知道，这是一九六三年五月由作家出版社和广东人民出版社同时出版的广东作家陈残云写的长篇小说《香飘四季》。作品反映了新中国成立后，珠江三角洲水乡人民建设社会主义新农村的热切愿望，展示了青年农民发奋图强改造家乡的昂扬斗志，以及他们甜蜜温馨的爱情故事。

房东让我拿去看，我如获至宝。但部队是禁止看这类书的。我开始是晚上在被窝里打着手电筒看，但连首长总是来查铺，不能看得时间太长。后来，我想了一个办法，将一本笔记本的红色塑料封面取下，套在这本书上，利用业余时间，佯装"学政治"，躲在一边偷看。就这样，我把它读了两遍。

也许我是在农村生，农村长，骨子里就是农民，和书中描写的人物有着类似的生活环境和成长经历，书中的内容、人物、情景对我影响特别深刻。我很熟悉作品中的林耀坤、叶浩这些村支书（基层党支部书记），他们对工作负责，热情很高，以身作则，有大局观念，对集体生产和群众生活都很关心。因为我上小学时有一位同学的父亲就是大队支书，我常到他家去玩，好像书中写的就是他们。我很崇拜书中的主人公许火照。许火照生长的东涌村是个穷村，他是一个贫农的儿子，在贫困饥饿中长大。他热爱社会主义，忠于党的事业，立下雄心壮志，要带领全村群众艰苦奋斗摘掉贫穷的帽子，因此，战"蛇窝"，种香蕉，发展畜牧业，终于使村子面貌焕然一新。我特别喜欢小说中聪慧灵秀、美丽朴素的女青年许凤英。她不贪慕虚荣，不怕吃苦受累，不计较个人得失，具有美好的理想、纯洁的心灵和热爱家乡的感情。她抵制各种诱惑，耐心等待和期望着能够与复员军人何津在一起，因为他与自己有着同样的信念："我们的国家穷，但是，穷人不是天生的，穷村、穷国更不是天生的。大家有志气，好好干，总干得出个出头的日子。"我当然羡慕复员军人何津，找到了与自己同心同德、端庄漂亮的凤英姑娘为妻。我还喜欢凤英妈一家，夫妻之间、兄妹之间、姑嫂之间、婆媳之间和睦融洽的家庭关系，他们向着一个共同的目标，建设美好的生活，最后也建起了美好的家庭。我也了解、熟悉徐炳华、何水生、林昌、许文仔等众多社员的家境、追求和愿望，还有"坏分子""落后分子"许三财、林大鸦等人物在农村的处境和心境。

这些人物和情景，在很长一段时间里，总是在我脑海中浮现，成为我生活中的影子。书中有我的田园，有我的欢乐，有我的向往，我常常自觉不自觉地恋念着他（她）们。他（她）们曾多次出现在我的梦中。在青春期，我甚至把许凤英当作自己择偶的标准。尽管那时我也读了《艳阳天》《金光大道》等小说，看了许多样板戏，但烙印最深的，还是《香飘四季》中的人物形象。

到了八九十年代，图书出版越来越丰富，各种古典的、现代的、当代的以及国外的图书都摆上了书架。我想再买一本当年读过的《香飘四季》，再重温一遍这本当代小说，但找遍了大小书店，也未见踪影。我把注意力转移到旧书摊上，希望能从这里掏到那本心仪读物，无论是出差，还是在本地，我都认真搜寻，但多年过去，还是一无所获。

二〇一〇年，我偶然从报纸上看到一则书讯：作家陈残云的作品

再版。终于从网上购买到了这本朝思暮想的小说《香飘四季》。

拿到书，我花了几天时间，一口气又重读了一遍。虽然时代变化，世事更替，现在的环境、风气、理念、追求已与过去有很大不同，甚至迥然不同，但我还是觉得特别亲切、温馨、激动，我仍然挚爱着书中的人物、风尚和作品的艺术风格。

我很想到作者当初描绘的土地上，用脚步重读一遍这本让我魂牵梦绕的小说。恰好机会来了，这一年，我到广州出差，专程到东莞寻找旧梦。《香飘四季》的故事来源于东莞的麻涌。二十世纪五十年代初，为了创作这部现实主义题材的长篇小说，作家陈残云去麻涌蹲点体验生活，他光着脚板走遍了河汊交织的村落，在农民家与他们同吃同住同劳动，搜集了大量素材，所以他笔下的每个人物都栩栩如生，呼之欲出。而华南水乡的风土人情则令人陶醉。我循着作者的足迹专门到麻涌转了一天。这里工厂遍布，高楼林立，绿树成荫，一片繁华景象，已找不着当年的"蛇窝""竹寮""蕉园""稻浪"，连田地也难见到。我徐徐漫步，在感叹东莞经济社会发展变化的同时，心里还涌动着对渐去渐远的水乡田园和袅袅炊烟的乡愁怀念。

有一年，组织上安排我到农村去蹲点扶贫，我脑子里就浮现陈残云在农村穿梭的身影。他在作品中透露出的对生活的热情和对事物的洞察力感染着我，我觉得，只有像他那样，求真务实，深入扎实地沉入底层，才能干出实实在在的成绩。

说来也巧，就在我下乡期间，一天我收看电视，在广东台看到了大型组合歌舞剧《香飘四季》。这部改革开放的献礼作品，描绘的正是陈残云小说《香飘四季》的原创地东莞麻涌的今日风貌，颂扬麻涌人不守一隅，勇于改革，开拓创新的精神，以及他们对幸福美好生活的追求和向往。"水天一色，绿油油的蕉林、绿油油的蕉林、绿油油的世界……"伴随着美妙的歌声，我再一次捧起了那本有着浓郁的乡土气息、清朗的艺术风格和优美的文学语言的经典名著《香飘四季》。

也许是因为眷念这本书，我的生活、生命也四季飘香了！

我为村人写对联

我的毛笔字写得并不好，既未师授，又没苦练，亦无章法。只是胆子大，村上出个板报，贴个标语，我拿起毛笔就往纸上刷，大小字体，粗细笔画也能凑合过去。没想到就这么一刷，让我赢得为村人书写春联的机会，更没想到，它对我的人生发展还起了一些作用。

春联，也叫对联、对子。中国最早的对联，可追溯到五代后蜀主孟昶。他在家门口题词："新年纳余庆，嘉节号长春。"这是中国第一副春联。到了明代，朱元璋大力提倡对联，他命官员和百姓除夕夜都必须书写对联贴在门上，并微服私访，亲自督导。从此，"千门万户曈曈日，总把新桃换旧符。"贴春联成了中华民族的传统。

那时，村上没有几个读书人，能写毛笔字的更少。到了快过年的时候，村人买了红纸，都到一里外的花园村找花园小学王典滔老师写对联。王老师读过私塾，练就一手柳体字，铁钩银划，苍劲有力，十里八乡都有名气。但村里村外都找他写对联，从腊月上旬就开始写，还忙不过来。那一年，学校停课，我待在家里，不知谁起的头，把红纸拿到我家来，说能写标语就能写对子。我被"赶鸭子上架"，写了几副竟被认可，村人便都让我来写。此时，我的堂兄从南昌市五中也回到家里，堂兄书比我读得多，字也写得比我好。于是，我们两个人就担负起全村七八十户人家写对联的任务。

写对联看似简单，墨一磨，笔一蘸，挥毫而就，其实程序很多。首先要会算纸、裁纸、叠纸。那时农家也不富裕，到供销社买一两张价格低廉的红纸，有的自己裁好，多数没有裁，你要根据人家的大门、小门、厨房、猪圈、牛栏、鸡埘、粮仓等不同地方，裁出长短宽窄不同的纸条，计划好长条、横批、斗方及四言、五言、七言对联用纸的大小。如计算不到，纸张不是浪费，就是不够用。

心里有谱后，就开始裁纸。先把红纸按照大小对联的需要折起来，用剪刀沿着折缝从右向左裁开。这样速度较慢，快一点的方法就是把纸折好后，左手压住下面，右手抓住上面，顺着纸的纤维从左向右，"嘶啦"一下，纸就整整齐齐地撕开了。这样裁纸，手腕要掌握分寸，把住力度，轻了、重了都容易把纸撕破。我也是在反复实践后，才逐渐拿捏住分寸。

纸裁好后，还要叠纸。农家对联，一般都是七言、五言，它们的叠法是不一样的。五言的对子需要把纸对折时留出一个字的位置，再把重叠的部分对折，把留下的部分叠上来，就能把纸平分成五份。在这个基础上，再将两对角对折，叠纸的工序就算完成。七言的对子要

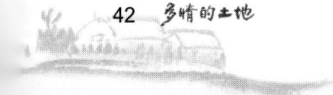

复杂一些，对折时先留出一个字的位置，再在对折的部分分成三份折好，把留下的部分叠上来，然后对角再交叉折叠。

之所以要这样折纸，是为了写字时布局均匀，平分纸面，防止把字写高、写低、写偏。这样写出的对联高低相等，大小对称，字在中间，不偏不倚。就是写一个"春"或"福"字的斗方，也要对角折叠，防止中心偏移。同时，折叠好的纸面上有天头，下有地脚，看起来美观、大方。

完成这些程序，才开始写对联。起初，我是用砚台磨墨，磨了半天，才写了几副对联，墨汁就用完了，又要磨墨，很耽误工夫，而且弄得两手乌黑，容易弄脏对联。队长说，既然是给村里写对联，墨汁就由队里出，让会计买了两大瓶墨汁来。我把墨汁倒在碗里，一股清淡的墨香飘逸出来，让人平添君子之风、儒雅之气，就有了点"村级书法家"的感觉。铺纸挥毫，成竹在胸，笔走龙蛇，一副副对联就写好了。堂屋、厢房、床上、柜上，所有空地和能摆对联的地方，都晾满了刚写的对联。前面的还没有完全晾干，后面的又摆上去了，一上午写了十来户。

堂兄写对联，比我有讲究，不仅字迹工整，笔法规范，而且内容丰富，新鲜活泼。他根据不同人家的情况和特点，自撰对联，幽默风趣，对仗工整，韵律平仄。对我来讲，这有点太深，太难，也不太懂。我就找来一本叫作《东方红》的通书，上面有农业、畜牧、气候、卫生、文化、习俗等各方面小知识，还有一章是春联，我就照着书上现成的对联写，如"地增五谷人增寿，春满乾坤福满门""开门迎新春，瑞雪兆丰年""五谷丰登""六畜兴旺""开门大吉"等等。写多了就会重复，于是就写毛主席诗词，如："四海翻腾云水怒，五洲震荡风雷激""风雨送春归，飞雪迎春到"。乡下人识字不多，对春联内容也不是特别讲究，但我一说是毛主席诗词，他们就很高兴，说："毛主席语录要得要得。"村人把贴对联当作是对毛主席朴素感情的表达。

对联写得多了，逐渐掌握了一些诀窍和知识：用墨不能太饱，容易淋字，淋少了还有办法弥补，淋多了对联就废了。贴在不同地方的对联，内容是有区别的，大门上、厨房里、神龛上及猪圈、鸡埘、粮柜，甚至百年老树，都有相对应的内容。家里有老人去世，三年内不贴红对联，第一年是白色，第二年是蓝色，第三年是黄色，它们统称"孝联"；如果这三年内家有喜事，如子女结婚，做屋上梁，冲喜，可以贴红对联。

写对联不仅锻炼了我的毛笔字，而且增添了生活乐趣，增长了社会见闻。村上有个读过几年私塾的老人，他会看书，会讲古，却从没有见他拿过毛笔。他不写毛笔字，却会指导人家怎么写和评论人家写得怎么样。我写对联时，他常在一边抽着旱烟袋，指点如何用墨、提笔、着力，讲着有关对联的故事，如苏小妹三难新郎"双手推开窗前月，一石击破水中天"的趣闻，解缙巧对富豪"门对千竿竹，家藏万卷书"的睿智，苏东坡愧添对联"发奋识遍天下字，立志读尽人间书"的自省。我们就一起笑那个急得进不了家门的秦少游，笑那个砍了竹子又受气的富豪，品味苏东坡从高傲自大到发奋苦读的励志经验。深感对联虽小，却包罗天下故事；字句虽短，但道尽人间百味。就觉得自己在干一件非常崇高的事业，对联就写得更加认真、卖力。外面雪花飘飘，室内气温很低，手指冻僵了，就搓搓手，跺跺脚，呵呵气，活动活动身子，毛笔又在纸上飞舞。

春联是春节的标志，是人间烟火的象征。到了大年三十，家家户户贴上我和堂兄写的对联，心头就春意融融，春风拂面，春天首先来到我心里。我连续三年为村人写对联，得到村人的欢迎和敬重。我洒下墨汁书香，为村人带来喜庆和年味，也为自己的人生发展，创造了条件和机会。

那是六十年代底，征兵工作开始。我体检合格，但当时要求上山下乡知识青年必须年满十八岁，且在农村锻炼两年以上。我当时只有十六岁，下乡才一年多，能否被批准入伍，心里没底。我就到公社探听消息，恰赶上接兵部队领导要给公社写一封感谢信，草稿已拟好，却没人会写毛笔字，正找人不着时，我自告奋勇，帮助抄到一张大红纸上。我一边誊写，一边修改原稿上的错字病句，增加了一些当时流行的词汇，如"江南大地春来早，革命形势无限好"。接兵领导很高兴，问我："愿意当兵吗？"我说："愿意，就是年龄……"我话还没说完，接兵领导当即对公社武装部长讲："这个兵我带走了！"从此，我从田间迈进了军营。

到部队后，连队每半月出一期墙报。那报刊栏两米多高，三米多长，有七八个平方，全连也只有两三个人能写毛笔字，我是其中之一，便得到"重用"。半年后，我家庭遭受挫折，当时机关认为我不适宜服役，建议把我退回原籍。连队领导觉得我还有点用，就以"历史问题看现在，家庭问题看本人"的政策为由，将我继续留在部队，给了我日后发展的机会和空间。

时光荏苒。离开农村半个多世纪了，后来既没有写过对联，也没拿过毛笔，毛笔字自然生疏了。"十年旧梦无处寻，几度新春不在家。"人生一年一年快得很。我永远不会忘记为村人写对联的日子，永远不会忘记写对联给我带来的机缘。

初入校门

我具体是什么时候入学的？印象一直比较模糊。

只记得那天太阳像个火盆子，一早就扣在东山顶上。院子里梨树上知了嘶鸣，把天气噪得更加闷热。一头黑猪在树底下拱出一片湿润的新土，舒舒坦坦地趴在上面歇凉。父母吃过早饭，就提着从大门上卸下的铁环和一口旧锅，急急忙忙去村边的小高炉炼铁。望着父母渐远的背影，奶奶一边扫地，一边唠叨："是大炼钢铁呀，还是砸锅卖铁呀。"

我和妹妹在树荫下拍"三角"（一种儿童游戏），一双小手使劲地拍在沙石地上，掌心被石子硌出血印。不知为什么发生了争执，我随手捡起一根棍子向妹妹头上敲去，妹妹头发间顿时冒出鲜血，血顺

着额头一点一点往下滴。妹妹"哇"的一声，把在灶间的奶奶惊出来了。奶奶先在我屁股上狠狠地奖赏了一巴掌，接着从堂屋的香炉里抓了一把香灰，捂在妹妹头上止血。我吓得站在一边发呆。

中午父母回来，奶奶出主意："这孩子越来越顽皮了，把他送到学堂去，让吴老师管管。"

太阳越过头顶一丈多，路面上的尘土冒着热气，母亲拉着我的手，出现在学校门口。

"吴老师，我把孩子送来上学，你收下吧。"母亲恳切地说。

吴老师正在给十几个学生上课，面对突如其来的新生和新生家长，现出一脸茫然。

"这孩子很顽皮，你管紧一点，不听话你就打。"母亲一再交代。

吴老师无奈地指着教室最后一排右角上一个空位子，对母亲说："你让他坐在那里吧。"

一个烈日炎炎的下午，后黄村小学增加了一名新生。

若干年后，我长大报名参军，"简历"一栏要填写"何年何月何日在何地上学"。我这才对入学时间进行了考证：那时候大炼钢铁，应该是一九五八年；那会儿天气很热，应该是夏秋之季；老师正在给学生上课，应该是放暑假之前或秋季开学之后。这就是说，我上学时，不是九月一日秋季正常开学，也不是到了适龄阶段应该上学，因为我是一九五三年中秋节出生的，当时还不满五周岁，更不是自己求学心切，或父母"望子成龙"，让我提前入学。准确地讲，我是因顽皮而被父母"发配"到学校里来的。

如今有一个观点很流行：不要让孩子输在起跑线上。在这一观念指导下，孩子的教育越来越早：还在母亲怀孕的时候，就听音乐进行胎教；孩子出生后，刚学会说话就读古文古诗；孩子上幼儿园，就把小学中低年级课程学完了；孩子上小学，就学奥数，请家教。这些孩子是不是都赢在"起跑线上"，已经成"龙"成"凤"？我没有掌握大数据，不敢妄下结论。但从我个人的经历来看，我上学够早的了，可至今也找不出任何证据来证实这一理念的科学性，至少在我身上缺乏可行性。可能是我生性愚顽，天生就不是读书的料，或是我的教育环境不理想，让我"屈才"。

后黄村小学（准确地讲应是教学点）设在村头一幢烟屋里。二十世纪五六十年代之前，家乡种烟叶，收割时烟叶白天在太阳下晒，晚上放在室内晾，有条件的人家就盖一幢七八十平方米的烟屋，平时不晾烟叶就做仓库，放置农具和杂物。农村实行合作化以后，这间烟屋改作学校。课桌、板凳都是用五六米长的木板架起来的，只是课桌稍高、稍宽一点，我们叫它"六条腿"，因为它比普通的桌凳中间多两条腿。黑板是几块杉木板拼起来的，中间有几条缝隙，板面呈灰白色，仔细看，曾经上过黑色底漆，只是时间长了，底漆已被粉笔灰磨蚀和遮盖住了。

学校只有十几个学生，分三个年级。学生是流动性的，中间常有入学和辍学的。学生入学了，上课也不一定能到齐，家长有时农活忙不过来，随时会叫孩子去帮几天工。我有一个堂姐，正读三年级，这几天就在帮家里放牛。

吴老师文质彬彬，戴着一副深度近视眼镜，穿着一件褪色的蓝咔叽中山装，口袋插着一支钢笔，这是那个年代知识分子的标配。听奶奶说，吴老师原是县城一所高级中学的老师，后来成了"右派"，下放到我们村小，教这么一个复式班。吴老师平时少言寡语，吃住都在学校，烟屋东边隔了一间卧室兼办公室，墙角边有一个小炉灶，几件简陋的炊具。吴老师除了上课，很少和人接触，但非常敬业，也很关心学生。我入学的第二天，吴老师宣布了一条纪律：老生要关心新生，

大孩不能欺负小孩。我听了很温馨，真是一个好老师。

但没过几天，让吴老师惊讶的是，不是老生欺负新生，大孩欺负小孩，而是新生骚扰老生，小孩攻击大孩。这事发生在我身上。

母亲给我缝制了一个书包，白色底子布满一朵一朵小红花，很好看。我的座位旁边是一个三年级女生，也穿了一件同样花色的上衣。那时上学开始都是练毛笔字，每天到校第一件事就是磨墨。磨墨是一件技术活，磨轻了，墨汁出不来，字迹很淡；磨重了，容易把墨水溅出来，弄得桌上、书上都是墨。所以，磨墨的力度、速度都要靠手腕来把握。我开始磨墨，使劲把墨块往下摁，速度也很快，溅得书包上许多黑点点。那天，吴老师正给三年级学生上课，我没事，就用毛笔把书包上的黑点连成线条，也不知是有意还是无意，竟把线条拉长了，连到女同学的袖子上去了。女同学发现后，从我手上把毛笔抢过去扔在地上。我手握毛笔，她抓住笔杆往上一抽，弄得我手上都是墨水。我向她胳膊上抓过去，她的衣袖也黑了。女同学又叫又掐，我抓起砚台向她泼去，弄得她浑身都是墨水。课堂也炸了。

事情的处理结果，出乎意料地满意。吴老师没有打我，批评了几句就把我俩的座位分开了，我被调到前一排去坐；母亲拿着一块肥皂到女同学家赔礼道歉，也取得了她家长的谅解。

打一仗，进一步，座位还往前挪了，觉得上学也蛮有意思。接着学习拼音，"玻、坡、摸、佛"读了半天，我也没往脑子里去。一个五岁未满的孩子，智力未开，顽性未灭，又没有学习的天赋，这个时候要他学多少知识，长多少智慧，你就是说破了天，也是徒劳。顽童不谙父母心。那时，我不仅没有学习的压力，甚至都没有学习的概念，父母苦口婆心，给我讲了很多道理，我都没有听进去，脑子里混混沌沌。吴老师倒是劝说我父母："小孩子玩心重是正常的，让他在玩中学，慢慢就会开智的。"

一二年级时，我只有一门功课"优秀"：体育。在我小学的辞典里，体育好像就是摔跤，而摔跤和打架又是紧密相连的。开始是摔跤，摔着摔着就打起来了；有时是打架，打着打着就扭成一团，在地上翻来覆去变成了摔跤。

经常与我摔跤的是一个名字叫"普选"的同学。我们两人的父母都很要好，他们是土地改革和农业合作化时期的积极分子，也是村上最早自由恋爱的年轻人。我和普选，先是发生了一场年龄官司。我们都是同年同月出生，他是农历八月十二，我是八月十五。普选说他比我大三天，我说我比他大三天，因为"十五"比"十二"数字大，普选也认可了。回家说给他妈听，他妈说他比我大三天，普选又反口了。我们开始是打嘴仗，后来就以"武功"论高低，互相在对方脸上留下几道指痕作纪念。这事闹到吴老师那里去了，吴老师判我输了。我就不明白，十二比十五还要大？不知他们的算术是怎么学的！

有一段时间，我俩打架成了家常便饭。有时我赢了，普选母亲就牵着他到我家来告状，我母亲就塞给普选一些零食，安慰几句。有时普选赢了，我母亲也拉着我到普选家讨说法，他母亲也会塞给我几块干粑，也就哄住了。有时候，双方母亲还在互相埋怨、赌气，我们两个早在一起做游戏，和好如初了，弄得大人哭笑不得。

真正让我自觉读书和对学习产生兴趣，是三年级以后的事情。我读书的动力也不完全是来自父母和老师的劝告，更不是自己认识到"知识改变命运"的道理，而是我从小就听大人讲故事，如《岳飞传》《杨家将》《三国演义》等，上学后，经常接触到这方面的连环画，我略知故事梗概，也认识画中人物，但大部分字不认识，常把"水浒"读"水许"，"晁盖"念"晃盖"，"马超"当"马起"等等。为了看懂小

人书，我开始自觉地认字、写字，上课也认真听讲了。课本上的字，认真读、写、记，课本上没有的字，也会主动请教老师，并认真记住。好在那时课程也不复杂，只有语文、算术两门，一努力也就赶上来了。作业得了几次满分，又更加激发了我的学习积极性，阅读量大增，不仅看连环画，而且读小说、杂志。到了高小阶段，成绩排在前面。每天，我背着母亲给我缝制的那个让我画满黑线条的书包往学校去，阳光落在我的头顶上，滚到我的书包上，随着我那打鼓的小腿叮叮当当地响，我喜欢这个书包及里面的书本了。一九六五年，我以较好的成绩考入双港中学。当时，双港、团林两个公社十几万人口才这么一所初级中学，每届只录取百十人，能进中学也不容易。我更加珍惜学习机会，一生都爱上了阅读和文学。

我不厌其烦地唠叨小时候的这些糗事，当然不是为了调侃，那也不是脸上很有光的事。只是从自己的成长经历中，觉得儿童的智育发展是有其自身规律的，它与生理发育是密切相关的。当心智还没有发展到那一步，不管怎么提前进行灌输，除了天才和神童，对多数儿童来讲，只能是拔苗助长，适得其反，甚至还会牺牲孩子的童真和健康。只有到了一定年龄阶段，儿童生理、心理发育与之相适应，让孩子上学接受教育，才会符合教育规律，所谓"不要输在起跑线上"，不过是一个伪命题。

我的小孙子是元月出生的，按照六周岁入学的要求，秋季开学时就要拖延七八个月。儿媳妇想让孩子提前一年上学，即五岁多一点上学。我说，我送给孙子最大的礼物，就是让他再玩半年。我是从自己的体验中，觉得适龄入学还是好一些，何况现在的孩子学习负担这么重。孙子上学后，成绩一直优秀，业余时间还学习主持、朗诵、快板等才艺，先后主持了九江市少儿艺术节及少儿春晚节目。孩子的德、智、体、美、劳和谐发展。孙子的成长也说明了遵循教育规律的重要性。

难忘师恩

　　我的读书生涯，是从村头的"烟屋"开始的。
那原是村人晾烟叶、放农具的杂物间。四面土墙，
几根屋柱，放几排木板拼成的桌凳，就成了教室；
一个老师，三个年级，十几个学生，便成了学校。
老人们称为"学堂"。

　　这个"学堂"实际上是一个临时教学点。我在
这里读了一个学期，教学点就撤销了，那个被打成
"右派"下放到村小的吴老师也被调走了，学生都
转到一里外的花园小学就读。我稀里糊涂地升为二
年级。

　　花园小学也是复式学校。现在人们都知道复式
房子，是高档豪宅，复式小学却不然。所谓复式小
学，是每个年级学生少，几个年级的学生挤在同一

间教室上课。花园小学有四个年级，两间教室，两个老师（其中一个是代课老师）。学校设在一栋被没收的地主家的青砖瓦房里。那青砖是一种很薄的窑砖，砌墙时用它立成一个盒子，里面填满泥土，再平盖一层青砖，上面又立成盒子再注土。青砖只做墙面，内芯还是泥土，所以又叫"土盒墙""土盒屋"。这种"土盒屋"虽然没有翘檐飞角，雕梁画栋，但面积和空间却很大很宽敞，客厅和中房隔为两间教室，一二年级在中房，三四年级在客厅。客厅上课从大门进出，中房上课从侧门进出。侧门有几级红砖铺就的台阶，自习时，我们常坐在台阶上朗读课文或猜谜语。有时我们以背课文为名，在台阶上"拍三角"（一种儿童游戏），因为老师在给另一个年级上课，也顾不上我们。

复式学校上课常常是闹哄哄的。老师在给一个年级上课时，另一个年级就自习或做作业。小孩子好动，山村的孩子更野，哪里做得下去，而且作业也不多，下面说话的，做小动作的屡禁不止。老师一边要给这个年级上课，一边不断地挥舞教鞭唬住另一个年级的学生。结果老师也分心，课也难上好；学生自己年级的知识没学会，其他年级学生的学习也受干扰。

乡村小学的教学极为随便，没有准确的上下课时间，大概与农民一天的作息时间同步。学生吃了早饭就到学校上课，有时上三节课，有时上四节课。到了中午就回家吃饭，饭后再去上下午课。没有课程表，老师说上语文课就上语文课，说上算术课就上算术课，说给哪个年级上课就给哪个年级上课，说下课就下课，一会儿打铃又上课。我在这里读了三年书，也没见学校买过闹钟，更没见哪个老师戴过手表。一天几次往返于学校，日出上学，日落回家。

课程以语文、算术为主，偶尔也有音乐、体育及劳动课。没有音、体、美专业老师。体育基本是跑步。花园小学不仅没有"花园"，连基本的活动场地都没有，当然也就没有篮球、乒乓球、单双杠等设施和器材。即使跑步也是在村道上或打谷场上跑，有时跑着跑着，就被一群牛或几只猪拦住而搅乱了队伍，老师就喊往回跑，学生们就嘻嘻哈哈跑回学校，一堂体育课就结束了。上音乐课没有乐谱和乐器，老师用粉笔在黑板上写几行歌词，甚至连歌词也没有，由老师领唱，老师会唱什么歌就教什么歌，音调也不十分讲究。我还记得四年级前学会的几首歌："小高炉遍地开花，新中国骑上战马……""我在马路边捡到一分钱，把它交到警察叔叔手里边……"那时我还没见过警察，只知道解放军叔叔保卫祖国边疆。

只有劳动课实实在在。老师带领我们在沟壑边、山坡上捡牛粪，割青草，农忙时，还放假让同学们回去捡麦穗、稻穗。"有收无收在于水，多收少收在于肥""没有大粪臭，哪来五谷香"，这些农颜俗语就是那时学会的。田地做课堂，农民当老师，全是真打实干的劳动课。

当我读三年级下学期时，学校在村边上建了一栋"干打垒"的平房，有五间教室，每个年级各一间，剩下一间作为老师的办公室。学校总算由"复式"变为"单一"，由农舍变为校舍，教学管理也逐步规范。

就在这样简陋、古朴的学习环境下，却活跃和坚守着一群尽职尽责、爱岗敬业的辛勤园丁。我有幸遇到许多好老师，尤其是我的启蒙老师王典滔，让我一生难以忘怀。

花园小学从"土盒屋"搬进新教室后，增加到三名老师。一名是王典滔老师，他年龄最大，在校任教时间最长。另外还调进一男一女刚从师范学校毕业的青年老师。男老师叫王习赐，女老师叫王素娥。原来的代课老师回家了。三位老师都姓王，为了便于区分，王典滔老师仍称"王老师"，王习赐老师称"习老师"，王素娥老师称"素老师"。习老师和素老师分别教一二三年级，王老师主要教四年级。

习老师、素老师的家离学校有四五里远，也是早出晚归，但他们"晚归"，是真的很晚。那时，农村孩子入学率很低，尤其是女孩，有些家长不愿意让她们上学或只读一两年就辍学。有的男孩读了两三年，也被父母叫回家去放牛了。我经常见几位老师下午放学后，到村民家里不厌其烦地做劝学工作，和家长磨破嘴皮，讲透道理，有时谈到很晚，天黑透了才回家。有一次，素老师到我邻居家劝导家长让其女儿上学，一直谈到熄灯后才离开，估计十来点钟。在老师们苦口婆心的劝说下，花园小学的学生慢慢多起来。

我从二年级到四年级，一直是王老师任教。王老师少年时期读过私塾，进过学堂，不仅满腹经纶，而且写得一手好毛笔字。青年时期追随方志敏闹革命，在弋阳县娶妻、成家。新中国成立后调回家乡担任教师，一直在花园小学教复式班。王老师中等身材，面目慈祥，为人随和，与村人关系相处很好，四邻八村的人找他写个对联、书信、字帖，总是有求必应。特别是农历腊月，村里村外找他写对联的，提前一个月就把红纸送上门。因此，王老师无论在家，还是在校，总是忙忙碌碌。上课下课时，他一手托着课本、教案和学生作业本，本子上是粉笔盒，一手拿着教鞭并扶着摞得高高的本子，急急匆匆进出教室。头发、眉毛上沾满粉笔灰，猛一看，还以为长满白发。

在班级里，我年龄最小，且又淘气。父母常对王老师说："孩子不听话你就打。"我总以为王老师那根竹枝做的二尺来长的教鞭随时会抽在我身上。当我上课做小动作时，王老师停下讲课，用眼睛盯着我，我就有些惧怕。他接着提问，我哪里回答得上来。王老师耐心地重复一遍让懂的同学回答，然后问我："是该打手心，还是认真听课？"我红着脸不敢吭声。次数多了，自己就不好意思了，不知怎么的，坏习惯竟慢慢地纠正过来，比打还管用。小学期间，我被提过问，罚过站，也被罚过抄写作业，还真没有尝过教鞭的滋味。

王老师那根教鞭也不是没有抽过学生，我的同桌细毛就挨了几次。细毛大名叫王章林，是王老师的二儿子。细毛遵守课堂纪律比我强，只是有几次回答不上问题，或上课走神，王老师就拿他开刀。细毛挨抽，我也紧张，顽皮的习性也一起跟着改正。

小学低年级开始都是练毛笔字。我写的毛笔字不是躺着就是趴着，鸡爪子似的。王老师就手把手一遍一遍地教我写字。中国的汉字，讲究饱满方正，端庄工整，一撇如刀，横平竖直。王老师说，写字如做人，见字如见人，一定要端端正正，大气昂扬。笔画的离合聚散，大起大落，疏密变化，如人立高山之巅，心胸旷达，精神潇洒。王老师握着我的手在本子上一边写着笔画，一边说着道理。我似懂非懂，心里虽不明白其中含义，却记住了老师那像父亲一样慈祥的眼睛，也记住了他说的富有哲理的话语。王老师用红笔写了几张字模，让我每天压在白纸下描摹。我按照那张字模，紧握毛笔，开始书写自己的人生。到了初中，我也能像老师那样，为村人写对联；参军后，为连队出墙报。我写毛笔字虽然未能向书法发展，笔墨无所建树，但应付日常抄写还是得心应手的。

那时小学好像没有专门的思想品德课，但王老师很注重对学生的思想品德教育，因人制宜，讲究实效。如经常在上课时结合课文讲一些孝顺父母、尊敬长辈、团结互助、勤俭节约、洁身自好的故事和典故。记得三年级时，有一位同学买了一支绿色的钢笔。那时我们都是用毛笔、铅笔和一角多钱一支的蘸水笔，一元多钱的钢笔还用不起，同学们都惊羡不已。有一天，这位同学突然惊叫起来："我的钢笔不见了。"大家帮助找了半天也没找着，有的提议挨个搜，有的说："我又没偷，搜什么？"弄得同学们都很紧张。正当大家争执时，王老师走进教室，了解情况后，让同学们都把书包放在桌子上，由习老师带领大家到外面去上体育课，即跑步。我们围着村子跑了一圈回到教室，王老师手上拿着一支绿色钢笔，对那位同学说："你的钢笔在抽屉缝里找到了。"然后就这件事进行了一次教育，一方面教育同学们不要乱拿尤其是不能偷人家的东西，要养成良好的道德品质；一方面要求大家保管好自己的物品，不要乱扔乱放，要养成良好的生活习惯。下课后，出于好奇，我仔细看了一下那位同学的抽屉，那是一块整板，根本就没有缝隙，也不知道王老师是从哪条缝里找出的。若干年后，我从部队回乡休假，去看望王老师，谈话中就聊到那次学生丢笔的事，便把心里的疑问说了出来。王老师笑笑："哪是抽屉里找出来的，是从一个学生的书包中翻出来的。"我问是哪一位同学。王老师摇摇头："几十年前的事，谁还记得。"王老师教育、关爱学生真是用心良苦，既从严要求，又讲究方法；既要教育人，又不伤害人。我想，如果那天真的挨个搜，那位偷笔的同学在班上就再也抬不起头，也可能辍学离开学校。每当想到这件事，我就对王老师"润物细无声"的教育方法感到由衷的敬佩。

从我家到学校，要翻过一座山丘，走二三百米长的田埂地坎。冬春季节雨水多，田埂太滑，王老师担心学生掉进池塘和水田，每逢暴雨或下雪天，放学时就会牵着学生一个个走过去；对年龄小的孩子，有时手上抱一个，背上驮一个，一趟一趟送学生走过这段艰难的路程，翻过山丘，望着学生一个个回到家里。我经常被王老师抱在怀里，驮在背上。爬在老师肩上，心里特别踏实、温暖，感觉自己是最高的，站在大山上，正飞在家乡的上空。那时王老师四十多岁，对待学生就像对待自己的孩子一样，热情饱满，精力充沛，有释放不尽的爱心和温馨。后来，我听到两首校园歌曲，歌名记不清，歌词还记得几句，其中一首的歌词是："小时候我总以为你很有力，总喜欢把我高高举起……"我觉得这首歌唱的就是小时候的我，是我那时候的真实写照。还有一首："长大后，我就成了你，才知道那间教室，放飞的是希望，守巢的总是你……"这唱的不就是王老师吗？小时候的我尽管幼稚无知，生性顽皮，学习条件也简陋，但有了这样的老师，难道不是很幸运、很幸福吗？

时光如飞云流霞。九十年代末，我从部队转业分配到教育部门工作，成为一名教育工作者。现在的办学条件是过去没法比的。"土盒屋""泥巴房"早已成为历史，王老师也已作古。可王老师那种"春蚕到死丝方尽，蜡炬成灰泪始干"的园丁精神和不为名、不为利，一心只为学生的高尚师德，却永远烙在我的心中，成为我学习的榜样。我常常怀念我的启蒙老师，在我的记忆中，他虽然不是唯一，却是永恒！

寻梦尧山

　　清明节的天空，一改"雨纷纷"的哭相，晌午太阳明媚，透过柳树梢的新芽嫩叶，在湖面上筛下一片片闪烁跳跃的波光，几乎被浓密高大的樟树遮没的山坡上，也尽是穿过树枝的光线。阳光就像一个胜利者，占领一个个高地，将它的旗帜插遍四月的乡野。

　　内孙陈帅开着小车，载着我和妻子在乡村公路上行驶。我们分别从九江、上海回乡祭祖。扫墓之余，相约去尧山踏青，看看半个世纪前，我曾就读的尧山高小、后来改为陈帅读过的尧山初中，以及曾经耕耘过的塔尧湖万亩稻田。

　　我摇下车窗，让双眼尽量捕捉四周景色。车轮辗过柏油马路的沙沙声，总也唤不醒沉睡的记忆，周边的一切都是那么陌生，如同经过一个从没去过的地方。我努力调动记忆密码，但仍然是徒劳。公路两边是鳞次栉比的楼房，五颜六色的砖墙瓷瓦，宽大的玻璃门、铁皮门、实木门，不锈钢栅栏和大理石贴面的围墙，早已抹去昔日农舍风貌，也不见乡村的田园和牛羊，更不闻鸡鸣犬吠，只觉得来到一个新型城镇和楼房世界。

陈帅就像他的名字一样，是一个年轻帅气的小伙子。他离开家乡没几年，轻车熟路，在一个十字路口，车子往右一拐，沿着一条水泥路前行约一公里，便望见一座拱形大门，门楣上四个大字：尧山中学。陈帅说："这就是我初中母校，一切还是原样。"陈帅从尧山初中毕业，到县城读高中，后考上大学，又从大学应征入伍，在新疆库尔勒戍边三年，退伍后放弃国家安排的工作，自己下海创业。看到母校，一种亲切感油然而生，他眉飞色舞，指指点点，给我介绍学校的环境、布局和特色。

受新冠肺炎疫情影响，时至清明，学校还未开学。偌大的校园空空荡荡，不见一人。几幢白色的教学楼静静地伫立在山脚下。经冬的落叶，在春风里翩翩起舞。操场上也飘零着蓬松的树叶，几只黑羽八哥和灰色麻雀在树枝上、草丛中跳跃觅食。教学楼前面约有篮球场大的景观池长满杂草。妻子四十年前当民兵时，常到学校操场训练，她说："那时这里一池清水，可见游鱼。"他（她）们都找到了感觉，有一种故地重游的恋念和喜悦。可我还是雾里看花，找不着北。是光阴抹去了母校的倩影？还是母校忘却了过去的学子？若有所失的我，搜肠刮肚，也寻找不出过去校园的半点痕迹。

从小学五年级起，我从花园小学转到尧山高小读书，每天自带午餐，早晚来回十多里路，奔波于家校之间。虽然单程只有五六里路，却要经过四五个村庄：花园里、湾上、赵家弄、陈家塘、扇子山。一路上

翻山、蹚溪、穿村、过桥，都是田塍地埂，羊肠小道，有一段牛车路，也是坑坑洼洼，高低不平。这条牛车路后来拓宽改建成公路。尧山小学就紧靠公路边上：三栋排列成 U 字形的旧平房，一个天晴起灰尘、下雨成泥浆的球场。我在这里念完高小，度过了两个春秋。别看几栋旧房不起眼，却是尧山辅导片区三十多个自然村四五万人口的唯一一所高小。还记得教过我的王老师、蒋老师、陈老师，他们有的是饱读《四书》《五经》的老学究，有的是省市师范毕业的科班生，师资力量雄厚，教书育人敬业，从这里走出过不少优秀学子。一九六五年，我从尧山高小考入双港中学，后来参军离开家乡，一别半个多世纪。跨进校门，我在回忆中颇感陌生，激动中有些落寞，期盼中依稀失望。就连过去上学途经的几个村庄，由于农民沿着公路建的房连成一片，老的村名已经消失。我不敢肯定这就是我当年就读的尧山高小。

后来问及在尧山中学当过老师的堂兄，他告诉我，二十世纪八十年代初，尧山高小升格为尧山中学，并迁址重建。现在的校园是在尧山的一个山洼里，离原校址有几里地了。怪不得我难觅其踪。但昔日读书的情景，还像春蚕吐丝一样，<u>丝丝缕缕萦绕脑海</u>：王老师、蒋老师等老师执鞭授课的音容神态，校园早读的琅琅书声，课间休息时同学们的嬉笑打闹，集体活动学生们唱着《让我们荡起双桨》……

从学校出来，沿着马路继续前行，经过曾经的釉户里、李家山、后高家、刘家村等村庄，现在已分不出村界，叫不出地名，外人只知道这里统称尧山。六十年代末，农村搞"一大二公"，把尧山、尧丰、花园、香炉、候家园等五个大队合并为一个大队，叫"跃进大队"，大队部就设在尧山（七十年代中期又分为五个大队）。尧山已不再是某一座山或某一个村，而是指一个大的片区。车子走了约二公里，前面一片开阔，塔尧湖展现于眼前。

塔尧湖又叫双丰圩，是六十年代初围湖造田，集全公社几万劳力修建的一座十几公里长的圩堤。它南起双港塔，北接尧山村，在鄱阳湖画了一道弧线。圩堤外是烟波浩渺的鄱阳湖，圩堤内是一马平川的万亩稻田，老百姓习惯称为"塔尧湖"。乡民在肥沃的湖滩上分畦造田，精耕细作，田里就长出了绿油油的禾苗，长出了金灿灿的稻谷。塔尧湖让人们填饱了肚皮，也给农人无限的尊严和荣光。

我们站在弧形大堤上，和风暖阳，一扫久居城市的沉闷和暮气，心情立刻爽朗起来。眺望四野，只见大堤之外，水碧草青。鄱阳湖还在枯水期，大片湖床裸露，无垠的青草翻波涌浪，但围绕大堤底下，一汪清水在缓缓流淌，还有船只航行其中。圩堤之内，平展的稻田一直向前延伸，远山如黛，近水似镜，给人一种亲切而又静谧的田园感。

稻田已经灌水，水田映现着天边的白云、飞鸟、树木，硬是平添了一个虚幻的世界。塔尧湖似乎还沉睡在"春眠不觉晓"的梦境中，旷野里没有农人耕作，没有机械轰鸣，没有青苗泛波，只有几只野鸭子在水田里游荡觅食，一副悠闲自得、无忧无虑的样子。

春风轻柔，一朵白云把我的思绪带到很远的地方。

一九六八年，我初中毕业回到生我养我的山村，塔尧湖成了我"大有作为"的广阔天地。那时，我响应"上山下乡"的号召，怀着战天斗地的豪情，来到农村耕耘这片土地。鄱阳湖地区都是种两季稻，一年四季有干不完的农活。最刻骨铭心的，还是"双抢"，即在三伏天，抢收早稻，抢种晚稻。农历六月，小暑南风吹来稻子成熟的气息，塔尧湖遍地金黄，稻浪滚滚。丰收的长卷里，涌进来数不清的忙忙碌碌的身影，农民们挥舞镰刀，一遍遍向大地虔诚祭拜，仿佛能听见他们的脊背骨"咔咔"的断裂声，灰尘混着汗水在黝黑的脸颊上流淌，打下的稻谷一担担挑回到十多里外的村庄。抢收完后，接着抢种。在烫

死泥鳅的水田里，农民们把一棵棵禾苗插进大地。割谷、打谷、运谷、拔秧、挑秧、插秧，连续二十多天，起五更，睡半夜，顶烈日，战酷暑，繁重的苦役，让每一个农民都脱一层皮。庄稼人把"双抢"称为打仗。我第一次和土地打仗，就是在塔尧湖战场。

在学校时，我喜欢读《桃花源记》，觉得农村就是桃花源。当我在炎炎烈日下劳作，心中的田园诗意早已荡然无存，"要叫穷山变富乡"的凌云壮志也烟消云散。上工了就盼收工，收工了就不想动。"双抢"及农村劳动尽管锻炼了我的体魄和意志，使我懂得"粒粒皆辛苦"，十分尊重农人和珍惜农民的劳动成果，但同时也产生了逃避农村、脱离土地的思想。就像许多充满乡愁的人，热爱故乡却又通过种种努力离开故乡，一旦离开又多愁善感地思念故乡。我大概也属于这种人。就像鲁迅先生说的，中国的田园诗意，多半只有文人才能产生，"只缘身在此山中"的农人倒未必觉得。我不是文人，却也沾了点文人习气，到头来，也没产生过什么见鬼的诗意。只知道干活才能挣工分，挣了工分才能分粮食，有了粮食才不会饿肚子。

冬天本该是农闲，但塔尧湖却让冬闲变冬忙。鄱阳湖每年汛期洪水都会冲刷掉圩堤上的泥土，出现部分坍塌。洪水退后，修补圩堤成了冬季的必修课。时至深秋，收罢晚稻，地光田净，人们便扛着红旗，担着簸箕到塔尧湖去"战天斗地"。那时没有机械，挖泥运土，全靠人工一担一担地挑，至少要干一两个月才能完成。冬天朔风凛冽，农民照常出工，带去的饭菜冻成冰疙瘩，啃一口都硌牙。我挑着泥土登上大堤，寒风吹来，激灵灵打个冷战，骨头和心都结成了冰块。望着堤内只剩下禾茬的茫茫稻田，那游弋在冬水田中觅食的野鸭子总是让我感动不已，它不畏严寒的傲骨、勤奋，无形中给了我力量，让我在艰苦中坚持下去。

庄稼人不闲一刻地在塔尧湖劳作，把自己的力气、汗水、激情交给了土地，土地也给予回报：稻谷、棉花、红薯，还有票子。吃饱了饭的农人更加有了底气和力气，又以更大的干劲投入劳作。塔尧湖年复一年演绎着农人的春秋故事。

一九六九年冬，征兵工作开始，肩膀已硬，筋骨已壮的我，就有了以枪杆换锄杆的想法。尽管参军保国是一件很荣光的事，也是青年应尽的义务，有着冠冕堂皇的理由，但从内心讲，我还是带着一种逃避的动机，填写了应征入伍报名表。经过体检、政审等程序，我终于踏上远去的列车，来到北国边疆的军营。这一别，就是五十多年。

美丽的乡愁总伴生着贫穷的痼疾。当我们在依恋故乡迷人的山水风物时，切不能无视青山绿水掩映中的贫穷；当我们跳出农门谋求幸福时，更不能把故乡的清贫当作自己怀旧的疗慰。"逃避"可以理解，可怕的是，以逃避为荣带来的价值观蜕变，实在难以面对故里乡土……

一阵清风吹皱湖水，那些卑微的野鸭不知什么时候飞走了。我漫步大堤，抚今追昔，不由得感慨塔尧湖发生的巨大变化：圩堤不仅加高、加宽了，而且筑上了钢筋水泥，再也不用人工挑圩了，堤顶也铺了水泥路，可以跑汽车；稻田由一村一队，后来一家一户分割成条条畦畦的小块，改成一垄一垄的大田，细如牛毛的田埂、沟渠重新规划，如今更加宽阔、方正、整齐；田地由各家各户经营，流转到专业户大规模承包，机械化代替人工耕种。现在耕田有拖拉机，栽禾有插秧机，浇水有抽水机，割稻有收割机、脱粒机，运输有汽车……耕种方式发生了根本性变化，农民也从土地中解放出来。

夕阳给塔尧湖抹上了一层橘红色的晚霞。回望万亩稻田，我心里翻起波浪：青翠的秧苗，金黄的稻穗，饱满的谷粒，这不都是我曾经的梦想和歌谣吗？

又见星星亮晶晶

　　一个春雨初霁的夜晚，天空明净着，像水洗过似的，些许薄云在飘忽。

　　刚上小学的孙子在窗前惊叫起来：

　　"爷爷，你过来呀！"

　　"什么事？"我坐在沙发上看电视。

　　"你过来看呀。"

　　我走到窗前，外面马路、楼房、树木，一片寂静。"看什么呀？"我问。

　　孙子抬头望着夜空，用肉嘟嘟的小手指着空中的一点亮光："那是什么？"

　　"飞机。"我不假思索回答。

　　"飞机怎么不动呀？那是星星。"

　　我定睛一瞧，果然是一颗明亮的星星，一颗远

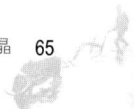

在天际却又近在头顶,灼灼其华却又隐隐约约,曾经熟悉却又变得神秘,温暖亲切却又让人震慑的星星。

多少年了,我们在城市上空很少见到这样明晃晃、亮晶晶的星星,夜空总是那么灰蒙蒙的,即便是晴天,也见不到满天繁星,人们似乎把星星都忘记了。有几次傍晚散步,我还和妻子探讨过此事,妻子亦有同感:"是哟,现在很难见到明亮的星星。"接着又补充:"八月十五赏月时,也没看到这么亮的星。"

不知是我被星星震慑住了,还是星星被我震慑住了,彼此都显出惊讶的表情。我睁着眼睛继续搜寻,云层深处,又若隐若现出一些亮点。"一颗、两颗、三颗……"孙子数着,"有十几颗。"越寻找好像越多。星星也眨着羞怯的眼睛,躲躲闪闪,有的刚露面又藏了起来,一会儿又跳了出来。

我站在孙子旁边,一起仰望星空,看着那幽远冥寂的天幕,平常是一个顽皮的小男孩,也显得深沉起来,露出一脸惊喜。透过惊讶和兴奋的面孔,孙子见到了星星。他的目光从窗口出发,射向远空。星星从深邃的空中过来,瞄着大地,在这个美丽的春天的夜晚,他们彼此相遇。这一刻真是无比神圣。小孙子长大了,可以独自闯进大自然,他不再是从书本上一横一竖、一撇一捺去认识"星",也不是从图片上、电视里去看那画上去的或者从别的什么地方拍摄的"星",而是在苍穹之下,面对面地看着星,认识星,熟悉星。这可能是他第一次看见这么明亮真实的星星,也可能是以前熟视无睹,至少,现在对他来说,星星已不再是书本上、图画里、故事中的概念,而是实实在在的宇宙中的元素。

孙子来到人间,作为新时代的儿童,享受着衣食无忧、天真无邪的幸福生活,许多现代化的玩具、游戏和文化教育,是我们那个时代

望尘莫及的，人类创造的物质和文化成果，他们都能尽情享受。而大自然给予人类的恩赐，如清澈的山泉，纯清的空气，透明的蓝天，恬静的田园，满天的星斗，这些我们过去司空见惯、习以为常的东西，对他们来说却成了稀罕之物，不专门到乡村山野、雪域草原去，是很难见到的。要不然，看见星星也不至于大惊小怪。

不禁想起那像米粒儿一样满天繁星的夜晚。

小时候，在故乡的苍穹下，无数稠密的星星像玉兰、像枣花一样开满夜空。一些星星是朦胧的，它们在遥远的银河之外，一些星星是灿烂的，闪烁着雪山或冰河的光芒。人身处其中，心情格外清朗爽快，感到夜空不是沉寂的，而是由星星组成的热闹世界，甚至树梢上、屋顶上、湖面上都闪动着星星的舞姿。

曾几何时，灿烂的星光多少次伴我进入梦乡，多少次唤醒我于黎明，多少次给我带来欢乐与梦想。人生，就是在斗转星移中度过一个又一个春秋。

我忘不了——

在酷热的夏夜，我躺在院子里的竹床上，听着奶奶讲牛郎织女的故事，便认识了牛郎星、织女星，还有像勺子一样的北斗星，以及拖着火把划破夜空的流星；

在乡村的拂晓，我披星戴月，在星星的豆光映照下，牵牛扛犁走向田间，用汗水描绘《春耕图》，以劳作换来稻与粟；

在戍边的日子里，星光陪伴我夜练、站岗、巡逻，我曾经以星星为题材，写了一首小诗："枪口对准星星／星星大吃一惊／你看它躲躲闪闪／又藏进云层……"

当然，也忘不了在那特殊的年代，在星朗月明的夜晚，在村庄的打谷场上，我们唱着"天上布满星，月牙亮晶晶，生产队里开大会，诉苦把冤申……"还有在广播里、剧场中、银幕上，听着"抬头望见北斗星，心中想念毛泽东……"接受长征精神和革命传统教育。

不知从什么时候起，天上的星星渐渐地稀少了，躲藏了，离我们远去了，不再和我们玩了，我们这些在城市生活的人很少见到它的倩影，只是在文字上、图片里、古诗中与它相约。

怪星星吗？

人类一味追求工业化、机械化、现代化，建起一座座大烟囱、大机器、大厂房，吞云吐雾，排污泄浊；人们一味追求金钱利益，大肆砍伐森林，滥采矿石，让青山秃顶了，草原沙化了，土地透支了，使雾霾出来了；人们一味贪图舒适享受，汽车跑着，空调开着，烟尘迷漫着……

物极必反。大自然的无情报复让人类醒悟：绿水青山要胜于金山银山。于是，世界扯起"环保"大旗，向环境污染宣战，虽然治理污染太艰巨、代价太大，但还是有效，那颗闪亮的星星，不是在启示人们要敬畏自然，敬畏生命吗？

中华民族是一个产生愚公移山和精卫填海神话故事的民族。她既有改天换地的伟力，也有治理污染的能力。

愚公移山，曾经搬走挡在家门口的大山！

精卫填海，也必能驱散挡住双眼的阴霾！

但愿孙子又能见到像米粒儿一样的满天繁星！

辑二

厚土深情

　　妻子和大妹肩上架着犁枷，在前面拼命地拖，二妹双手紧握犁把在后面使劲地推。铧犁翻开了泥土，也绽开了她们肩上、背上、手上的皮肉，一道道口子直渗鲜血，溅满泥浆的衣服被血迹粘在身上。她们咬紧牙，身子近似匍匐地挣扎着向前蠕动……"纵有健妇把锄犁，禾生陇亩无东西。"杜甫从唐朝发出的叹息，没想到二十世纪末会在我家重演。欣慰的是，妻子和妹妹轮番地拉犁，换来了满仓的稻谷。

在水一方

千百年来，山与水一直在抗争着。山以坚硬的骨骼和庞大的身躯，毫不留情地将水扼住，让其分流、分道、分离，形成一条条江、河、湖、溪，或一个个塘、潭、滩、池。水则千回百转变自己的浩荡和柔顺为刻刀，将那连绵起伏的山脉一点一点切割成沟沟壑壑，梁梁峁峁，让一座座山峰在风雨飘摇中日渐沧桑和瘦削。它们既相互掣肘，又和睦相处，既无情争斗，又互相依衬，较量到最后，出现抗争相反的结局：山因水而清，水依山而秀。

被山与水揽在怀里的后黄村见证了这一切，同时，又被这一切妆点了自己。村子前面，是一条宽阔的河流，河的对岸是像版画似的绵延的山峦，它从南向北一路舞来，延伸到村前，突然拉出一个豁口，兀立两座山峰。相传，在洪荒年代，有两位天神爱上同一位仙子，遂化成神牛在此决斗。不知斗了几天几夜，难分胜负。它们要决战到底，最后都战死变成山峰，永远定格在那里。远远看去，两座山峰就像两头铆着劲意欲格斗的公牛，人们就称它为"斗牛山"。仙子被两位爱神所感动，化为一汪碧水，依偎在山脚下，人们称它为"斗牛山湖"。

这个传说就像种子一样落在我的心里，而且随着时间的流淌，生根，发芽，开花。斗牛山、斗牛山湖，这两个传奇而又壮丽的名字，在我心中就有了人一样的生命和感情。斗牛山犹如一位慈祥而伟岸的父亲，它不仅以丰茂的林木和果实供养乡人，而且以巨大的身躯横亘在村庄与鄱阳湖之间，阻止洪水泛滥，从而成为庇佑村庄的靠山。斗牛山湖也就成了村庄的母亲湖，村人生产生活，捕鱼捕虾，采菱采莲，就如孩子依赖母亲一样，全靠这片湖水了。

斗牛山湖不大，也不小，根据季节的变化而伸缩。汛期，四乡八村，沟沟壑壑的流水把它撑饱、增肥，那就是一片汪洋。到了冬季，进入枯水期，湖就瘦了、小了许多，但在孩子们的眼中，还是很浩渺。斗牛山湖原来不是这样的，它和鄱阳湖是连着的，准确地说，是鄱阳湖的一个湖汊。它从斗牛山两座峰崖下，紧紧拉着鄱阳湖母亲的衣襟。鄱阳湖的水涨到哪里，它的水面就扩到哪里，根本用不着山山岽岽的流水来施舍。大跃进时期，战天斗地的人们在斗牛山崖下造了一道几百米长的堤坝，生生地把这对母子分开，只剩下一个闸口，让它们藕断丝连，同时又落下一个名字：斗牛山水库。不过，乡民们仍然称斗牛山湖。那时，斗牛山湖美若仙了，水蓝得那么纯粹、明亮，如佛祖流下的一滴眼泪，永远纯洁晶莹在那里。鸟在蓝天飞，云在水中漂，天鹅和水鸥静静地浮在水中的云朵间间。我第一次见到鸳鸯，不是在书上、画上，而是在斗牛山湖中，那些灰身锦羽的精灵，在水中成双

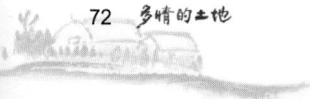

成对，交颈接耳，卿卿我我，向世人昭示爱情的真谛。云朵之间，还有人、船、树的倒影。夕阳西下，清风吹皱湖水，微波颤动斜阳，打鱼人唱着歌谣，收网归家。岸边林子里的白鹭、八哥、黄鹂、山雀叽叽喳喳喧闹着。后来读书了，学到几个成语，渔舟唱晚、百鸟朝凤，才意识到自己生活在一个渔舟唱晚、百鸟朝凤的村庄，就像《诗经》里流出的一句诗："所谓伊人，在水一方。"

山是湖边永久矗立的屏风，湖是山下不倦吟唱的歌手，它们动静结合构成了故乡独特的风貌。村庄傍山依水，人家逐水而居，生活就有了诗意。清晨，太阳爬上树梢，穿红着绿的女人们提着衣桶，拖着长长的搓凳，来到湖边，一字排开跪在搓凳上洗衣服。红润的脸庞像朝阳一样灿烂，翘起的身姿是那么婀娜，棒槌捶打因浸水而变得厚重的衣裳，发出"扑、扑、扑"的声音，搓凳上水花四溅，浅水中小鱼游弋。河岸上绿树繁花的影子，在水里面自在地摇曳。泊在岸边的渔船，被水浪激荡得一晃一晃，打鱼人从船舱里钻出来，眼睛和心都被岸边的风情填满，痴痴地愣着不知该干什么。浣女捶衣河滩上，渔舟泊于小村前。山村水乡就这么浪漫、撩人，让时光茫然无措。

早春二月，桃花、梨花、杏花笑弯枝头，黄鹂、布谷、山雀啼鸣树梢，村庄就有了音乐般的美妙。停泊在斗牛山湖边窝了一个冬天的帆船扯起风帆，驶向鄱阳湖（造了堤坝后帆船停在堤外），湖面上白帆点点，千舟竞发。那时还没有公路，进出村庄主要靠水路，船只成了交通、运输的主要工具。我搭乘生产队的帆船去县城。船从斗牛山豁口进入鄱阳湖，经八字垴转入饶河，如果顺风顺水，行驶二三个时辰就能到达饶州码头（旧时鄱阳县称为饶州府）。如果无风或逆风，就要撑竿拉纤，说不准要一两天。这天风向正好，白帆像一把银刀插入空中，水鸟盘旋头顶，发出阵阵长鸣。鄱阳湖一片苍茫。近处是浪，浪涌拍

打船身，开出一波一波硕大的花朵；远处是云，云烟缭绕看不见尽头，不知前方的船是在水中走，还是在云中行。一位年长的大伯对我讲：山外有山，天外有天，走出斗牛山，还有更大的世界。他在生产队常年驾船。从鄱阳湖到长江，每年要跑几个来回。江风吹黑了他的皮肤，吹皱了他的脸颊，吹裂了他的双手。他和乡亲们风里来，雨里去，把鄱阳湖当作快乐家园。我第一次远航鄱阳湖，就觉得它的壮美是由浪花赋予的，它的辽阔是由风帆度量的，它的丰富是由无数船舶充盈的。我恍若看见一群头戴草帽，身穿短裤，赤着膀子和脚杆的乡亲，拉着纤绳在鄱阳湖畔和长江边上弯腰弓背挣扎前行。为了生计，无论是晴天丽日，还是刮风下雨，无论是风平浪静，还是激流险滩，他们都蹚着泥水，喊着号子，拖着岁月的车轮，一步一步在泥淖中行进。拉纤的人，都是我的长辈和兄长。

从此，年少的我，便有了憧憬和梦想。

水乡并不都是水路，也有旱路，不过都是弯弯曲曲的山道、田塍、地埂。这些田塍地埂，像庄稼人的手一样，粗糙、笨拙、厚实，甚至雷同，但又像指纹一样，没有哪一条完全是一模一样的。那路，细得像一根绳子挂在山间，只因走的人多了，它就变成了路。走在这种路上，有一种苍凉古朴的感觉，偶见行人挑着担子或背着包袱从山道上经过，仿佛风尘仆仆从唐朝走来。

即使走旱路，也会碰到溪流和沟壑，怎么也绕不开水。鄱阳湖河汉众多，溪流遍布。它们七弯八拐，九曲绵延，如回肠盘结于大地，似万马奔腾于草原。它们在田畴间迂回流淌，宛如大地上的五线谱。我上小学时，从家里到学校，要经过两条小溪，那是从斗牛山湖伸过来的河沟。如水浅，就垫几块石头，踮着脚尖跳过去；水深，则脱掉鞋子，挽起裤腿蹚过去。其中有一条溪流，地势比较平缓，如遇汛期

或暴雨，它就变成一个滩，滩口是一个瓶颈，溪水、河水、雨水到了那里，突然被挤在一起。这种带野性的水流互不相让，纷纷都想夺路而去，于是便在那沟壑里变得湍急起来，汹汹浊浪激起一阵轰然的涛声。我在一处森然的陡坡下，就成了一道人的宣言——或蹚，或泅，或几个人手拉手渡过河去，脚下的山路才能在山坡上延伸。这样惊险的行程，在小时候是家常便饭。

我对家乡的记忆和眷念，总是从水开始，开门便是湖，出行即划船，旱路也蹚水。那时从乡下到县城，如果不乘"汽划子"（轮船），天不亮就要起床，先走十几里山路，跨过几条小溪，到达双桥村。双桥村并没有桥，饶河从村前经过，再向前走就要过渡。准确地说，双桥村应叫"跳板村"。从这里过渡，枯水时只要几分钟，汛期水面五六里宽，需要一两个小时。乘坐这样的渡船，丝毫没有"轻舟已过万重山"的悠然快乐，只有心急火燎的感觉，担心一天赶不上来回。上岸后再翻过姜家坝，县城和目光碰个正着。

水乡人靠水吃水。鄱阳湖有捕不完的鱼虾，采不够的菱藕，挖不尽的野菜；那清澈的湖水可以行船，可以灌溉，可以饮用；湖畔湿润的土地不仅春有花，夏有荫，秋有果，即使冬天，田野上还是生机勃勃，绿茵丛丛。樟、松、棕、柏、柚、桂等树木披青挂翠，野草虽然叶子枯萎，但根部仍有青茎绿芽，哪怕大雪覆盖，也不肯完全褪色，它们顽强地匍匐在土地上，保留一丝嫩青，坚持为牛羊奉献食物。野草似乎在和冬天较劲：你有你的严寒，我有我的坚韧。因此，当我深秋或隆冬回到故乡，仍能见到儿童在山坡湖畔放牧，那些水牛、黄牛、公牛、母牛、老牛、小牛低着头专心吃草，草不甚丰茂，还有些枯黄，但一经湖水滋润，就有了鲜美的味道。牛们没有嫌弃，也不为麦地里的青苗所诱惑，就像我从来没有厌弃过我的村庄一样。偏僻贫穷却生生不息的水乡，是快乐家园。我打量着牛，牛抬头看着我，样子显得沉着、安静、朴实，神态时而傲然时而淡然。那头看着我的水牛"哞"了一声，好像在打招呼："你吃了吗？"

十三四岁的女孩蹲在湖边的石头上洗衣服，一头母牛和一头小牛犊悠闲地在不远处的田埂上吃草。她是放牧洗衣两不误。女孩用手搓着衣服，水从她手指缝中流出，水就有了些婉约和温柔。衣服在水中一甩一甩，激起一圈圈涟漪和水花，人就增添了几分灵气。我上前去打了一声招呼："洗衣服呀？"女孩回头望着我，虽然是一个村庄的，她不认识我，我也不认识她，但她心里似乎又明白，这可能是村上在外面工作的爷爷回来了，可又不完全确定，便羞涩地回了一句："爷爷好！"湖水将历史的年轮一圈圈展开。我从女孩圆润的脸庞和明亮的眸子中，似乎看到了曾经相识的大人，便试探着说，"你是菊花的女儿吗？""我是她的孙女。"对上号了。女孩回头一笑，仍在洗衣。河边浣纱女，山坡牧牛娃。眼前的景致好像在哪幅水墨画中见过，又好像是在梦境中出现过。

不远处湖岸上是一户人家，砖墙青瓦的老屋前，一棵橙黄的柚子树在秋风中立着，宛如夕阳点亮的一盏盏宫灯。有老倌荷锄从田畔回来，婆子坐在树底下慢慢择菜，不时向墙角边的猪圈里扔一把菜叶，就听得猪们迫不及待地抢夺青菜的嗷嗷声和大快朵颐的吞咽声。鸡在院子里不停地啄食，狗懒洋洋地站在最后一缕夕阳中。是农家乐？还是秋风图？我这个在都市待惯了的人，仿佛一下子接到了山村水乡的地气，立马鲜活和踏实起来。

我向农家走去。竹子扎成的篱笆柴扉半掩，几丛菊花旺盛地开着，它的根就扎在篱笆边，摆出经典的姿势。当年陶渊明也就是那么随便一吟，"采菊东篱下"，就成了菊的名片，也把陶翁定格在那里。只

要看到篱笆，我就想到了菊，也想起了陶渊明。菊灿烂，陶翁灿烂；陶翁扬名，菊扬名。

我打量正在院内择菜的婆子，喊了一声："菊花嫂子。"婆子抬头，认出了我，站起来拍掉身上的尘土，连忙招呼我进屋喝茶。原来，菊花大嫂两个儿子都在外面打工，女儿也出嫁了，她和丈夫在家带孙子孙女，湖边放牛的女孩是在初中读书放学回家的孙女。

时光的小船悠然从容地从村庄划去。我参军离开家乡时，菊花嫂子才嫁到村上，小媳妇长得和她的名字一样，艳丽俊秀。但菊花嫂子的命运并不像她的名字那样灿烂光艳。由于出生在富农家庭，在童年时代心里就蒙上了阴影，聪明伶俐的女孩没能读上书。长大后，出落得如花似玉，很多后生甚至有的年轻干部暗自追求，却又不敢托媒说亲，何况，她上面几个哥哥还是单身。后来，父母做主，找一"门当户对"人家，将菊花与哥哥换亲。幸好男方也是勤劳朴实的汉子，只因是富农子弟，成了大龄青年。一对同病相怜的青年男女终成眷属。岁月的风霜，水乡的土壤，让偶遇的爱情在湖畔生根、开花、结果。他们生下两男两女，长大都成为勤奋踏实的庄稼人，后来外出打工都有了自己的事业，就如斗牛山湖的水草和荷花，自由生长，葳蕤茂盛。

一方水土养一方人。如今第三代"菊花"也如出水芙蓉，傲然俏立。我脑子里忽然蹦出《诗经》中的句子来："溯游从之，宛在水中央。"这个被山水环绕的小村庄，小农屋，小女子，多像在古诗里，朴素恬静，又灵动飘逸。原来，生命就是一种轮回。我们都在重复我们的前辈，我们的后代亦再重复我们。生命之流总是在奔腾向前，好像什么也没留下，又好像到处留下印迹。故乡不是静止的村庄，她像斗牛山湖水一样，是一种流动的力量。

我在夕阳下的湖边漫步。湖岸一排粗壮的柳树，有的亭亭玉立，有的正襟危坐，有的东倒西歪，不管长得美与丑，一律垂向湖面，它们不是依水梳妆，而是彰显生命的顽强和自由，并以武士的姿态守护河岸。湖面风平浪静，水波不兴，只有小溪潺潺流水注入大湖，可能是溪流把风带走了。可从斗牛山湖平缓的姿势中感觉到，它就是一位饱经沧桑的老人，表现出一种惊世骇俗的镇静，而内心世界却波涛汹涌。斗牛山湖就像它岸边的庄稼人一样，表情总是那么凝重、庄重、沉重，它拒绝浮躁和虚伪，喜欢朴实和沉稳。

如母亲哺育婴儿一般，河流敞开胸怀哺育大地，它让人血脉延伸，也让人缠绵缱绻。使人感到，人类的繁衍，不是自己，而是河流；把人与大地连在一起的，不是别的，是河流；让人回望的，不是炊烟和家园，而是河流。河流不但丈量大地的长度，也刻录我们生命的长度。

大自然有时也会被人类活动牵着鼻子走。后来，改天换地的人们，用扁担和锄头在鄱阳湖画了一道漫长的弧线——一座十几公里长的利池湖圩堤，把斗牛山包围起来了，原来浩渺的湖水变成了万亩良田。人们在迎接新生活的同时，昔日的山水风光和水乡生活也在改变：失去大湖环绕的村庄，就像饥渴多病的躯体，有了衰颓之相。虽然斗牛山湖还有一线流水，但与鄱阳湖没有什么关系了，完全靠四乡八村的山水、雨水积屯，因而少了浩荡和激情，少了清澈和妩媚，少了白帆和水鸟，少了物产和绿色，当然也少了"在水一方"的诗意。

为了保护鄱阳湖，近几年政府开展退田还湖，建立湿地保护区，推进禁渔、禁猎、禁污等各项措施，说不准哪一天鄱阳湖的水又能流进斗牛山湖，村庄又恢复屏山入画，枕河入梦的那分滋润和娇容。

"绿草苍苍，白雾茫茫，有位佳人，在水一方……"费玉清那首《在水一方》，成了我的最爱。在音乐声中，那苍碧连天的鄱阳湖水仿佛又在村前浩荡……

多情的土地

村庄深藏在大地的皱褶里。

这里是丘陵地带。山峦、河流、沟壑、树林、房屋、田畴，杂杂落落缠绕在一起，村庄不经意就被山峰河谷"屏蔽"。后黄村就这样被山重水复包裹着，隐匿着，地图上也找不着。村子没有典故，没有传奇，没有历史文化积淀。它只有名字土得掉渣的山丘田野，只有农家屋舍升起的袅袅炊烟，只有村人日复一日、年复一年演绎的春种秋收的田园故事。也许，这就是人间烟火，就是村庄元素。

然而，村庄在我心中却经纬分明。那里每一块土地的方圆正斜，高低凹凸，长短宽窄，都以纳米为单位镌刻在我的梦魂里，无论过去多少年，我都能说出它的名字、方位、形状以及泥土的气息、颜色。因为，这里曾经洒下我的汗水我的泪，这里有着我的青春我的梦。

这是一片多情的土地！

打谷场

我可以用"万能广场"来形容村上的打谷场。

打谷场也叫禾场。它的作用不光是打谷、晒谷，麦子、芝麻、大豆、油菜、高粱、荞麦熟了，也在这里脱粒、扬场、晾晒。棉花、桑麻、烟叶收了，也在这里晒场、分类、打包。这里总是忙忙碌碌。夏粮收完晒秋粮，集体使后私人用。到了农闲，村上放电影，宣传队来演出，年轻人玩龙灯，都在打谷场，这时，打谷场就成了村人的娱乐中心。

这地方原来叫"两亩七"，是一块二亩七分的庄稼地，因为地势较高，旁边又盖着生产队的烟屋（仓库），就把它平整压实，固边筑坎，便变成了打谷场。那还是人民公社刚成立的时候，村上集中全部劳力，把地表的肥土挑走，又从鲶山运来黏性很强的红土，老牛拉着碌碡，也不知走过多少圈，碾压了三个白天，直把它压得像张面饼一样光洁，没有一丝缝隙，才有了这个晴天不起灰，雨天不积水的禾场，才有了适应集体劳动特别是收割打场需要的场所。这是当年村庄的一个标志性建筑。

最喧闹的是麦收季节。几晌南风，将麦子少女的绿裙吹成少妇的风韵。农民抹了两把汗，抬头看看毒日头，便投入一场与土地抢粮的鏖战。打谷场敞开着它宽阔的怀抱，等待拥抱它思念已久的新娘。

生产队百十亩麦子，不断运到打谷场，一捆捆麦子码得整整齐齐，偌大的禾场变成了麦垛的城墙。为了防止骤雨袭击，白天收割，晚上打麦，人与禾场都像绷紧的弓弩，谁也不能松劲。打麦和打谷不同，

稻谷在稻田中打在禾桶里，麦子是在禾场上打在"护椋"里。所谓"护椋"，是用四根方木做成的长二米、宽一米，中间用横木隔开的两个方框，框内镶着十根侧立的粗竹片。打麦时，把"护椋"放在两条长凳上，麦秆甩在上面，脱落的麦粒从竹片间漏下，上面只剩下麦秆和空穗。

银色的月光照得打谷场如同白昼，"嗵嗵"的打麦声震荡夜空。村庄夜深沉寂，猪、牛、鸡、鸭都进入梦乡，树上的鸟也噤了声音，只有打谷场生动鲜活着。起风了，人们开始扬场。男人们手持木锨，铲起混着麦屑、枯叶、尘土的麦粒，往空中一扬，一道弧形，斜面扇天，麦糠飘开去，像一场蒙蒙的雪。风在空中忙碌地分解，叶、屑、灰横向飞走，麦粒像雨点一样沙沙落下。一边抛洒，一边吆喝，声助风势，风扬声威，在一阵阵"哟嗬嗬……"的吆喝声中，打谷场成了麦粒飞舞的世界，夜空化为人们呐喊的乐厅。农人的梦想在那一扬一喝、一起一落间变成了现实。女人们拿着扫把、簸箕，把扬起的麦屑扫到一边，将饱满的麦粒装进麻袋。劳作的人们像被一坛老酒熏醉了似的，摇摇晃晃着腿脚，憨笑着，叫喊着。

红日再次从东方升起时，打谷场成了晒场，那褚红色的地面变成金黄色的地毯。树上的麻雀垂涎三尺，趁人不注意，飞下来啄食几口，一轰，"唰"的一声齐飞走了。孩子们与麻雀斗智斗勇，用弹弓打，用石子扔，用棍子赶，用嗓门轰，麻雀终究不是人类的对手，日上三竿，都躲在树上，隐蔽踪影，或飞往他处，另觅食物。

那时，公社放映队每年要来放几场电影。太阳还没有下山，孩子们就把板凳搬到打谷场。队里也会早点收工，社员们吃罢晚饭，叼着烟袋，三三两两来到打谷场。放映队两位年轻的放映员早已骑着自行车，驮着放映机、发电机到达。拉上银幕，启动柴油发电机，"突突突"冒出一阵黑烟，放映机边的电灯就亮了。银幕前后都是人，有站着的，有坐着的，还有脱下鞋子圪蹴在地上的。调皮的孩子举起手，在放映机光束前摇晃着，让变形的身影投在银幕上，并为这些怪影欢叫着。大人吼了几声，怪影遁去了，电影放映了。影片是老三样：新闻简报、抗美援朝、革命样板戏。村人就在打谷场上，认识了王成、王芳兄妹和杨子荣、李玉和、郭建光等英雄人物。

公社、大队的宣传队也会来村上演出。宣传队来不搭戏台，就在打谷场中间演唱，人们围成一个圆圈，边看边议论，指指点点，看到高兴时，一片叫好。村人又在打谷场上见到了手舞足蹈、能说会唱的"活人"杨子荣、郭建光、李玉和。不过，这些英雄人物都是他们平时比较熟悉的乡下后生扮演的。

最惬意的是夏天的消夜。由于打谷场地势高，又在村子北头，晚风一吹，特别凉爽。夕阳西下，地上还冒着热气，人们在打谷场上搭起铺板，搬出竹床，铺上凉席。夜晚，男男女女扇着蒲扇，大大咧咧，或坐或躺。有人讲着故事，有人扯着闲篇，有人唠着家常，还不时用蒲扇在腿上、胳膊上猛击一下，那是扑打该死的蚊子。有流星忽然从头顶上滑过。萤火虫打着灯笼在巡逻。蛐蛐、蝈蝈在草丛里唱着催眠曲，渐渐地把人们带入梦乡。当然，也有人半夜溜回家去，那是年轻的夫妇们。

不知从什么时候起，打谷场变成了屋场。原来是田地分了，用不着集体打麦、晒场，村上再也没有来过宣传队、放映队，打谷场已失去了它的功能和作用。我望着那一幢幢空寂的楼房，眼前总是浮现那打麦、扬场、晒谷的忙碌，耳边仿佛响起阵阵的吆喝声、戏曲声、嬉笑声。往日车水马龙的繁华，像梦一样消失在昨日的时光里。

苍 下

从村子东边穿过一片树林往前走,有一座绵延起伏的山丘,那就是苍下。苍下是村东的尽头,那里是人们送亲人上路的地方,山丘将他们隔绝在两个世界——村人的祖坟,都埋在这里。每到清明节、春节上坟祭祖,或有村人撒手人寰时,苍下就弥漫着烟火味,爆竹声此起彼伏,晚辈们"请"先人回家吃年饭的呼唤声,未亡人哭已亡人的悲切声,在山间回荡不息。苍下,仿佛是人间到天堂的驿站。

苍下是一座山,应该叫苍山、苍岭、苍峰更合适。为什么叫"苍下"?后来我分析,这里最早可能叫"苍厦",是历经沧桑驾鹤西归的先人在冥界的"屋厦"。因为"厦"和"下"在家乡是同音,人们就叫"苍下"了。我曾说与村上一位戴着老花眼镜、长着花白胡子的老人听,他也觉得有道理。都怪乡下人没文化,时间长了就叫乱了,"苍厦"变成"苍下"。

苍下不光有坟茔,从半山坡往下都是梯田,一层一层如田螺一样叠摞着,我知道这是村人改造自然的成果,家乡的土地几乎都是由光秃秃的山丘和赤裸裸的沟壑改造而成的,让人感到先人的伟大和艰辛。我参加生产劳动时,苍下至少有一百多亩土地,冬天种麦子、油菜,春天种棉花、大豆,从春到冬,满坡变换着绿、黄、白的色彩。特别是清明祭祖时,从山脚到山顶,都是金黄色的油菜花,人们穿过菜地到达坟前,衣服都染黄了,头发上也粘满油菜花。孩子们跟着大人走清明,把上坟祭祖的事扔在一边,跑到菜地去追蝴蝶。大人点燃香烛,到处找孩子来插花、烧纸、叩头。一个"欲断魂"的仪式,生生让孩子们变成"追黄蝶"的娱乐,让人哭笑不得。

那时,山坡上,坟茔间,空地很多,荒土荒草在旷野横陈着。上高小的我，在星期天和妹妹一起，扛着与自己一般高的锄头到苍下开荒。锄头唤醒了沉睡的山地，捡掉土里面的石子、草根，六七块大小不一的"土地"铺展于山间，大的有几张桌面大，小的只有斗笠那么大。大块地种点芝麻、绿豆，偶尔松松土，施施肥，任其自然生长，也能有二三升收成。小块地只是挖一个浅坑，从泥塘里抬来两筐淤泥，拌一泡牛粪，堆成一个土墩，栽上一两株南瓜或冬瓜。隔几天浇一次水，瓜藤恣意蔓延，蓬勃成一团翠绿。像蒲扇一样的南瓜叶，把地面遮得严严实实，看不到枝蔓、根兜，若不是坟头爬上一根藤稍，兀自翘首在那里，还以为这些绿叶是凭空生长出来的。绿叶间绽出喇叭一样的花朵，黄黄的，粉粉的，特招人喜欢。上空"嘤嘤嗡嗡"飞来飞去的蜜蜂和人一样忙碌着，等待着瓜果的成熟。

大人见我们在坟地浇水施肥，就唬我们："坟地种瓜不怕鬼呀！"开始还真有些害怕，因为小时候经常听大人讲鬼怪的故事，也就相信鬼神之说，就觉得人间之外，还有一个可怕的世界。因此，只是大白天去侍弄，傍晚不敢过去。后来，听学校辅导员讲了一个《少先队员不怕鬼》的故事，内容是少年儿童为保护集体财产，与装神弄鬼的坏分子做斗争。我听后，胆子大了，也不相信有鬼。放学后，太阳下山，我和妹妹从苍下一人抱一个南瓜回家。

苍下有一条水沟，宽、深约两米，长约五六百米，直通斗牛山湖。沟里流水潺潺，夏季暴雨后，水流湍急，冬季也不干枯。我们到花园小学上学，来回要经过水沟。水沟里面，有丰富的野生果子，从春末到仲秋，我和同学放学后经常蹚着溪水，采摘沟里的野果。春天摘苞子（野生草莓），一个个拇指一样大的又圆又红又软的苞子，放进嘴里，甜到心里。两个衣兜装得满满的，一路吃到家里，嘴上手上衣服上都染红了。夏天折荆棘稍，上面有小刺，剥皮吃芯，又嫩又脆。秋天采

小糖梨，一种像枣子一样大，表面带刺的青黄色果子，除皮去核吃肉，味道也不错。后来，我从药店得知，这是一味中药，具有去火、解毒、活血功能，有时在集市上还能见到卖小糖梨的。水沟里有蛇，我们也不害怕。从这头走到那头，一路蹚水、喧哗，用棍子在沟两边草丛里划拉，蛇早就躲到一边去了。我们见过蛇游动，还未曾被蛇咬过，不知是打草惊蛇把它吓跑了，还是苍下祖坟里的先人保佑我们，现在想起来，还真有些后怕。苍下的水沟给了我们欢乐，也锻炼了我们的胆子。

岁月消磨生命，也消耗田地。如今，苍下的梯田越来越少了，村人从村边往山丘盖房子，楼房都立到半山坡；山上坟茔不断增多，顺着山坡往下堆垒。我原来开垦的荒地，也增添了奶奶、父亲、伯父的坟墓。

苍下满坡的坟头如城堡排列，一座比一座庄严、肃穆，土坟上的野草疯长，水泥坟头也被野草撕出裂缝，一丛野蒿在风中摇曳，是不是逝去的先人为子孙后代表示祝福和庇护？

望着挤满楼房和坟茔的田野，我蓦然觉得，苍下，又变成苍生之厦了。

鲶　山

严格地讲，鲶山不算山，只能算一块坡地。也可能以前是一座山，只是后人把房子建到山坡上，楼房越盖越高，所以显不出山的雄伟峻峭。但我初识鲶山的时候，觉得它还是一座山，我要爬好长时间，才能到山岭。

东西走向的鲶山，头大身长尾小，因形状像鲶鱼而得名，它就这样地老天荒地横亘在村边，把村子拥在怀里。山上多松，松树不高，只有二三米，骑在牛背上就能摘到松果。一条弯弯曲曲的山道，把村子连向外界。人们要进出村庄，必须翻过这座山梁。那时，汽车、牛车还进不来，只有手推车，才能"吱吱扭扭"叫着进得村来。一直到农村合作化以后，才修通了一条牛车道。老牛拉着大轱辘车，慢慢吞吞地把田地里的稻谷、红薯、柴草运回村庄。

鲶山不算秀丽，谈不上山幽峰奇，但漫山的野草长得很茂盛，特别是那牵藤扯蔓、沾土扎根的马鞭草，细如发丝、软如羽毛的牛尾草遍野都是。风吹过去，野草掀起绿浪，一波连着一波，好像要和风赛跑，给鲶山增添了许多灵动和妩媚。人躺在上面就像绒毯一样，非常柔和。这里最受牧童欢迎。春夏季节，星期天我经常与放牛的孩子在鲶山玩耍，捉蛐蛐，逮蚂蚱，在草地上打滚、摔跤。水牛、黄牛慢悠悠地在山坡吃草，一副不急不躁的样子。几只灰喜鹊轮番在牛背上和草丛间跳上跳下觅食。山风温柔地抚摸它们，山野恬适静谧，世界一切安好。人与自然，牛与喜鹊和谐相处，常常在不知不觉中度过阳光明媚的一天。

最令人兴奋的，是阳春三月的春雷。晚上一场春雨过后，空气清新湿润，第二天早晨，鲶山鸟声啁啾，山岚氤氲，草地上就铺满了星星点点的黑色叶片，那是新长出来的草皮菌，大的似银圆，小的如衣扣，柔柔地依附在草茎上。我们提着小篮，拿着筷子，去山坡上捡草皮菌。用筷子轻轻一夹，草皮菌像沸水煮过的菜叶，带着露珠和泥沙，轻轻一抖，沙子就掉落下来。不到一个时辰，小竹篮就捡满了，然后到斗牛山湖中连篮带菌在水中一浸一晃，菌子上的草屑就浮在水上，细沙沉入水底。回家后奶奶再用清水洗一遍，草皮菌就像浸泡过的黑木耳一样，油光清亮，用自家产的菜籽油一炒，就是一盘上等佳肴。现在许多宾馆、饭店使用人工培育的草皮菌，仍受顾客青睐。儿时，只要天上响起春雷，我就本能地提着篮子跑到鲶山，捡拾草皮菌，有时在

松树底下，还能捡到像小伞一样的松树菇，就高兴得连蹦带跳。鲶山，留下了儿时绿色的梦。

到了冬季，山上草叶枯萎，绿色褪去，但草的根茎还是顽强地匍匐着，不让泥土裸露出来，这里又成了村人晒"春不老"的最理想的地方。春不老是一种黑色芥菜，也叫"黑皮老"，叶子墨绿，上面有小小的刺。春不老肉质厚实，腌制成咸菜，味道鲜美，鄱阳农家普遍栽种。收获时，整棵拔起，削除根须，用水洗净，摆在有草的田埂上、山坡边晾晒，待八成干后，切碎用盐腌制。用春不老烧黄丫头（黄刺鱼），是鄱阳县的一道名菜，也是我几十年久吃不厌的家常菜。此时，鲶山到处铺满村人晾晒的春不老，那墨绿的菜叶，仿佛给鲶山披上一件黛色大氅。

六十年代中期，为了解决全村几百亩田地的灌溉问题，公社决定在鲶山建一座电力排灌站，村人第一次听到电气化的名词。鲶山西接斗牛山湖，南邻花园村，东抵苍下、邹家山，北连崔家咀，南、东、北三面环绕村庄，还斜插花园、邹家山两个村子。设备国家提供，劳力村上自筹。全村男女齐上阵，白天黑夜连轴转，先是在鲶山脚下挖出一条长一百多米、宽十几米的河道，接着在山梁上挖渠，然后把一段段直径五十多公分粗的铁管斜架上山。通过水泵把斗牛山湖水引上山顶，沿着山梁上的主渠分流到纵横交错的支渠，最后通向四面八方的庄稼地。电排站竣工那一天，鲶山红旗飘扬，锣鼓喧天，清澈的湖水被引上百米高的鲶山大渠，孩子们蹚着哗哗的水流跑到苍下，跑到班儿垛，跑到崔家咀……鲶山像个水龙头，电闸一合，电机带动水泵，斗牛山湖水就汩汩流向山地，流向稻田，流向菜园。后来，村民又从电排站接通电线，家家户户破天荒亮起了电灯。

鲶山给村庄带来了水利，带来了光明。旱涝保收的田地使生产队工值明显提高，产下的粮食能够撑饱肚子。冬日，太阳爬上山顶，老人们蹲在墙脚下，望着鲶山，一边抽着烟袋，一边唠着家常：鲶山真是个福山啊！

电排站一直造福村人。直到分田到户后，青壮年出去打工了，田地渐渐荒芜，电排站不需抽水，也无人管理，电机、水泵都锈蚀了，粗大的铁管被人卸去卖废铁了，水渠长满杂草野蒿，有的地段垮塌，有的地段被填平修路，电排站寿终正寝。如今，村庄越变越大，发疯似的向四周和高处扩张，把土地、山坡、沟渠都占领了。鲶山变矮了，河流变小了，许多土地变没了，以楼房为标志的村庄在作最后的爆发生长。

世事变迁，总会出人意料。

班儿垛

我实在考究不出来，夹在鲶山和苍下之间的这一片土地，为什么叫"班儿垛"？无论是从地形地貌，还是从它的寓意象征，都找不出因果关系。我问村上一位长着白胡子的老头，他笑着摇摇头："从祖上就一直这么叫来的，我也说不清楚。"其地名来历，只好存疑。

班儿垛是一条平缓的山坡，长而不陡。远远望去，带子一样层层环绕山间的梯田，从下往上铺去，如同登高的梯子，逐级伸向山梁。一条从鲶山伸过来的狭窄的山道，准确地讲，是地埂，沿着梯田逶迤而去。这是村庄通往县城的道路，也是我上中学必走的山道。这条山道虽然狭窄、曲折、崎岖，却是出入村庄的一条主道。在我眼中，它就是村庄射向远方的一支响箭，是村人通往世界的一条航线。每到周末，我从学校带着菜筒、米袋回来，翻过一座山岭，就能望见村人在班儿

垛劳作，戴着草帽的农人，或耕地，或耘草，或施肥，或打药，所有的人都有一张疲倦而黝黑的脸。再忙的农活也不影响草帽们不时地抬起头来向远方眺望，没来由地响起一两声山歌或吆喝。旁边的山沟里有孩童放牧，老牛带着小牛在沟边悠悠地吃草。牛尾巴在周身上下不时地甩打，轰赶围上来的虻蝇，长舌头在肥嫩的青草<u>丛</u>里卷来卷去，吃得那么香甜、专心。周日返校，田间地头，还有劳作的农人，见我背着米，提着菜，远远地就会打一声招呼："去青龙山？"青龙山是学校所在地。我会高兴地回答："上学去！"

班儿垛有百十亩土地，全是旱地，生产队年年都安排种麦子、棉花。冬种小麦春种棉。春天，麦苗青了，梯田一片青绿；夏天，麦子熟了，山野变成金黄；麦收后，棉苗茂盛起来，田地又变绿了；到了秋天，棉花盛开，漫山遍野白花花的。我在学校写作文《公社的棉田》，曾这样描述过班儿垛的棉花：

> 它是飘浮在大地上的白云，
> 它是翻涌在河谷上的浪花，
> 它是洒落在田野上的飞雪，
> 我多想伸手去撩云、掬浪、捧雪，
> 故乡的棉田——
> 就这样妆美着村庄和大自然……

这篇作文被老师在班上大大地表扬了一番，同学们还称赞我像个"文人"。

不久，"上山下乡"风潮把我卷回农村。恰恰是在班儿垛种棉，把我从所谓的"文人"，变成了地地道道的农人。

六十年代，有一部电影叫《我们村里的年轻人》，曾感染和教育了无数的青年。影片有几个镜头我终生难忘：在孔家庄的谷子地里，人们正在锄草，这时中学毕业生孔淑贞从学校回到山村，她一边走一边唱："樱桃好吃树难栽，社会主义等不来……"歌声吸引了正在劳动的年轻人。"把青春献给农村""当社会主义新农民"成了许多青年的理想。我也是学着孔淑贞，唱着歌回到农村："太阳红，太阳亮，春风送我回故乡；凌云志，心里藏，要叫穷山变富乡……"

参加农村生产劳动的第一天，第一课，就是在班儿垛种棉花。

棉花是套种在麦地里的。清明时节，麦苗拔节、抽穗，农民在麦垄间松土种棉花。种棉有两种方式，一种是把棉籽拌在底肥里，撒在麦垄间，这是传统的种植方法；另一种是先做"营养钵"，把棉籽植入其间，发芽后连营养钵一起栽到地里，这是新式种植方法。班儿垛种棉采取传统的方法。我第一次挂着粪箕撒脚粪，半天下不去手。脚粪就是头年冬天取出塘泥，晒干捣碎，然后拌入人畜粪便，再堆积发酵，次年春上就用它做底肥，拌入种子，用手抓着往地窝上撒。我尽管有吃苦耐劳的思想准备，但没想到会直接用手去抓脚粪，只好闭着眼，歪着头，抓起脚粪胡乱地撒下去。老农说："这样撒可不行！要看着垄沟，撒在地窝里，要不然就会缺苗。"我极不情愿地强迫自己把脚粪点在无穷无尽的地窝里。

棉苗长出来了，耘草又是一大考验。麦子收割后，棉苗已破土长出四五公分高，被杂草包围，这时就要间苗、锄草。间苗并不复杂，蹲在地上把棉苗四周的杂草和多余的棉苗拔掉，只保留一棵苗壮的棉苗。而耘草却不那么简单。种棉时由于土壤没有深耕，土地板结得像石块一样，麦茬还立在地里。先要一点一点锄除坚硬的麦茬，再剜去棉苗边上的杂草，既要有砍伐的狠劲，又要有绣花般的耐心。三伏天气，太阳像火球一样炙烤，人往地里一站，像走进蒸笼。耘锄使轻了，麦茬锄不出来并把耘锄弹起来；使重了，松动的土块会带出棉苗。一切都要拿捏好分寸。流尽汗水直到没有汗水可流的我，在耘草中煎熬，在煎熬中耘草。我望着似乎凝固的太阳，凝固的时间，凝固的空气，就有一种度日如年的感觉。棉花从种到收，至少要耘三遍草，多时达五遍，每耘一遍草，人就要脱一层皮。

棉苗易受虫害，特别是棉铃虫和蝗虫，是棉苗的天敌。棉苗在生长中要不停地打药，先是用袜子装着"六六六"药粉拍在棉叶上，以后要反复喷洒"一六〇五"剧毒农药。毒辣的太阳加剧毒的农药，常使人中暑、中毒同时发生，有的人因抢救不及时而丧生。

我过去上学，下城，每经过班儿垛，心情都非常轻松愉快，望着田野风光，诗情画意油然而生。当我真正扎根班儿垛，成为地地道道的农民时，田园诗意都跑到爪哇国去了，农活的脏累苦险，农人的艰辛生活，让我真正体会到"樱桃好吃树难栽"，回乡时的"凌云志"慢慢地坠落青云，只想变作鸟儿向外飞，一切努力都是为了飞向更遥远的地方去。即使望着满垅棉田绽开雪白的花朵，心中也难产生"白云""浪花""飞雪"的浪漫，更没有"撩云""掬浪""捧雪"的冲动。

班儿垛，故乡的班儿垛，让我总有一种欲说还休，欲割难舍的心情。当我身处这块土地时，恨不得变作飞鸟远远地离开它；当我离开以后，又总是深深地眷恋这块土地。因为那里的泥土，曾渗进了我的汗水和泪水，还有我的青春与梦想。也许，这就是乡愁吧。

剪不断，理还乱的乡愁啊！

大湖垅

斗牛山湖不声不响，自作主张，从后黄村与邹家山村之间向东南斜插过去，荡出一条溶溶漾漾的沟壑。沟壑有几千米长，两三百米宽，两边都是山坡地。沟壑原是与鄱阳湖相通的，汛期，一泓清水；枯水时，一川平地。后来，公社在斗牛山建了大堤，又在沟壑的入口处建了一条小坝，湖水得到控制，千米沟壑变成千亩良田，两岸的村庄受益匪浅。人们就把这条沟壑称为"大湖垅"。

大湖垅是家乡的米粮川，也是一道美丽的风景线。立春之后，稻田开始灌水，长满嫩草的绿色田埂把大湖垅框成一块块明镜，蓝天、白云、山峦、树林都被掳进水中，进入水中的天、云、山、树比原来更加辉煌，俨然是天然绘就的巨幅立体画。几只长脚鹭鸶单腿站立在春水田中，一动不动，像忠实的哨兵守卫着美丽的家园。谷雨过后，禾苗插进稻田，这里成了一条绿色的飘带。一阵清风，禾苗波浪一样起伏，从壑口荡漾到望不见的尽头，仿佛无数绿衣仙子嬉戏河川。夏末，又变成金黄色的稻浪，沉甸甸的稻穗散发出浓郁的谷香。"双抢"过后，田野的颜色，又从绿到黄重新涂抹一遍。一直到冬天，皑皑白雪覆盖这片土地，大湖垅像个白发老人，静静地安息下来。

大湖垅的水田，东高西低，靠南边有一条二三米宽的水沟，沟边长满杂草野蒿和不知名的矮树。水沟紧挨水田，灌溉都很方便，特别是上游的稻田，只要把沟渠里的水用土一挡，就会自动流向田里，下游的稻田因上边分段拦水，在干旱时就要靠人力车水。因此，为争水，有时村庄之间会发生一些纠纷，一个要在水沟拦水，一个要让水沟放水，年轻人吵着吵着就动手。那时，公社没有派出所，也没有政法组，只

有一个治安干事，维稳力量很薄弱。大湖垅离公社只有一两里路，一旦发生争吵或打架，公社干部一来，很快就能制止，毕竟村庄之间通亲通婚，相近相邻。公社干部来了，往往采取折中的办法，规定水渠拦一半，放一半，既可以让水慢慢地流进上游的稻田，又让下游有水可抽。两个村庄的人吵过架之后，过几天又坐到一起抽烟、喝茶、聊天，田间地头，天天见面，谁和谁都不会特意过不去。

沟里的水都是山泉水，冬暖夏凉，水草茂密，特别适合鱼虾生长，尤以黄鳝、泥鳅居多。每到暑假，我常与伙伴到大湖垅抓黄鳝泥鳅。中午，趁着社员歇凉，我们在一段水沟里把上游用土坝拦住，下游开坝放水，一袋烟的工夫，就见淤泥，再用木桶把余水舀干，然后从后往前翻开淤泥，就把泥鳅、黄鳝翻了上来。又肥又粗的黄鳝像蛇一样，扭动身子往淤泥里钻。我们将右手的中指和食指、拇指握成钳子状，手心朝下，拦腰一夹，把黄鳝提了起来，迅速放进木桶，任凭黄鳝在桶里翻江倒海，也逃不出来。泥鳅用两个手掌一掬，便捧到桶里，一个中午，就能抓到二三十斤。然后把下游的土坝筑好，打开上游的坝子，一会儿又恢复了原状。六十年代末，我弟弟出生，家里也没钱买营养品，我常到大湖垅抓泥鳅，每次都收获颇丰。

农村包产到户后，我家在大湖垅分得五亩多水田，主要由母亲、妻子和妹妹耕种。种田本是男人干的活，几个女人要侍弄好这些田地，只有多吃苦，多流汗，多付出辛劳。她们起五更，熬黄昏，咬着牙关推动生活的车轮前行。母亲那时身子骨还硬朗，终日奔忙于田间，像照顾孩子一样精心地侍弄田地，耕种、锄草、施肥、灌水、打药……身上总有使不完的劲。稻子熟了的时候，稻谷沉实颗粒饱满，饱满得像母亲的笑脸。一到"双抢"，远在部队的我，就会休假回家尽一份"男劳力"的责任。母亲、妻子、妹妹们种的早稻、晚稻连年丰收，产量一点不比其他人家低。大湖垱，给我的家庭带来生机和希望。

季节轮番更替，"双抢"周而复始。后来，妻子随军，妹妹相继出嫁，这时母亲却像脱了粒的稻草，她的身姿渐渐地佝偻、倾斜，额头皱纹多了，头发白了，走路、干活不再昂首阔步。大湖垱的责任田（也包括其他的责任地）不得不转给他人承包。在交田的那一天，母亲像丢了魂一样，流着眼泪，唉声叹气，晚上饭也没吃就躺上床了。

时光像流水一样逝去。早春二月，离开家乡四十多年的我，再次来到大湖垱，走进那条深长的沟壑，原来被茅草矮树掩映的水沟已经干涸，山泉也已断流，田边也没有野花野草，更没有黄鳝泥鳅。这里的水田已改为旱地，地块进行了平整，显得更加开阔、宽广，纵横交错的田埂被几条横平竖直的硬道代替。地里种满油菜，油菜已经拔节、含苞，再过十来天，油菜花盛开，这里将成为金色的世界。

村人告诉我，前些年由于农民进城务工，这里的田地曾经被撂荒，长满了野草，后来由种田大户承包，建成高标准的农田，实行机械化耕作，大湖垱又绿了。大湖垱，仍然是农人的一块福地。

洼里　崔家咀

从打谷场往北走，有一道东西走向的山坡，山坡两边都是梯田，朝南的坡面叫洼里，因为那里地势较低，形成洼地。朝北的坡面叫崔家咀。早年有一户姓崔的人家住在这里，后来不知是搬迁，还是绝户，宅地变成麦地。村上没有一户人家姓崔，但崔家咀的名字一直没变。崔家咀下面是斗牛山湖，地坎很高，尽是不易侵蚀冲塌的红石土。

洼里是阳坡地，日照时间长，阳光充足，生产队年年在这里种烟叶、西瓜。村人抽的烟都是自己种的，男人一辈子就好这一口，因此愿意

用最好的土地种烟叶。到了夏天，长得比蒲扇还要宽大肥厚的烟叶，层层叠叠，把洼里抹成一片翠绿，让人感到洼里就是烟叶的世界。这种充满苦涩的植物，种时费时费劲，最后都叼在嘴上，白白地把它烧掉。一位读过私塾的老人告诉我：烟叶也叫忘忧草。传说，一个书生难忘逝去的亲人，亲人就托梦给他并变为烟草，只要抽它，就会忘记忧伤。我不知村人的忧愁是不是被烟草化解，那时成年男子的腰间，都会别着一根烟杆。

种西瓜是为了便于看护和管理。站在打谷场上，洼里便一览无余，不管是人还是牛，靠近瓜地都看得清清楚楚。如果就其土质来讲，班儿垛更适合种西瓜，那里是沙石地，长的西瓜更甜，但那里背眼，不便看护。

儿时，我一直觉得，队里选择在洼里种西瓜，完全是针对我们这些孩子的。夏秋季节，村里的屁孩们在一起捉鸟、游泳、做游戏，玩累了就会想办法犒劳自己，如打个枣，摘个桃，偷个瓜，不管谁家院子多深，果树多高，我们总有办法摘个仨桃两枣，唯有偷瓜很难得逞。打谷场上总是不离人，住在村北的人站在家门口，也能把洼里瞅得一清二楚，队里又专门派人看瓜，所以洼里总是在人们的视线之下。我们在中午、傍晚尝试过几次，人还没靠近瓜地，这边村头上就有人吼："到瓜地干什么？快走！"我们便悻悻离开。虽然有时候趁放牛、割草的机会，也会摸到瓜地边捞一个，但成功率很低。

我家的自留地也在洼里，紧靠斗牛山湖，离瓜地还有一段距离。自留地种的是麦子、红薯和蔬菜，以补充粮食不足，没有多余的地种西瓜。每当在自留地干活，总会自觉不自觉地望一眼队里的瓜地，仿佛尝到了那甜甜的瓜味。在儿时的意识里，好像全世界只有洼里种瓜，只有洼里的西瓜最甜。以至成年后，不管走到那里，每当看到挑担、推车卖瓜的，脑海里就想到洼里的西瓜，以为这瓜是从洼里摘来的。不知这是条件反射，还是烙印太深！

七十年代初，我家遭受厄运，家境一贫如洗，自留地成了全家生存之地。那时我在部队服役，母亲带着几个未成年的妹妹弟弟在自留地里讨生活，恨不得把每一寸土、每一锹泥都种上庄稼。自留地下面是湖岸，妹妹便在地坝边栽了一排杉树，足有五十多棵，既不占菜园，又可遮北风。杉树因地坝边水分充足，长势很快，只三五年，从一尺来高的小树苗，便长成碗口粗的大杉木。母亲捡了宝贝似的，逢人就高兴地说："园子里的树长得好啊，再过两年可以做八竖屋了"。那时乡下盖房子都是用杉木，一幢"八竖屋"，需要三十二根柱子，八根大梁和十几根椽子，园子里的杉木足够了。当时，家里老屋漏得很厉害，也需要维修了。一排杉树是一个家庭的财富。后来父亲平反，在老屋前面做了一幢"九竖屋"，大部分都是园子里的杉木。

村子里没有茶山茶园，但在洼里的地坎上，都有疏密不均的墨绿色的茶树，我不知道这是村人种下的，还是自然生长的。茶树只有一二尺高，好像是固坎用的。我常跟着奶奶到地坎上采茶，连茶梗一起摘回来，洗涤晒干，放在锅里用小火烤一下，装在瓷罐里。平时，奶奶每天烧一锅开水，抓一把茶叶茶梗，放入景德镇产的白瓷蓝花大茶壶里，然后倒进开水，放在堂屋八仙桌上，谁渴了就倒上一碗，味道醇酽带苦。壶里空了就续水。不过，后面的茶水就寡淡了，既无茶色，也无茶味，只是凉白开中沉着几根茶梗。它和西瓜的甜蜜一样，都是洼里留给我儿时的味道和记忆。

崔家咀在鲶山排灌站修建之前，就是一块旱涝保收之地。因为紧靠湖畔，天旱了挑水、车水都很方便，担着水桶上一道坡，土地就湿润了。汛期，因土坎较高，斗牛山湖水最多浸着下面的地皮。这里年

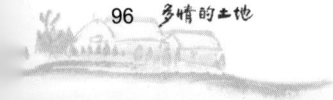

年都种大豆、芝麻、小麦，拔了大豆种芝麻，收了芝麻种麦子，从春到冬，土地从不空闲。后来，土地分给私人，崔家咀慢慢地不被人看好，有的田地荒芜了，长满了杂草，有的土地还在耕种，但只是几个老人在侍弄。这几年崔家咀坟茔多了，里面的人曾经是麦地的王者，用一生的汗水在麦地里堆起一座座麦子的山。现在他们都像割麦子一样，一茬接一茬离开了这块土地。麦子死了，在粮屯里堆着；人死了，在麦地里堆着。天道轮回。

人和麦子一样，有着共同的归宿：土地是他们永远的家。

感恩山野

奶奶说：只要肯在土坷垃里刨挖，老天就
能养活人。

奶奶没有读过一天书，她讲的话不一定是至理
名言，但在我小时候，她说过的话总是得到应验。
我相信，那都是生活的经验和真谛！虽然这些话土
得掉渣，却不泛人生哲理。

砍　柴

夏秋时节，每到星期天，我一早就揣上一块红
薯，带着砍刀、扁担，扁担一头束着两根麻绳，和
伙伴们一起，向斗牛山走去。

斗牛山林木茂密，野草丛生，晨风掀起绿浪，绿浪递送着一波一波金色的阳光，空气里飘着松树、青草和山岚的淡淡气息，人置身其中，不由得充满朝气。我走在挂满露珠的草叶间，故意让露水打湿裤脚，却有搅动玉珠沾满灵气的感觉。

我们是到斗牛山去砍柴。

那时，农村还没有煤、电、气，做饭仅靠庄稼秸秆是不够烧的，农家烧柴和吃粮一样紧张。因此，砍柴便成了儿童如读书一样重要的基本任务。农家好孩子的标准有两条——一是会读书，二是会砍柴，当然也包括放牛和其他农活。

村庄附近的田埂、地坎、山坡、路边的野草，被割了一遍又一遍，有的地方连草根都被挖走，泥土裸露。再要砍柴，就要到湖对岸的斗牛山去。斗牛山虽然树高林密，但树木及枝丫这些"硬柴"是不能砍的，那是集体财产，个人只能砍峰壑边的荆棘、灌木、野草。山上有一种叫"丝茅"的野草，茎长秆实叶厚，长得密密麻麻，晒干后特别耐烧。我们就砍丝茅草。山谷里丝茅草很多，一丛紧挨一丛，长得比小孩还高。我们攀崖爬坡，不到一个时辰就砍满一担，有的还偷砍了些枯树败枝藏在茅草中。茅柴捆好后，并不急着回家，先把带来的红薯干掉，趴在溪边嘴对着山泉把肚子灌了个饱，就开始了更好玩的活动——掏鸟窝。

山林里鸟儿很多，叫得上名和叫不上名的有几十种，早晚叽叽喳喳，朴朴棱棱，闹个不停。此时，鸟儿都飞出去觅食，我们就挑枝丫粗壮、比较好爬的树上去掏鸟窝。黄鹂、山雀、八哥的巢做得比较低，常常遭到我们的侵袭。有时端下一窝鸟蛋，有时捉出几只雏鸟。小鸟如能养活，就带回家去，如太小太嫩，玩一玩就放回鸟巢。有时正玩着，老鸟叼着虫子飞回来了，看到这残忍的场面，在树顶上愤怒地嘶叫，我们不由得生出恻隐之心，把幼鸟和鸟蛋放回原处。看着鸟儿落巢，母子相聚，嘚嘚啾啾，呢呢喃喃，就觉得山林像个大家庭，挺温馨的。

砍柴时，经常碰到野兔，都是野兔先被我们惊动，忽然从草丛中蹿出来，我们发现后就追，用石子扔，用砍刀砸，但很少能追上。野兔在山间灵动机敏，七弯八拐，就不见影了。偶尔逮上一只，也是石头或刀把砸着的，追兔子只是闹着玩。有一次，在一个山洼里，竟砍出一窝小野兔，三只小兔子正在密密的草丛掩盖下的窝里睡觉。兔子身上还是红红的，毛发很稀，估计出生没几天，还不能跑。我们不忍心惊扰它们，也不愿让它们的父母失去儿女，便用茅草盖上。一周后，我们又去那个地方，野兔早已搬了家。

斗牛山为村人提供了足够的柴草，也让我们有许多意外的发现。我在这里见过许多小精灵，除了兔子和各种各样的鸟，还有穿山甲、刺猬、狐狸、蛇。有人还见过野猪、豺狗、獐子、麂子。不过，我没有亲眼看到，也许我只是星期天来砍柴，没有他们来得多。只觉得斗牛山真的是一个动物世界。

其实，动物和植物是密不可分的。没有植被的大山，就没有动物生存的条件，只能是荒山野岭；没有动物活动和寄居的山林，也必然失去灵气和生机，只能是死寂的山林。

不幸的是，我这一肤浅的认识，被几十年后的现实给证实了。

讨　菜

二月的天气，乍暖还寒，几株幼嫩的荠菜在土缝中探头探脑。山村的春天，不是按照日历来的，而是跟着绿色来的。田野一片灰蒙蒙的，好像还没有从漫长的冬眠中醒来，可它一旦苏醒，有时只需短短几天，

甚至一夜就披上了绿装。最先发现春天的，是蹲在墙根下晒暖阳的老倌和婆子，他们眯着眼睛往田野上瞅，就说："荠荠菜报春了，该叫细崽们讨菜去。"

讨菜，即采摘野菜，村人把剜野菜、打猪草，统称为"讨菜"。向谁讨？向大地讨。大地是人类的母亲，母亲会向儿女无私地奉献一切。家乡土话，把一个"讨"字用到极致，用得那么恰如其分，合情合理。

果然，又是一夜春风过，那些宽宽窄窄、粗粗细细、肥肥嫩嫩的野菜，都跟着荠菜的脚步，在田间地头、山坡沟壑里挤挤搡搡地冒出来了。稻田还没灌水，枯萎的稻茬孤寂地站在田里，而稻茬周围却拥出一丛丛、一片片绿色。这些野菜吸收了本该由禾苗吸收的养分，葳蕤茂密。我能叫得出名来的，有荠荠菜、巨巨菜、灰灰菜、马齿苋、蒲公英，还有许多菜叫不上名来。它们在田野里正饱盈水分，肆意铺陈，每一片叶子上都映出太阳的斑纹，透着七彩的荧光。我的脚印新鲜地印在嫩绿的叶子下，重重叠叠的野菜在我娴熟的指尖跳荡，在竹篮子里跳荡，在满地满沟里跳荡。而有的野菜，如野韭菜、马齿苋我们用铲子贴着地皮把它们铲出来，让根蔸留在土里，过几天，它还会发芽。野菜铲起后，轻轻地抖去上面的草叶和泥土，鼻尖上就隐隐地、浓浓地有一股青涩的味道。我把它们一股脑地放进篮子。回家后，奶奶把荠荠菜、马齿苋、灰灰菜挑出来后，分类洗净、晾干。荠荠菜清炒，马齿苋凉拌，灰灰菜和米一起煮着吃。此时，正是粮食青黄不接的时候，这些野菜算是救了急，同时也调剂了一下每日红薯白菜煮稀饭的口味。

"天地有大美而不言。"家乡的土地和野菜，就这样默默地帮助村人度过饥馑的日子。《诗经》记述和赞颂过这些野菜："谁谓荼苦，其甘如荠""陟彼南山，言采其薇""昔在南阳城，唯餐独山蕨"。白居易、陆游、郑板桥都极力推介荠菜："时绕麦田求野荠，强为僧舍煮山羹""残雪初消荠满园，糁羹珍美胜羔豚""三春荠菜饶有味，九熟樱桃最有名"。范仲淹在《荠赋》中说自己吃荠菜，竟嚼出了"宫商角徵"的感觉。在文人的笔下，这土之又土的野菜竟高贵起来，童年的我们却不知道。我们吃野菜与诗文无关，而是生存和生活的需要，是农人一代一代言传身教过来的。

到了清明，各种野菜都生长出来了，家家户户做荠菜粑，也叫清明粑。相传，荠菜和迎春花一样，是最早报春的，也是味道鲜美的植物。用荠菜做粑祭祀先人，是最朴实、最天然的祭品。于是，人们都到野外采剜荠菜，把它们洗净切碎，与米粉糅合一起，做成鸡蛋一样大小的粑，放在笼屉里蒸，糯中含香，鲜美可口。村人用它佐餐，待客，送礼，这一习俗相沿至今。现在年轻人外出打工，老人在家做荠菜粑，用蛇皮袋捎给儿女们，还用它赠送亲戚朋友。甚至城里人也成群结队到野外采荠菜，市场上还有专门卖荠菜的。

小时候挖野菜，除了补充粮食不足，更多的是为了喂猪。那时，养猪养鸡是农家唯一的副业，一切需要用钱的开支，都要靠养猪养鸡来解决。我家人口多，常年养着二三头猪，挖野菜、打猪草是大人和小孩的重要任务。田地里，草坪上，沟壑间，是我放学后和暑假中经常出入的地方。每次篮子采满后，我就在树底下或山坡上把自己摆成一个"大"字，把两只旧鞋脱下来，枕在头上，一顶草帽盖在脸上，透过草帽的缝隙，望着一线蓝蓝的天，一丝白白的云，一阵轻轻的风，一片匆匆的影,那是一只小鸟从空中飞过,全身有一种说不出的舒服感。为了养猪，我认识了野藜蒿、水芹菜、竹婴菜等十几种野菜，其中不少可列入山珍野味，如野藜蒿、香椿叶、地皮菌、栀子花等。被称为"鄱阳湖的草，城里人的宝"的野藜蒿，用它炒腊肉，已被列入赣系名菜，如今野藜蒿已卖到二十多元钱一斤。可是我们那时把野藜蒿整筐整筐

地采回来，都当了猪饲料。

在所有的野菜中，我最喜欢竹婴菜，它的学名叫"鸭跖草"，水灵的根茎，肥厚的绿叶，蓝色的小花，非常美丽。猪喜欢吃，我也喜欢"讨"。那蓝色的小花就像蓝色的梦，让我陷入遐思。炎热的夏天，我在麦地里、水沟边挖竹婴菜，就看到黄鹂在树上飞，布谷鸟在空中不停啼鸣；就看到炊烟在屋顶上升起，烟在苦楝树梢上缭绕着；就看见家里养的两头黑猪在院子里的树阴下卧着，村人都夸我家的猪养得好、长得快；就看见父亲卖猪后在数着厚厚的一沓票子，我上学、买书、买球鞋的钱都有了……

人生如梦。当生活好起来了，不需要野菜充饥，也不需要挖野菜喂猪了，但我却总也忘不了那"讨菜"的日子，忘不了草坪上的野藜蒿和麦田里的竹婴菜，还有那蓝色的小花，那朵像梦一样的小花。

拾　荒

太阳西沉，天色已经发暗，麻雀落在院子里的苦楝树上叽叽喳喳，迟迟不肯进窝。我和妹妹在屋檐下的台阶上，玩着不知猜过多少次的猜谜语游戏。谜面很简单，谜底都知道，但还是津津有味地猜着：

"冬瓜冬瓜，两头绣花。"

——枕头！

"一根棍，四个奶，不服气，任你摔。"

——扁担！

"麻屋子，红帐子，里面住个白胖子。"

——花生！

刚从地里收工回来的母亲，放下锄头，接过话茬："是呀，今天队里的花生收完了，你们明天拾荒去。"

拾荒，就是在刚收过庄稼的土地里捡拾剩下的作物。如麦子、稻子收割了，拾落下的麦穗、稻穗；红薯、萝卜收过了，拾没有挖干净的根茎；花生收完了，拾地里落下的花生。不管队里收割什么，只要去捡拾，多少都会有收获。

拾花生、红薯和捡麦穗、稻穗不一样，麦穗、稻穗在地面上，一眼就看得见，伸手弯腰就能拾到；而红薯、花生等长在土里，要用铲子或耘锄把泥土再翻一遍，才能发现。在所有的拾荒活动中，我最喜欢拾花生，一是花生好吃，是珍贵食品；二是花生的根须很细，收花生时容易拔断根须，落下的花生就多，不像红薯、萝卜，刨半天也难捡着一个。母亲要我们去拾花生，正求之不得。

第二天，太阳爬上山顶，我和妹妹扛着耘锄，提着篮子来到已锄过的花生地。这里叫"台台上"，是一个山坡，有十来亩土地。那时以粮为纲，田地主要种植水稻、小麦、谷子，没有更多的土地种花生这类经济作物。因此，花生在乡下是一个稀罕物。村里的孩子们早就等着拾荒了。我们来到地头，已有一伙孩子在地里翻得热火朝天，他们天一亮就来了。我和妹妹找了一块没有被他们翻动的地方挖起来。拾花生要在花生的原窝边扩挖、深挖，或者寻找没有被拨起的花生秧，顺着根部挖下去，这样才能从泥土里找出几颗残留的花生。早晨的阳光很好，空气凉爽，加上花生的诱惑，我们干得很起劲。不一会儿就挖到了一蔸花生，它们在篮子里躺了半分钟，就被我们转移到肚子里，味道好极了。

尽管生在农村，但我很少吃到花生。我第一次尝花生，是有一年伯父去北方开会，从千里之外带回一包花生米，那是用油炸过的，上面撒了白糖。奶奶抓了一撮给我。捧着又红又白还透着油渍的花生米，

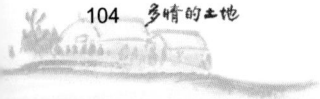

我用舌尖卷一粒放进嘴里，味蕾的第一感知是又香又甜，香到魂魄里去了，就盼着伯父再到北方去开会带花生米回来。刚才从地里挖出来的新鲜花生，虽然味道不如油炸花生米香甜，甚至还带点泥土气息，但也是芬芳扑鼻，味似仙果。我一边挖，一边吃，直到中午，才拾到小半篮子，洗净晒干，过年也可炸一盘花生米。

乡下拾荒的东西很多，除了红薯、花生，我还喜欢拾豆芽。大豆收割后，裂开的豆荚会将少量的豆子撒在地里。农民接着耕地、耙地、碾地，此时，地里的豆秧、杂草都已清除，地平土碎，如果遇上一场夏雨，一两天就会有星星点点的豆苗在泥土上招摇着鲜嫩的豆瓣。即使不下雨，四五天也会长出白茎绿叶的豆芽来。我们提着篮子，一早就去拾那些刚长出来的豆芽。泥土里生长的豆芽，吸收阳光雨露、天地精华，比在温室里培育出来的豆芽味道鲜美得多。现在市场上出售的豆芽，就找不出过去那种土生土长的豆芽的味道。

味蕾是长记性的，尤其是童年的记忆，更是根深蒂固。可能是儿时对花生米和豆芽菜印象太深，几十年来，我一直养成吃花生米和炒豆芽的习惯。年轻时在部队，常常买上一包花生米和二两老白干，一个人自斟自乐。退休后，家里买菜由我承包，隔一两天就会买上一斤黄豆芽。妻子风趣地说："你要把我们都吃成豆芽呀！"这时我就想起，该买鱼和肉了。

采菱藕

俗话说，靠山吃山，靠水吃水。既靠山又靠水的山村水乡，不仅有山的恩赐，而且有水的福泽。

家乡的河流星罗棋布，不少池塘、河湾、湖泊长着水草、菱角、荷花，它们不仅把家乡装扮得花团锦簇，香飘四野，同时也提供了丰富的水上食物。儿时的我们，常到这里采菱、采莲、采藕。

春末夏初，大地回暖，奶奶总是指着村前的河湾说："菱芽儿已露出水面，可以采菱了。"奶奶就像预言大师，总是预报得那么准确。不几天，我们就在河岸上看到菱角和荷叶伸长了脖子，从碧清的河水中顶出来，铺天盖地布满了河面。此时稻秧还未抽穗，正是青黄不接的时候，长得正欢的菱角及茎叶，就成了农家理想的食物。

孩子们划着竹筏、木盆，或抱着一根横木，带上竹筐，在水上荡漾。初夏的河水还很凉，浸得身上起鸡皮疙瘩，但伸手就捞出一缕缕、一颗颗带着湖腥气息的菱叶菱角，也就不觉得冷了。这些生来就自带"尖刀"的植物，尖尖的角儿随时会扎到手，但为了食物，谁也不在乎这些，扯一把菱角青藤上来，呼啦啦扔进盆里或筐里，令人无比兴奋。不多时，盆、筐采满了，孩子们唱着民间流传的歌谣："竹筏长长木盆圆，水草绵绵菱角尖，水乡伢仔采菱去，尖尖的菱角香又甜……"歌声在湖边荡出了一道壮美的采菱图。

此时的菱角还没有成熟，用指甲轻轻一掰，就能剥出雪白的肉粒来，放在嘴里咀嚼，清甜的甘汁即在唇齿间回味无穷。奶奶把脆嫩的菱角和大米一起煮了当饭吃，把翠绿的藤叶切碎，放进米里煮稀饭，还把菱角菱叶分别炒了当菜吃。不管怎么烹饪，都是可饭可菜，可粮可果，可熟可生，果腹充饥的好食物。

到了盛夏，菱角谢幕，莲子成熟，我们又泡在荷塘采莲。这时早稻已经收割，新粮也已接上，采莲不是为了充饥，而是当作水果、零食享用。双丰圩有一个百十亩大的荷塘，清清的水面，密密的荷叶，亭亭的莲花，格外诱人。那时我已参加生产劳动，每到双丰圩锄禾，中午歇晌时，我和几个年轻人蹚着齐胸深的水去采莲。摘一片荷叶戴

在头上，荷叶上的水珠，像一颗颗晶莹圆润的珍珠，从头上滚落下来。像粗瓷碗一样结满果实的莲蓬咧开嘴笑。"不见采莲人，只闻花下语。"我们在荷丛里放歌采莲，不一会儿就摘了一大捧莲蓬回到岸边，社员们都分享着采撷的果实。

采莲时让我最惬意的，要数能看着荷叶上飞来飞去的蝴蝶和蜻蜓等小生灵了，它们成群结队，像在跳舞，又像在游戏。有时鱼儿也来凑热闹，它们在脚下游来游去，撩着腿肚子痒痒的，有时浮出水面吐着水泡或者跳跃起来，吓得在荷叶上歇脚的蜻蜓忽地飞向天空。有时，湖面上飞来几只白鹭，它们时而在湖面飞旋，时而在滩边戏水，呈现一幅"接天莲叶无穷碧，映日荷花别样红"的美景。

到深秋初冬，荷叶枯萎，河水已浅，该采莲藕了。采藕比采菱、采莲辛苦得多。没有手套、水靴，赤着脚站在冬日的荷塘里，刺骨的冰水让人直打颤。我找着一个藕簪较多的地方，用土围起来，戽干剩余的水，挖了一尺多深，脚下的藕根纵横交错，顺着藕根继续挖，一支白生生的藕从泥土中露出。莲藕形状像竹鞭，长的五六节，短的两三节，两头又细又长，中间部分又粗又圆，像婴儿胖乎乎的胳膊。莲藕之间有黑褐色的藕节，藕节上长着尖尖的嫩芽。我抓住那支藕使劲一拔，藕节处被拔断了。我有些失望，但没有放弃，继续深挖，终于把另一节挖出来了，此时已挖出一米多深。我像个考古学家，轻轻地刮去藕上的污泥，反复欣赏，如获得宝贝似的。艰辛的劳动和收获的喜悦，驱走了身上的疲惫和寒意。

荷塘的藕，家乡的藕，它深深地埋在淤泥中，也深深地埋在我的心里。在艰苦的岁月，它曾帮助我们度过了饥荒；在生活条件改善的今天，它仍然是餐桌上的美食。

农耕风物

　　题记：故乡在时光的流淌中日渐古老。岁月将那些延续了几千年的农人向土地讨生活的家伙什——农具，一件件送进了历史博物馆，却无论如何，也抹不去我对那些农耕风物刻骨铭心的思念和记忆。

犁

　　写下这个"犁"字，脑海里便生出一个画面：

　　在春雨绵绵的田野里，农人头戴斗笠，身穿蓑衣，扶犁扬鞭，耕牛拉着犁铧缓慢前行，田野翻出一串串泥花；耳畔仿佛回响着农人的吆喝声、泥浆

的哗哗声和老牛的哞哞声。

几千年的农耕文明，让一张老犁展现得淋漓尽致。

画面把我带回到犁耕岁月。

村上的犁都是长木匠做的。长木匠并不姓长，他的名字叫黄长生，因擅长做农具，人们就叫他"长木匠"。长木匠做的犁，都是选用上好的枣树、榆树，木质坚硬，弧度适中，表面光滑，粗细均匀，人扶犁稳当顺手，牛拉犁轻松省力。犁是农人向土地刨食的伙伴，村人用过之后，把它擦得干干净净，铧尖磨得光光滑滑，整整齐齐地放进库房。

清明时节，农田灌水，春耕开始了。刚刚"上山下乡"的我，因缺少农活经验，队长没有安排我犁地。但我心痒痒地央着队长学犁耙功夫。我知道在乡村，一个男人只有扶稳了犁耙，才能顶天立地站在土地上，并从深厚的泥土里找到那条五谷丰登的生存之路。这也是我主动"接受贫下中农再教育"的体现。于是，我就在一边仔细观察，人家拴犁我递绳，人家休息我扶犁，慢慢地我也学会了犁地。套牛、拴犁、耕地，一个人也能完成。

犁地关键是要把犁扶正、扶稳，铧尖插入泥土两拳左右。浅了，犁铧就会从地表上划过；深了，铧尖插入泥土容易损坏犁头。不同的地块也有不同的犁法。若地中间高两边低，就用"外圈法"，即沿着地周围逆时针转圈犁，圈子由大到小，把土翻向周边，中间自然就会变低；若中间低周边高，就用"内圈法"，即中间开一道犁沟，然后围绕这个犁沟顺时针转圈犁，把周边的土翻向中间，从而达到平整的目的；若是一边高一边低的山坡地，就从最低处开一道沟，由低向高一溜一溜地犁，把高处的土翻向低处，这叫"一边倒"犁法。

不管哪种犁法，人和牛的配合最重要。我喜欢使驭"黑牯""独角"，这是两头最温驯的耕牛。它们很通人性，也很有经验，犁地时我只要

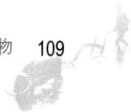

发出几个口令——"嘿"（走）、"吁"（停）、"千子"（左转）、"撇子"（右转），它们就按照我的意图行走，始终蹚着垄沟，后脚踩着前脚印，低着头，鼓着劲，踏踏实实向前走。犁铧蹚过去，新鲜的泥土从睡梦中醒来。看着那翻作浪花的泥土和任劳任怨的老牛，我心里特别惬意，嗓子里就会情不自禁地冒出一两句赣剧或山歌。

农村实行单干后，我已离开了家乡，我家分得十几亩田地和一张犁，但是没有牛，家里便出现人拉犁的耕作方式。一般情况下，会向人家借牛或请有牛的人代耕，但在"双抢"时，家家都要耕田，牛忙不过来，季节又不等人，妻子和妹妹便担当了牛的角色。妻子和大妹肩上架着犁枷，在前面狠劲地拖，二妹双手紧握犁把在后面拼命地推。犁铧翻开了泥土，也绽开了她们肩上、背上、手上的皮肉，一道道口子直渗鲜血，溅满泥浆的衣服被血迹粘在身上。她们咬紧牙，身子近似匍匐地挣扎着向前蠕动，几个歪歪斜斜的身影在田里艰难地晃动着，远远望去，就像相互搀扶着逃生的难民。"纵有健妇把锄犁，禾生陇亩无东西。"杜甫从唐朝传来的叹息，没想到二十世纪末会在我家里重演。欣慰的是，妻子和妹妹轮番拉犁，换来了满仓的稻谷。

"犁泥齐低畦。"无论是牛拉犁，还是人拉犁，人和牛都喘着粗气，淌着热汗，倾身前行。那是一种膜拜的姿势，是对脚下养育众生的土地的膜拜，是对深入土壤进行翻耕的犁铧的膜拜，是对延续了几千年的农耕文明的膜拜。即使步入现代化的今天，动力虽然改为机器，但犁铧的原理、功能几乎同几千年前一样，它从古代犁到今天，犁向未来，犁出了　个崭新的现代社会。

耙

耙和犁是一对亲兄弟。犁是用于翻地，松土；耙是用于碎土，平整。耙的一生都在填平坎坷，疏理纠结。同时，耙也是中国武术器械之一，猪八戒的九齿钉耙，能攻能守，也是由农具演化而来。

耙的结构由两部分组成：木制部分为耙床，是一个长方形框架；铁制部分为月牙形耙齿，二十余根，分两排楔在耙床里。耙分为带把和无把两种：带把的操作起来和犁地一样，人扶着把耙地；无把的则是人踩在耙床上耙地。它们都是以牛为动力。

犁过的田地，土块都很大，需要用耙反复进行切割平整，并梳出泥土中的草荄、秸秆、麦茬等。春夏时节，田野上阳光明媚，鸟儿啁啾，农人两脚站在耙床的木板上，眼睛平视前方，左手扯着缰绳，右手挥着竹鞭，身体稍向后仰，牛拉着耙，耙载着人，伴随着轻快的节奏，行走在松软的土地上，用稳健的双脚勾画出美妙的画卷。耙到地头，下来用手提着耙床，抖去梳拢的草根杂物，转弯回头继续耙过去，像运动健儿在汹涌澎湃的大海里扬帆冲浪一样，潇洒而浪漫。

播种不同的作物，对耙地有不同的要求。稻田泥土稀软，比较容易碾碎，只要耙两三遍，就能田平如镜，达到插秧的要求。若是种麦子、芝麻、大豆，整地就要下大功夫，反反复复耙五六遍，一直做到上虚下实，土碎如粉，让作物根须下伸，充分吸收养分。如果种红薯，地也可以耙得粗糙一些，耙一两遍就可以。耙地土壤不要过干或过湿，过干太硬耙不碎，过湿太黏容易形成疙瘩。就一般土地而言，都要耙三遍以上。头一遍耙床上压一块石头，因为土块太大，耙床颠簸就大，容易把人掀下来，所以先让耙齿蹚一遍大坷垃。第二遍耙床上站人，

让耙齿在人的重压下深扎在土里，便于把下面的大疙瘩割碎。第三遍是为了进一步耙碎耙细泥土。耙的遍数越多，保墒育苗越好。

耙地同犁地一样，同样是技术活，需要熟练掌握技巧，拿捏分寸。这一切都来源于反复的操作和实践。我曾经吃过一次亏。那是在一次劳动休息的时候，我从老农手中拿过竹鞭，站上耙床，左手牵绳，右手挥鞭。牛拉着耙走了几步，我嫌速度太慢，在牛背上抽了一鞭，牛突然用力加快步子，把耙床拉斜了，我被颠下耙床，一个趔趄，耙齿从我的脚边划过，剐破了我的裤子，幸好没有伤着脚。这次教训，让我明白看花容易绣花难。后来耙地时非常小心，注意保持平衡，掌握重心，再也没有发生过这种险情了。

老把式耙地还是很潇洒的。我的一位堂叔和土地打交道几十年，摆弄犁耙跟玩似的，可以一边劳作，一边打山歌。望着天上的白云、飞鸟，犁耙过去，泥花飞溅，土碎地平，匀匀洒洒，操作自如，看上去有一种美的力量和风韵，即劳动的美，田园的韵。一条垄下来，如线拉的一样笔直，如刀切的一样平整，在大地的画板上，刻下天然农耕图。

锄

锄是一个名词，也是一个动词。作为名词，它是农民劳动的重要工具——锄头的总称；作为动词，它是一项基本的农活——锄土、锄草、锄禾。锄头就是农民的一只手，一条臂膀，一年四季，有大半时间伴着主人。

锄头的结构很简单，由木柄和锄板组成。家乡的锄头分为三种：尖锄、耘锄、月锄。尖锄的锄板比较窄，只有五六公分，有点像镐头，

专挖坚硬的土石；耘锄的锄板有十多公分宽，主要是在庄稼地锄草用；月锄的锄板有二十多公分宽，用于装土、刨土和挖掘比较松软的土壤。月锄、耘锄的形态很像道士帽，若把它们倒立着，俨然是一个清瘦的老道站在那里，默默地念着土地经，唱着山水曲，又像一个坚强的武士，昂首挺胸，用热情撑起一片绿荫，用丹心构建绿色家园。

家乡开渠、垦荒、修圩，首先要用尖锄，把板结的泥土挖开，然后用月锄装筐或平整。锄地很有技巧，姿势不对，不仅使唤锄头显得别扭、费劲，而且效率低下，甚至伤害庄稼。挖土时，双腿要前后站立，右脚在前，左脚在后，右手握住锄柄的中后部，左手握住锄柄尾部，将锄头高举过头顶，手、腰、腿一起用力，锄头就挖进去了。如果是坚硬的山土，锄头着力点要挖一个三角形，先松动下面两个点，再挖上面的点。锄头入地，用柄一撬，就能挖出一大块坚土。如果是锄草，耘锄就要用活力，像豫剧《朝阳沟》中主人公栓保教银环那样："那个前腿弓，那个后腿蹬，把脚步放稳劲使匀。"关键是多实践，熟能生巧。

"锄禾日当午。"从小生活在农村的我，对这句话有着刻骨铭心的体会。谚语云："春争日，夏争时。"锄草大都在夏季，在炎热的太阳底下，锄出的草被太阳一晒，立即叶卷根枯，人也被烈日晒得汗水直流。如同苦役的田间劳作容不得半点偷懒耍滑，锄一天地，浑身累得像散了架似的。"锄头自有三寸泽。"经常锄草松土，可以减少土壤中的水分蒸发和肥料流失，有利于保墒育苗。庄稼一茬接一茬，锄草一遍复一遍，一直锄到收获。"到深秋，锄挂钩。"只有经过一个春夏的辛勤耕耘，才能保证秋季硕果累累。农民扛在肩上的不是锄头，而是一座山，是风霜雨雪，是生活的艰辛。那一把把沉重的锄头，在年复一年的岁月中挥动，泥土把锄板磨得越来越短，长满老茧的双手把锄柄磨得越来越瘦，岁月把锄刃磨得越来越光，这与"面朝黄土背朝天"的父老乡亲的命运何其相似！

锄头不仅是劳动的工具，还是农人娱乐的道具。田间地头休息的时候，年轻的小伙子会比试比试力量，于是就出现了"撑力"这样一个乡下特有的比赛项目，有点像城里人"掰手腕"。两个人各伸出一只手，先用扁担对撑着，臂不能弯，脚不能退，谁退后了手软了就算输。撑扁担输了，就撑锄头。锄板重，锄柄轻，握锄板一方撑力就占优势。撑扁担时的赢者让输者握锄板再撑，如果再输，证明你的力量远不如人。所以赢者总是对输者说"让你一锄头"。"撑力"胜者，就会赢得姑娘的青睐，就像草原上得胜的骑手，脸上非常有光。

锄头是农人的一面镜子。它的明亮或锈蚀，能够反映出农人的勤劳与懒惰，农活的地道与生疏。"吃得千日苦，不吃一夜土"，就是要求锄板必须保持明光干净。勤劳的人在歇息或使用过锄头之后，总是捡起地头的瓦片、石头，蹲在那里吭哧吭哧擦锄头，把锄板、锄刃擦得锃光瓦亮，映照出农人黝黑的脸膛。懒惰的人，锄杆是粗糙的，锄板是生锈的，土地是荒芜的。

镰　刀

相对于犁、耙、锄，镰刀是农具中的轻骑兵，它以灵巧的身姿，在乡村挥舞出曼妙的倩影。

在所有的农具中，我结识最早的是镰刀，那月牙般的造型，锋利的齿刃，小巧的把柄，着实地引诱着幼稚的童心。但少年的我，却从来未把它当作玩具，而是作为劳动工具——割草。这并不是我多么热爱劳动，而是山野的云彩、树林、飞鸟、花草吸引了我。乡下的孩子

爱与田野亲近，这是他们的天性，而因此他们也可能是最幸福的，幸福的理由或许就是自由。野性的自由使乡下的孩子终日呼朋唤友，成群结伙，拿着镰刀，以割草的名义到野外游玩，如游泳、捉鱼、抓鸟、逮兔，当然也会带回一筐青草。青草是孩子们不断地向家长获取自由的"投名状"。在收获青草的同时，我收获了童年的快乐。

当我长到和玉米秆一般高的时候，镰刀正式派上了用场，我参加了收割庄稼的队伍，要用它割麦、割稻、割一切该用镰刀收获的作物，我把飞舞的镰刀在田野里挥得更欢。布谷鸟在头顶上啼鸣的时候，麦子黄了。队长喊一声："开镰了！"家家户户的镰刀在嗷嗷叫。农人从墙壁上、仓房里取出歇了一个冬春的镰刀，在石头上磨呀磨，仿佛把这一生都要磨得透亮，磨得锋利无比。用大拇指一试锋刃，寒光闪闪，农人的笑容挤出满脸粗密的沟壑。麦收，是土地的恩赐，是季节的洪流，是农人的战场。人们就有了冲锋陷阵的架势，连鸡、猪、狗也有预感似的，一举一动都兴奋无比。镰刀唱着主角，时光在刀刃上流动。为了抢收麦子，农人把本不徐不疾的日子绷紧得分秒必争。他们挥镰、拾穗、打麦、扬场、晾晒……茬口安排得无缝衔接。农民收割的是希望，是幸福。一年的耕耘和劳苦，在这起伏挥镰的嚓嚓声中，都得到满足和回报。

我在麦海稻浪里，历练得更像一个农人。

开镰时母亲给了我一把新打的镰刀。我头一天晚上磨了一个时辰，还用砂纸把新做的刀把磨光。半尺长的木把，捏在手里，小巧、轻便，好似抓住一串日子。薄而弯的刀片上，布满细齿，随意一晃，锋利的光芒呼啸而出，要把农人的日子和心情照亮。但我在磨刀锋时，犯了一个错误，镰刀正面有齿，背面平整，刀锋只能单面磨，即磨平整的一面，我是磨了正面磨背面，结果把齿给磨平了。割麦时劲用得很大，却总割不断茎，刀刃顺着麦秆向上滑，刀锋误打误撞地碰到了手指，青春期旺盛的鲜血喷涌而出，一片斑驳的红迅疾染晕了麦秆。母亲听见我的惊叫声从地头转身过来，咬着衣襟，嘶啦一声，撕下一块布条包住我滴血的手指，心疼的眼神看了一下我的镰刀，说："你把齿都磨没了，怎么割得动麦！"歇晌时，我把镰刀送到村上铁匠铺，让铁匠师傅重新淬了火，锉了齿，磨亮以后，使起来才得心应手。镰刀在麦秆上一走，出现齐整的切口，似与季节做个了断。麦收是没黑没夜的。我手上打满了大大小小的血泡，一层叠着一层，一握镰刀把，手掌疼得钻心，身体的每个细胞发出强烈的抗议。那时候，我真想把它扔得远远的，再也不要拿镰刀。可是，这也只是一时情绪发泄而已，你就是手再疼，也只能包一块纱布或手绢，还要握着镰刀继续干活，身体的抗议被意志调节到最低档。就这样，血泡破后，手掌终于结出了厚厚的老茧，榆木做的镰刀把吸收了我的汗水和血水，被我粗糙的手掌磨得油光锃亮，泛着暗红色。我还克服了腰酸腿疼的困难，再苦再累也习惯了。这把镰刀陪伴了我两个春秋，收割了两茬麦和稻。我以辛劳换来了收获，以汗水浇灌了成熟，以丰收充盈了青春。

我想，我们的民族和祖先，不就是像麦子成长一样，一代代挥舞着镰刀，生命一茬茬退去，生机一茬茬重现，永不倦怠地重复一个姿势。经年以后，镰刀还成为一面红色旗帜——党旗的恒久图案的重要部分。平凡成就伟大，普通走向辉煌。

连　枷

晌午的太阳像个火盆，稳稳地悬在头顶，毫不吝啬地洒下炽热的光辉。早晨收割的豆秆摊在打谷场上，被烤得似乎要站起来，经竹板

拍打，豆荚龇牙咧嘴吐出金黄色的豆粒。不知是痛苦，还是欢乐，那些圆滚滚、骨碌碌的豆子，在打谷场上又蹦又跳。

那在农人手中挥舞的竹板，就是收获大豆、油菜、谷子等作物的连枷。它是用五六支四五公分宽、六七十公分长的竹片叠在一起，以牛皮或猪皮编成一块板状，用一个可以旋转的环轴装在长柄顶端。使用时连枷起落，竹板旋转击打在作物上，籽粒便脱落下来。

连枷是一种古老的农具，早在春秋时期已经有了，而且千百年来，其形状、结构、材料、功能基本没有改变。史料记载："连枷，击禾器。"《国语》云："权节其用，秣秸枷芟。"枷，即连枷。在夏日的艳阳下，在收获庄稼的时候，先人使用连枷一定是很娴熟惬意的。《耕织图诗》这样描述："霜时天气佳，风劲木叶脱。持穗及此时，连枷声乱发。黄鸡啄遗粒，乌鸟喜聒聒。归家抖尘埃，夜屋烧榾柮。"人在劳作，鸡在啄食，鸟雀啼鸣，谷物归仓，夜炊袅袅，流淌的都是诗情画意。

在生产队所有农活中，打连枷是很潇洒的，也是很辛苦的。在偌大的打谷场上，社员们一字排开，手挥连枷，从这头打到那头，一边打一边喊着号子。上扬，是一道完美的弧形；下砸，竹板以一个无可挑剔的平面着地，打得豆秆服服帖帖，连声响都有一种排山倒海之势。火辣辣的太阳，让农人的汗水从额头流到脸颊，流到身上，前襟后衣都是湿漉漉的。他们打几圈，移动一下脚步，腰肢跟着扭动，号子随步高扬。他们不知经历了多少岁月的拍打，多少时光的磨炼，才娴熟地掌握了连枷的门道，建立了人与农具无言的默契。打连枷的队伍中，有我的母亲。我看到，母亲挺着腰板，挥动连枷，一圈一圈地击打豆秆，豆大的汗珠从母亲鬓角滚落。我听见，连枷拍下去的那一刻，干燥蓬松的豆秆撕心裂肺地哭喊，在飞扬的灰尘中，豆子荚壳分离。于是，我开始注意母亲手上的动作，就想看透一起一落中蕴含的哲理。

社员们休息时，我提起连枷用力一挥，"啪"！竹板重重地撞击在手柄上，两手一阵发麻，脚步一个趔趄。我站稳，重来；再挥，再拍。不知拍打了多少时日，身子和手、脚才协调一致，慢慢地也把连枷挥舞得上下翻飞。

原来，使用连枷是很有技巧的。挥动时要双腿分开，右脚在前，左脚在后，双手持稳长柄，在手臂高高抬举一瞬间，利用杠杆原理，把手腕的力量巧妙地通过长柄传递到竹板上，下压时将力道卸在谷物上。前举、后拉、上挥、下拍，连续有节奏地挥动，竹板在旋转中加速，加力。连枷拍打处，豆秆在战栗，豆屑在飞扬，豆荚在开花，豆粒在蹦跳。

连枷就像母亲宽厚的手掌，拍打着庄稼，拍打着孩子，拍打着光阴。那平躺在打谷场上的豆秆、油菜、麦穗、谷子，就像进入梦乡的孩子，母亲用一把古老的连枷拍打和抚摸着大地。所有作物在生长的道路上，大概要经过母亲的拍打和爱抚，才能退去孩童的幼稚和雅嫩。其实，在农人眼中，任何庄稼都是一个稚气未脱的孩童，在其生长的过程中，都要经过无数次的拍打、抚摸，才能成熟起来，成为丰硕的果实。

我永远记住了这样的场景：每当大豆、油菜等作物收割时，正午的阳光照得村庄昏昏欲睡，打谷场上传来阵阵连枷拍打声，好像寂静的大地上敲出悦耳的音符，村庄开始传唱古老的歌谣。这种场面很有乐感。大地就像一个巨大的舞台，母亲和所有的社员们站在原野的舞台上，尽情地放声歌唱。没有人能听懂那噼噼啪啪的唱词，也许并不要懂得，反正年年岁岁就这么歌唱，拍打，抚摸。终于，唱出了五谷丰登，拍旺了人间烟火，抚出了青青黄黄的漫长的岁月。

风　车

我家有一台老风车。

这风车，是我家过去用来分离米糠、秕谷、麦屑等杂物用的，由风箱、摇把、仓斗、漏斗、出风口等部件组成。它是农村最精致，最复杂的农具，技术含量较高。虽然叫风车，可身子底下没有一个车轮，倒有四条腿，像一头健壮的牛，四平八稳站在家里。

风车已经很老了。奶奶说，这风车还是长木匠年轻的时候做的，用了三十多年。车身的油漆全部脱落，木纹裸露，呈灰褐色，车斗的木板都磨出了凹槽。可能是当初选用的木料好，做工精，风车虽然老旧，却仍旧结结实实，功能一点也没有减退。一年四季，不是自家用，就是邻居借，或是队里使，很少停歇。

当麦子或稻谷熟了，农民把金灿灿的麦穗、稻穗从田里收回，接着就在禾场上脱粒、扬场、晾晒、入仓。其中一道工序，就是用风车把麦、稻的颗粒从草屑、麦芒等杂物中分离出来。先是用自然风扬场，把大部分草屑杂物吹走，然后用风车精筛细选。偌大的打谷场上，十几台风车朝着一个方向呼呼地扇着，饱满的麦粒、谷粒哗哗地流入箩筐。这时，才是真正的粮食归仓。

母亲在打谷场上意气风发地摇着自家的风车，男劳力把堆在地上的稻谷或麦子一筐一筐地往车斗里倒，母亲左手按住车斗的活动底板，控制谷物的流量，右手不停地摇动手柄。叶轮像电风扇一样，把麦稻中的草屑麦芒吹走，沉甸甸的颗粒便从漏斗中流出来。男人们又一箩一箩把扇干净的粮食扛进库房。当粗糙的大手捧起干净的粮食，在晚霞中眯着眼睛仔细端详，汗渍渍的脸上便堆满了幸福的笑容。

除了生产队集体扬场扇谷，平时就是碾米后使用风车。那时没有碾米机，农民要把稻谷变成大米，就要把谷物放在石槽里碾，或放进碓臼里杵。稻谷碾过后，就用风车分离米糠。我家这项工作都由奶奶完成。奶奶把风车口对着大门外，先在漏斗处放一只箩，关紧底板，然后用簸箕将碾好的稻谷倒进车斗，随后摇动风车，打开底板。白花花的大米经过风的过滤，从漏斗处垂直落入箩里，谷糠和粉尘则被风从出风口吹出，像天女散花一样撒下一地。有时一遍扇不干净，再扇第二遍。奶奶把手伸进箩里，抓一把大米在鼻子下闻一闻，又让米粒从指间滑落，当确认杂质被扇干净时，饱经沧桑的脸上就绽开了花。

看着奶奶扇米，有时我故意站到出风口，让米糠和粉尘飘在身上、头上、脸上。奶奶就会呵斥我："快走开！"粉尘落入眼睛，奶奶便停下风车，帮我擦脸揉眼，整理完毕，继续摇动风车。有时，我挤到奶奶身前，帮助奶奶摇动手柄，使风车扇出的风忽大忽小，奶奶就说，"别捣乱，到一边玩去。"原来，摇风车也有技巧，倘若摇得太快太猛，风力过大，会把米粒与皮糠一起扇出去，那就会浪费粮食；如若摇得太慢，风力微弱，开口又大，秕谷和糠皮就扇不干净。因此，必须掌握摇速，使风力均匀，开口适度。风车，是农民世代劳作实践中的智慧结晶，一板一眼演绎着粮食收获后原始加工的一个过程。

如今，我家的那台风车，如同它的制造者长木匠一起，早已消失在岁月的烟云里；与其他下岗的农具一样，已退出了历史的舞台。农具是时代的产物，在漫长的农耕社会发挥了无可匹敌的作用。没有传统农具几千年的成功实践，也不可能产生现代化的农具。这些古老的农耕风物，是维系过去生产生活的必备工具，是创造现代生活的坚实基础，是留给我们今后生活的美好记忆。

怀念一种哨声

　　乡村的早晨，是最喧嚣的。鸡鸣、犬吠、鸟啼、虫吟、牛哞、马嘶……山风将它们合成欢乐的晨曲。

　　在众多的噪声中，有一种声音让我最敏感，也最动情、动心，甚至会热血沸腾，激情澎湃。这声音，是从一只哨子中发出的，准确地讲，是从老队长那充沛的肺活量中呼出来的。它"嘟——"的一响，声音尖厉、嘹亮、悠长。那哨子虽小，却能量巨大，像军队的号角，可以发号施令，可以调兵遣将，可以指挥千军万马，那些被称作"社员""劳力"的男人和女人，听到哨声就会闻风而动。哨声是权力的象征，它代表了集体和农人眼中的国家，让人们在一种强大意志的支配下，为了一个共同目标从小家奔向大家。哨声也是利益使然，每个人心里都明白，服从哨声就能挣到工分，有了工分就能分到粮食，有了粮食就不会饿肚子，一家人生活就有了保障。一个生产队只有一只哨子，也只有一个人即队长有资格吹哨。队长哨声一响，仿佛地动山摇，社员们不管在干什么，你正在吃饭、睡觉、串门、聊天、干活，都得放在一边，先服从哨声的号令。

生产队长仁正，我不知道该不该称他"老队长"。论年龄，他才三十几岁，比有些生产队满脸皱纹头发花白的队长要小得多；可论资历，自打人民公社成立他就当了队长，已有十几年的历史。村人原来都不称他老队长，有的只喊队长，有的直呼其名。后来搞老中青"三结合"，队里选了一名二十来岁的年轻人做副队长，为了区分，开始称仁正为老队长。哨子还是由老队长吹，每天还是在固定的时间吹。不光我们村是这样，其他村也是一样。不过，有的村子不一定是吹哨，而是敲钟或呼喊。那"钟"也不是真正的铜钟铁鼎，而是在村头的老榆树上挂一块铁板，用一根木棒或锤子敲出"当当"的声音，就像电影里鬼子进庄，老乡们听到钟声就往山沟里转移。

那一声尖厉的哨音又响起来了。我敢肯定地说，从我记事起，没有哪一天哪一阵的哨声躲过我的耳朵，即使清晨我正在睡梦中。它比鸡叫要晚，大概是鸡叫了两遍以后，半个太阳爬上了东山顶，哨声就会准时响起。哨声划破晨曦，惹得树上的鸟雀叽叽喳喳。它穿透晨风，压着鸟鸣，匍匐在我家的屋檐上，在瓦楞上打了一个滚，立马溜进了屋内，钻进了我的耳朵，人就打个激灵。经验告诉我，这是老队长发出的上早工的信号。上工的哨声一天会响起三次：早晨、上午、下午。有时也会响起第四次，那是晚上开会的哨声。虽然这哨声与我毫无关系，可不知为什么，我那少年的心灵也按捺不住沸腾起来，它像火，一蹿一蹿，又像水，一荡一荡，在我胸膛里奔涌着。这时，哪怕我正沉浸在"春眠不觉晓"的美梦中，也会一个鲤鱼打挺，从床上蹦起来，趿拉着鞋子走出家门，来到距家十几米远的老井边看光景。

老井紧靠村子前面的碾米场，边上有半亩大的空地，平时是村人的饭场，也是儿童的娱乐场，还是老倌和婆子们冬天晒暖阳的地方。这时，大人们扛着家伙什，一个个从村道小巷各家各户来到老井边。他们的样子有些懒散，又似乎充满激情。我享受着大人们的激情，又催发出自己的激情。大人们来到井旁，往往要在这里逗留一会儿，等队长分派活儿。队长把人们吹来了，自己却还没到。这时，人们就姿态万千：有的掏出烟袋，用皲裂的大手捏出一撮烟丝压进烟锅，击打火镰，点上火吞云吐雾；有的把锄头"哐当"一声扔在地上，坐下来捡一根草棍，有滋有味地掏着耳朵；有的肆无忌惮地咳嗽、吐痰，溅起地上的泥尘和草叶；有的像我一样，傻愣愣地靠着南墙四处张望。他们的表情展示着一切都是心甘情愿，同时也透出听天由命的无奈。可在我眼里，都是神圣的，因为他们正在等待那个代表集体和国家的队长的命令和派遣，他们挥动一锄一锨，都在为一个伟大的事业增砖添瓦。

不知是老师教诲的结果，还是在乡村耳濡目染，集体、国家这个抽象的字眼，在我小时候一点也不空洞，而是很生动、具体：县里、公社的大干部，就是代表国家；大队长、生产队长就是代表集体。它们都有一个共同的名字：公家。广播里经常说，国家和集体都属于公有制，公有制要高于和优于私有制。公家的意志和利益，在乡村都体现在队长那一声尖厉的哨声上。哨声，是农人的号角，是村庄的惊雷，是大地的呼唤。我对哨声非常向往，听到哨音无比激动，甚至我上小学的时间，也是与队长的哨声同步：吹哨，起床；再吹哨，上学。有时坐在教室里还思绪飘飘，仿佛听到放学的哨声。随着我的成长，我在哨声中走进了许多集体：学校、部队、机关、社团。也曾在某种意志的支配下，与很多人一起奔向一个共同的目标。可是不知为什么，到后来就没有那么激动了，也不觉得多么神圣，甚至有些倦怠。这可能是我的意志衰退，也可能是随着阅历的加深，悟透人生，看破红尘。但我认为这是自己追求自由、张扬个性的结果。

将烟杆吸出一星一星火光的老队长终于出场了。此时，哨音变成噪音，老队长吐出最后一口烟圈，就开始分派活计，也可认为那是对哨音的阐释和延续。生产队的活计多种多样，有水田、有旱地，有锄草、有施肥，每一种活都要有人去干，百十号人不可能同时干同一件活，活儿总会有重有轻。比如同样是耘草，在麦地就要舒爽一些，可以干干歇歇，说说笑笑，在稻田踏着腿肚子深的淤泥，日晒水蒸，蚂蟥叮咬，不仅流汗，还要流血，就要辛苦得多。那些被队长分派到稻田里耘草的人，脸子就阴下来，迈向田间的脚步也显得拖沓，似乎能拖一阵是一阵。

哨声就是命令。不管你是年龄大的，还是年纪轻的，是男的，还是女的，谁都得遵守。社员可以对队长个人有意见，但对哨声不能有二话，埋怨队长吹早了或不该吹，即使有看法，也只是私下嘟囔，没人当面顶撞。

老队长也不是所有农活都吹哨，哨声中藏着他治队管家的方法和智慧。他该吹的时候吹，不该吹的时候不吹，不吹照样指挥生产，照样调动人们的积极性。平时，有的社员表面上服从哨声指挥，但内心并不是十分自觉，出工不出力。干活大呼隆始终是集体劳动的一个顽症。老队长自有一套管理办法。队里的各种作物，如小麦、棉花、油菜、芝麻、大豆等，除了种、收统一上下工，田间管理如锄草、间苗、浇水、施肥、打农药，全部包给社员，按量定质计工，整个过程只是加强检查和监督。

这样，很多活计不需吹哨统一行动，而是由社员自己灵活安排，效率反而高了。当哨声再次响起时，那是收获的时候，田野里一片人欢马叫。这个时候，队长和会计就在打谷场忙着给社员评工分，分粮食。

在儿时的印象里，哨声是乡村至高无上的声音，它比一切声音都要强烈和响亮，压倒鸡鸣犬吠，压倒吵架骂街，压倒风啸雷鸣。它体现的强大意志，不仅指挥生产，而且触及灵魂，特别是晚上的哨声，更是带来思想交锋，因为那是队里召开斗私批修会。

这样的哨声，都是吃完晚饭后才响起的。男人叼着烟袋，女人拿着鞋底，纷纷来到会场。所谓会场，就是我家的老屋。大人们把堂屋、中房、灶间塞得满满的，门槛上、柴垛边、旮旯里都坐满了人。条几上一盏高脚菜油灯燃烧着三根灯捻，捻头一闪一闪跳出昏黄的亮光。可就是这昏黄的亮光，在我眼里却显出炫人的光辉。因为所有大人的目光，都在高脚菜油灯的照耀下一闪一闪，就像那燃烧的灯芯，它们汇合到一起，呈现的是一个整体的光辉。我在灶间靠在奶奶身边，也参与了这光辉，在光辉的笼罩中，我变成了光辉的一部分。

老队长披着旧棉袄，用手指敲敲桌子，会议就算开始了。大人们开会的姿势：男人低着头抽烟，偶尔抬头瞭一眼队长，表明自己的存在；女人用针狠劲地扎着厚实的鞋底，旁若无人地扯出丝丝的拉线声。人们好像在专心听会，又似乎是若无其事。他们的表情随着队长的话音及内容的变化而变化。如果是传达上级精神，要开展什么运动，人们就会严肃起来，眼中流露出惊讶、惊恐的神色，会场上鸦雀无声。因为有的社员曾因卖布票、供应（返销粮计划）、烟叶被当作投机倒把批斗过，所以谈"运动"色变。如果是研究生产或评比工分，许多嘴唇都会跟着翕动，叽叽喳喳不停，队长就喊"静一静、静一静"，没有一袋烟的工夫，会场也静不下来。这时我总感到，只要触及到个人利益，民主精神就会从这些泥腿子身上自发地表现出来，压都压不住。如果是无关痛痒的读报学习，会场上的吐痰、咳嗽、低语声就会此起彼伏，一会儿从黑暗处突然传出巨大的呼噜声，盖住了队长讲话的声音，人们先是一愣，接着好像心领神会似的，都发出嗤嗤的笑声。队长讲话的语气由柔和变为愤怒，由说教变为骂人，骂了几句也忍不住笑了，便宣布散会，大伙就嘻嘻哈哈往回走。一场严肃的会议，被一个呼噜声击散。但队长就是队长，什么场合都是那么镇定自若，下一次哨声，又是一场隆重的会议召开。

生产队的会议，也不是每次都是老队长唱独角戏，有时队长只负责吹哨召集人员，讲话的却是大队干部，或是从公社、县里下乡的大干部。大队干部如支书、大队长，社员们都熟悉，讲话时没听懂就会插一句嘴：你讲的那个什么是什么呀？大队干部会重复一遍，下面就发出"哦、哦"的声音，表示清楚了。若是公社、县里的大干部讲话，就有一种敬畏感，人们瞪着眼睛，竖起耳朵，生怕漏了一个字，因为大干部讲的是国家大事，是不能马虎的。这时候，夜是静的，不动的；动的，是每个人脸上的眼睛。它们不住地眨巴着，闪烁着，一直冲着干部的脸上瞧，好像国家大事就写在大干部的脸上。听过大干部的讲话，人们就似懂非懂地学到了许多新名词，如"三面红旗""四清运动""八字宪法""兴无灭资"等。有的名词只是听听而已，与社员关系不大，也不会去探个究竟，最多跟着喊个口号。有的触及到他们的利益，落实中就会有抵触。如那阵子大炼钢铁，开始垒炉子，捡矿石，砍树木，大家劲头很足。后来铁没有炼出来，又开会要大家把家里的门环、梁环卸下来，把铁锅、铁铲拿出来，态度就消极了，慢慢地对大干部讲的话不信、不听，甚至也不愿去开会了，老队长哨子吹了几遍，人还是稀稀拉拉。为了增强哨声的号召力，老队长宣布参加一次会记两工分，

人们又呼拉拉地来了。有时十天半个月不开会，有人就问队长，怎么不吹哨开会呀？

后来，发生了更大的运动，生产队开会、集会更多了。但再没有大干部下来开会，而是县城里的学生娃来村上串联开会。他们组织社员批判县里、公社和大队的干部，还给大家发了红袖章，生产队变为"战斗队"。学生们折腾了一阵又走了。老队长晚上还是隔三岔五吹哨，但也不是开什么会，而是组织社员收听"最新最高指示"，过了一阵村子又复归平静。因为开会终归打不下粮食，粮食是靠锄头、犁耙在田地里种出来的。

一九六八年，"上山下乡"的浪潮把我这个"老三届"（一九六六年至一九六八年中学毕业生）卷入生产队这个集体，成为人民公社社员。老队长的哨声与我有了直接的关系。如果说，原来我对哨声只是好奇、冲动，现在哨声对我就是命令、召唤。我心甘情愿地服从命令，听从召唤，因为我是怀着"要叫穷山变富乡"的凌云壮志和"接受贫下中农再教育"的光荣使命回乡的。每天听到哨声，我都愉快地拿起家伙什来到老井边，听从队长的派遣，下到田间地头。我与他们打成一片了。

然而，这股热情持续了一年，我的"凌云志"就开始动摇了，"使命感"也逐渐淡化。出现这种情况，有来自形同苦役的农活。乡村农活到底有多辛苦？我的散文《"双抢"的日子》《农事琐忆》做了具体的描述，它给人身心如煎、度日如年的感觉。那时光就像拖着重载的巨轮，在我心里慢慢驶过，压得五脏六腑和浑身筋骨嘎嘎作响。如果说仅仅是苦和累就消磨了我的斗志，也不完全是这样。问题是我寒窗十年（虽然只是初中毕业），眼界有些高了，似乎看到了人生的曙光，懂得天外有天，走出斗牛山还有更大的天地，我的梦想在山村外面。我对扎根农村心有不甘，不愿把自己埋进祖祖辈辈沿袭的"面朝黄土背朝天"的日子里。我对自己的理想重新定位，要从生产队这个小集体走向更大的集体。一旦有了这种观念，再听到老队长的哨声，就由激动变为无动，由悦耳变为刺耳。如果是清晨，我会蒙着被子，故意装作听不见。母亲就会呼唤我起床。这种对抗只能持续几分钟，我懒洋洋地扛着锄头出来，心里直怨太阳出山太早。

机会终于来了。一九六九年底，征兵工作开始，我在"参军保国"冠冕堂皇的理由下，从山村跨进了军营。这一步对我的人生转折和发展前途起了决定性的作用。我从"集体"走进了"国家"，成为国家机器上的一颗螺丝钉。我还是在哨声中生活、工作，不过不是老队长的哨声，而是部队的军号；我操起的不是锄头，而是枪杆，还有笔杆；我的岗位不是田间地头，而是营房哨所，后来是政府机关……

我庆幸自己从农村向部队的跨越，从集体向国家的迈进，也很享受这种跨越和迈进，它把我从"体制外"带入"体制内"，这也是多少年来普通老百姓梦寐以求的事。但我并不认为自己的人生观、价值观从此变得非常高尚，成为一个"完全脱离了低级趣味的人"。虽然部队和政府工作的平台让我增长了见识和才干，开阔了视野和思维，懂得了更多的知识和道理，也提高了思想觉悟和道德水准，但骨子里我还是流淌着农民的血液，保留着乡村的底色，是农人朴实、勤奋、吃苦、耐劳的品格，给了我日后奋斗的资本和支撑。在人生的道路上，我只是遇到了"人往高处走"的机遇，固守的还是"鲤鱼跳龙门"的世俗，沿袭的还是自古以来多少前人走过的"学而优则仕"的老路。我从内心深深感谢农村生活对我的陶冶和锻炼。

时光荏苒。后来，我从军队转业到地方，从单位退休到家里。不管是在职还是退休，我每年必回一两次生我养我的山村，踏上曾经耕耘的土地。现在，农村几经变革，再也听不到老队长的哨声，见不到

集体上工的人群。中青年人基本都外出打工，老年人大部分到城里带孙子陪读，村庄人去楼空，土地大片荒芜，曾经热火朝天的劳动场面，像梦一样消失在昨日的时光里。

一日，我在田野上转悠，碰到骑着三轮车从外面卖豆腐回村的老队长。老队长八十多岁了，身体还是那么硬朗，他和老伴在家里经营一个豆腐作坊。我们一阵寒暄，老队长好像知道我此刻的心情，他叹息一声："可惜！这么好的田地就荒在这里。"我不知怎么随口丢出一句："老队长，你再吹声哨子，我们又来耕种。"两人都笑了起来。

不禁想起马克思那句经典：生产力决定生产关系，生产关系为生产力服务。如今，农村分田单干，集体经济没有了，与之相适应的生产关系（生产队及集体经济所有制）也改变了，代表生产队集体意志的哨声早已淹灭在历史的烟尘中。

但是，我还是怀念老队长那响亮悠长的哨声，怀念那被哨声召唤来的勤劳朴实的农人，还有那热火朝天的劳动场景。

谁退出了村庄的朋友圈

    村庄像婴儿一样，安静地躺在一抹葱茏的斗牛山和一湾清流的斗牛山湖的怀抱中，山风和着鸟啼、虫鸣、兽叫，合成乡村的天籁。山林和湖泊中，叫得上名和叫不上名的飞鸟走兽有几十种，它们或盘旋天际，或出没山林，或筑巢树梢，或藏身草丛。这些大地的精灵，给村庄带来了灵动，带来了生机，也带来了几分惊险和刺激。

    然而，随着岁月蜗牛般慢慢地远去，也可能是闪电般一刹那工夫，众多的精灵像捉迷藏一样躲了起来：有的跑得无影无踪，从此销声匿迹；有的去而复归，然后又远走他乡；有的虽未绝迹，但也日渐稀少。现在年轻的后生们，压根就不知道村庄还有过这些生灵。

当我翻开记忆的画册，依稀见到它们的身影。原来，这些曾经与村庄和睦相处的朋友，已经陆续退出或正在退出村庄的朋友圈。

空中不见了盘旋的鹰

一阵几乎不易察觉的轻风从半空中滑过，几只鸟雀从山的这边飞向湖的那边。晨曦中鸟儿的飞翔和啼鸣，把山脚湖畔睡得正香的村庄给吵醒了。村人荷锄执犁，挑担背篓，和鸟儿一样，开始了一天的扑腾。

有一种鸟，好像不愿意亲近人们，专挑没人或人少的时候出来活动；又因个头大，自恃英猛，也不愿与其他鸟类为伍，喜欢独来独往，是鸟中的独行侠。村人称它为"老鹰""磨鹰"。因为体积大，双翅展开，像块巨大的磨石，盘旋空中。我查阅资料，它的学名叫"苍鹰"。鹰是食肉性动物，专捕蛇、兔、鼠等。家乡的苍鹰属于夜伏昼出的隼形鸟类。

苍鹰出现的时候，毫无征兆。在一个阳光明媚的上午或下午，村人都上工去了，村庄一片寂静，它忽然从天际过来，人们只看到斗牛山顶的云层裂开一条缝，一个黑影从云中钻出来，如粘贴在穹顶的黑色胎记。慢慢就看清了它的整个形象：舒展的翅膀，傲慢的头颅，锐利的目光，弯弯的尖喙，自远而近掠过来，威不可当。当你觉得它要向你俯冲下来，你惊恐慌乱，避之不及时，突然一个旋转，它又冲向上空，双翅触及蓝天，掠动浮云，采用滑翔的姿势在空中盘旋，不时定格在某一处。这样，苍鹰的出现，既让你紧张，又感到浪漫，就像空中的一块乌云。那时，天是蓝的，云是白的，树是静的，只有一团黑雾飘在上空。

苍鹰肆无忌惮地在空中盘旋、升腾、俯冲、振翅、静止，动作变化无常，像一个独舞演员，驰骋于天空的舞台，其气概之豪迈，动作之迅疾，舞姿之优美，无与伦比。

不一会儿，村子北边传来喊声，三财家的母鸡被苍鹰掳走了。这家伙，果然没有白走一趟。

听伙伴们讲，他们在院子里玩得正高兴，忽然天空一黑，眼前似有一张席子从天上铺下来，一道巨大的阴影一闪，刹那间天又亮了，又像日光的影子一闪，眼睛一眨，竟然没有看见它的去向，就看到许多小鸡"叽叽叽叽"地嚷着四处奔跑。原来一只大红公鸡正在草垛上觅食，看到空中苍鹰的影子，立即"咯咯咯——"发出紧急信号。老母鸡在地上接到信息，发现鹰已经向下俯冲，随即扇动双翅，"咕咕咕——"呼唤小鸡，并张开翅膀将小鸡们拢到身子下面，可母鸡自己却成了鹰的战利品。

鹰的出现，使所有的聒噪、喧嚣全部消失，村庄一片寂静，似乎是鸿蒙未辟般的静谧。

当孩子们醒过神来，小鸡们还蜷在一起瑟瑟发抖。一会儿，就有老太婆"乒乒乓乓"敲着脸盆和铁器，做些亡羊补牢的工作，可是鹰早已飞走了。脸盆敲得再响，不仅没有吓唬到鹰，反而为鹰助威。

苍鹰捉鸡，包括野兔、田鼠，那是上天赋予它的权利。

苍鹰就这样神出鬼没地游走于村庄和山峦之间，说来，风一般倏地就来了；说走，刹那间影子般就走了。人们只听到它划过天际，卷起山风的声音，谁也没有近距离接触过它的身子或触摸过它的羽毛。孩子们对鹰既恐惧，又崇拜。听额头上布满皱纹的老人讲，鹰是鸟类之王，也是百鸟之神，神是来无影去无踪的。村人没有谁见过鹰在哪里安家。有人说鹰的巢穴是在悬崖上的岩洞里。这种动物一方面性情高傲，不屑于像乌鸦、喜鹊将巢安放在树枝上，更不像麻雀、燕子把

窝做在屋檐下，另一方面又具备天生的警觉，所以处于远离人群的地方。我们这里虽然有山有水，但都不雄伟，也无峭崖陡壁、深洞奇穴，而且村庄密集，不适于鹰筑巢为穴。鹰是向往自由的，只有在自由的环境下，才有坚强的雄鹰。那么闯入这片天地的鹰是从那里来的呢？我平时见到苍鹰，总是从斗牛山那边飞过来，但山的那一边是碧波浩渺的鄱阳湖，鹰不会生活在水中。就想它们的家就在斗牛山的树林中，可多次到斗牛山砍柴、割草，也在斗牛山林子里掏过鸟窝，有山雀、八哥、黄鹂，可从没见过鹰的踪影，没捡过一根鹰的羽毛，也没听说十里八乡的人在斗牛山掏过鹰巢，捡过鹰蛋。即使我到了成年、老年，也不知道家乡的鹰是从哪里来的，又飞到哪里去了。它就是一片云，一阵风，自由自在地在空中流动。

虽然从未见过鹰巢，但对鹰的印象、形象、喻象却越来越深，也越来越具体。小时候，大姐姐带领我们做"老鹰捉小鸡"的游戏，孩子们一个拉着一个的衣服后襟像龙摆尾一样，在院子里扭来扭去；上学后，老师教育我们长大后，要像雄鹰一样展翅飞翔；在哨所里，首长要求我们眼睛要像鹰一样盯准每一个目标；走上工作岗位，我希望自己像雄鹰一样搏击长空，志在千里。但我始终没有学会雄鹰的本领，一生东奔西颠，总是在弹丸之地蹦跶，充其量只是一只山雀。

我虽然没有成为雄鹰，但我还是非常怀念、向往那乘风掠云，盘旋翻动于故乡天空的苍鹰，欣赏它"大鹏一日同风起，扶摇直上九万里"的拼搏精神，崇敬它顽强、英猛的坚韧品格。

豺狗似乎在一夜之间消失

鸡叫过头遍，天还没亮，奶奶一如既往地起床、开门，在晨曦的微光下，坐在屋檐下梳头、裹脚。奶奶梳完头后，把一只脚搭在另一只腿上，一条卷成圆筒状的三尺多长的黑色裹脚布，在脚上缠来绕去，像包粽子一样把小脚裹成圆锥形。然后侧过身子，再裹另一只脚，就见一个黑影溜进院子，向猪圈移去。奶奶以为是家里的黑狗，不经意叫一声"阿黑"，也不见反应，只听猪圈里躁动起来，大黑猪哼哼唧唧，那只前些天才买来的小猪崽声嘶力竭地吼叫着。奶奶定睛一看，只见猪圈边两道绿光一闪，黑影叼着猪崽就向村边跑去。奶奶惊叫起来："有豺狗！"叔父迅即披着衣服冲了出来，随手操起扁担，边追边喊："打豺狗！"左邻右舍的汉子都出来了，有的拿着棍子，有的提着锄头，嚷着、追着。豺狗大概受到了惊吓，加快了脚步，穿过了小树林，隐没在绵延无际的青纱帐里。叔父和乡亲们操着家伙什，在玉米、谷子地里折腾了好一阵，也没找到豺狗的踪迹，只好望着绿地叹息。

这不知是第几次"豺狗叼猪"的事情在村庄上演。它有时发生在白天，有时发生在晚上，有时发生在清晨。

豺狗是家乡最凶狠的野兽，也是最不友好的客人，隔三岔五就会到村上骚扰一下，有时叼猪，有时咬羊，有时掳兔。虽然村人养了不少土狗，它们只是远远地站在一边狂吠几声，不敢近前搏斗。不过有时狗多势众，也能把豺狗吓住，让其空手而归，尤其在白天。

土狗和豺狗都属犬类，但本质不同：一个为人效劳，对主人忠心耿耿；一个与人为敌，专害家禽家畜。听额头堆满皱纹的老人说，"豺狗找不到食物时，连小孩都会叼去"。不管是真是假，这话实在让孩子们心生恐惧。大人们也总是用豺狗吓唬小孩，孩子哭闹不听话，玩野了心不回家，常常抛出一句："豺狗来了！"哭闹的孩子顿时噤声了，在外面玩疯的小孩立马回家了。更有厉害的母亲，训斥顽皮的孩子，句句不离豺狗："豺狗叼的""豺狗咬的""豺狗撵的"。训多了，

孩子充耳不闻，习以为常，该怎么玩还是怎么玩，即便这种吓唬有效果，我们还没有见过哪个孩子被豺狗叼去，村子上从来没有发生过这样的事情。

因此，我总觉得村人对豺狗有些夸张和神秘化，甚至对豺狼虎豹的排序，把豺摆在第一位都有些怀疑。论个头，它没有狼大；论凶猛，它不如虎豹；论威风，它比狮子差远了。真正让我害怕的猛兽，还是狮子和老虎。不过，家乡还没有发现过这些家伙。

但豺狗的恐怖阴影一直笼罩在儿时我的心头。我上学后，特别喜欢看电影，不管是本村还是外村放映，经常晚上与小伙伴一起去看。有一次距我们村两里外的公社所在地小华村放映战斗片，我和三个同学放学后就跑到小华村去了。那是下旬天，天上没有月亮，只有几颗星星忽明忽暗闪烁着。看完电影后，我们每人手中拿着一根棍子，摸黑往回走。快出小华村，有大人冲我们吼："大黑夜也不怕豺狗！"使我们更加恐惧和紧张，硬着头皮往前走。路过一个叫"芭茅垄"的地方，这是一条三四百米长的上坡道，两边全是一人多高的矮树、野草、芭茅，平时也是野兽出没较多的地方。我曾听班上一个同学讲，他与父亲一早去县城买猪崽，走到这个芭茅垄，遇到三只豺狗挡在路中间。豺狗距他们十多米，毛色棕红，两耳前竖，眼睛发绿，样子凶狠。同学被吓蒙了。父亲把他拉到身后，握着扁担，与豺狗对峙。双方相持了几分钟，谁也不敢发起进攻，后来有行人往这边走，豺狗放弃目标，向芭茅深处走去。一场有惊无险的遭遇，听得同学们愣了好长时间。

这次黑夜经过芭茅垄，我想起那位同学的遭遇，心就提到了嗓子眼。我们学着电影上的英雄人物，越是艰险越向前，嘴上喊着，唱着，嚷着，荒腔走板，不知所云，只是以此壮胆鼓劲。人在地上走，星在天上闪，穿林过丛，如影随形，人被恐惧推着行。走到深处，忽听得草丛中簌

簌作响，芭茅抖动，我们吓得不敢出声，汗毛倒竖。正不知所措，就听到"扑棱棱"一声，一只野鸡惊叫着飞上夜空。原来是我们的吵声惊动了飞鸟，还以为遇上了豺狗，手心都吓出了冷汗。待平静下来，又喊着唱着向前走，一直到家里，还惊魂未定。后来每次想起那夜经过芭茅垄，就觉得其惊险情节，比任何一个电影画面更像电影。

豺狗在我心目中没有留下好的印象，但我也没有亲眼见过它叼猪咬羊，伤害小孩。我真正近距离接触豺狗，还是后来在动物园，当我看到这个在家乡早已绝迹的凶恶野兽，被囚禁在铁笼子里，竟然很高兴，有种久别重逢的感觉，而且还很同情它们，这大概是因为我和豺狗一样，远离家乡山野，孤独地被困在城市这个大笼子里的缘故。在庞大的城市，我和豺狗都是"乡下人"，客居他乡都市，都会有些想念过去山野里自由自在的日子。我对豺狗有一种"老乡见老乡"的悲凉感觉。

后来看《动物世界》，我对豺狗的习性有了深入的了解：豺狗的真实名字叫豺，是犬科动物，全世界的豺分为 11 个亚种，出没于家乡的"中国豺"以捕食野猪、野羊、野兔为主，偶尔也偷袭家畜。豺性与狼性是一致的：集群、凶残、配合、快速。在发展市场经济的今天，狼性被不少学者和企业家极力倡导。但我对人类社会生活中鼓吹豺性、狼性精神总觉得不妥。

然而，豺狗的消失，仿佛就是一夜之间的事，昨天傍晚还看到这些红毛狗在山林间活动，一觉醒来就再也没有见过它们了。

给鸡"拜年"的黄鼠狼一去不返

黄鼠狼不是狼，它是鼬科小型食肉动物，专捕田鼠、老鼠、野兔等，也偷农家的鸡、鸭。村人不喜欢黄鼠狼，但也谈不上特别厌恶，因为

它毕竟是捕鼠能手。

深秋的乡村，晚稻收割完毕，晒干后的稻草一捆捆整齐地码放在烟屋里、禾场上，这里成了孩子们冬日的游乐场，小屁孩们成天在这里捉迷藏，晒暖阳。尤其是禾场上垒得像小房子一样的稻草垛，给人温馨、浪漫的感觉，有年轻的小伙和姑娘偷偷在这里约会。如果是月亮皎洁的夜晚，你会看到月影下有绰约的人影，在禾场上一闪就不见了，你竖起耳朵，会听到虫鸣般的窃窃私语从某个草垛下传来，声音是那么亲切、甜蜜，让人不忍打扰。老倌们在日上三竿后，也会来到这里，舒舒坦坦地往草垛上一靠，眯着眼睛，有一搭无一搭扯着闲篇，安静地享受阳婆温暖的光芒，此时的草垛似乎变成了人间天堂。

人喜欢待的地方，黄鼠狼也特别留恋，它看中了烟屋里和禾场上散发着谷香味的稻草垛，便把窝从野外的山林、洞穴、灌丛移到草堆中。在某个角落里，不经意就看到一只像猫的棕黄色的精灵，倏地在你眼前窜过去。这家伙毛发蓬松，行动敏捷，高蹦低跳，昼夜活动。它就是人们传说中的黄鼠狼。

我之所以称它为"传说"，是因为黄鼠狼在乡村非常神秘。额头上堆满皱纹的老人说："黄鼠狼是神仙变的。"老人早年游荡江湖，见多识广，说南方有的地方有黄大仙庙，供人祭拜。我们村没有黄大仙庙，但在老一辈人心中，黄鼠狼有着大仙的地位。邻村有跳大神的巫婆，在手舞足蹈的恍惚中，称自己是黄大仙，人们就有敬畏感。因此，村上自古以来，有吃狗肉、兔肉、獐子肉的，甚至还有吃蛇肉老鼠肉的，但没有人敢吃黄鼠狼。乡村一年四季都能见到黄鼠狼，特别是冬天，黄鼠狼到村上活动更加频繁，因为这时田尽地光，田鼠、野兔也少了，黄鼠狼就去找鸡的麻烦了，不怀好意地给鸡"拜年"。

黄鼠狼还有一个神秘之处，就是在捕捉猎物或遭到外来攻击时，

除了和其他动物一样，使用钢牙利爪，还有一种"化学武器"——体内有臭腺，关键时刻会释放臭气，让捕猎者和攻击者轻则熏晕，重则中毒。这一利器是其他动物所没有的。

虽然黄鼠狼非常神秘，但村人还是有捕黄鼠狼的，因为黄鼠狼时常到村里叼鸡，同时城里收购站还有专收黄鼠狼皮子的。黄鼠狼那松软油亮的毛发，可以做冬衣、做毛领、做毛笔，所谓"狼毫"，就是黄鼠狼的毛发。那时，一张黄鼠狼皮子能够卖到五元钱，用它可以买半担谷，或两只鸡，或做一套咔叽布衣服，诱惑力很大。

捕捉黄鼠狼的方法并不复杂。用铁丝做一个长方形笼子，安上一个像捕鼠器一样的机关，里面放些猪肉或鸡内脏，把它放在墙角或草垛边，等待黄鼠狼偷食。过两天去看，一只毛茸茸的精灵在笼子里冲撞嘶叫。然后把笼子对着麻袋口，抽出笼门，黄鼠狼就成了囊中之物。后面的程序就惨不忍睹。人们剥下皮子，把黄鼠狼就地埋了。

我曾见过狗撵黄鼠狼的战斗，其紧张和激烈程度，不亚于西班牙斗牛和跑马场赛马。某个夕阳西下的黄昏或红日当头的晌午，也不知是狗先发现了黄鼠狼，还是黄鼠狼先发现了狗，互相张牙舞爪冲上去斗了一个回合，黄鼠狼自觉力不能敌，便绕着草垛迂回逃跑，狗在后面紧追不舍。黄鼠狼身小灵活，行动敏捷，在草垛间左奔右突；狗气喘吁吁，跟着左拐右转；眼看就要追上，黄鼠狼一个急转，从狗的身子底下又溜跑了，沿着禾场边向光秃秃的庄稼地奔去；狗又一个箭步跟上，只差几步了，黄鼠狼尾巴一翘，一股烟雾喷出，霎时奇臭袭来，狗像灌了迷魂药一样，立即迷糊起来，在原地转着圈子，完全丧失了进攻能力。待脑子清醒过来，黄鼠狼早不见了踪影，狗灰溜溜地往回走。

为了防止黄鼠狼偷袭鸡鸭，村人晚上在鸡窝口、鸭埘边放置捕鼠笼或捕鼠夹，屡试屡爽。黄鼠狼吸取教训，不敢轻易登门，加之家家

养犬，晚上守在院子里，也不容易得逞。而白天，母鸡带着小鸡在院子里、林子里、庄稼地里觅食，常常给黄鼠狼以可乘之机，谁家丢了鸡，也权当供奉黄大仙了。

我上初中时，开设了生物课，加之阅读增多，对黄鼠狼有了更多的了解，还知道它对人类的益处。科学研究发现：一只成年黄鼠狼，一个月要捕捉上千只田鼠、老鼠，一生要消灭三万多只，如果没有黄鼠狼，人们种植的作物不知有多少要被田鼠糟蹋。但我觉得，长期以来，人们对黄鼠狼的负面看得太多、太重，在它身上堆砌了许多贬义词，如"黄鼠狼给鸡拜年——不安好心""黄鼠狼下崽——一窝不如一窝""黄鼠狼放屁——臭气冲天"。把黄鼠狼贬得一无是处。

当村人不再种或很少种稻谷，村庄也不再有稻草垛，当然也见不到黄鼠狼时，老鼠就大行其道。每当我在村道上、院子里，甚至楼房中看到成群的老鼠肆无忌惮地横冲直撞时，就想到了黄鼠狼，想起了这位捕鼠能手的许多好处，想起它那活动于山村、草垛的灵动身影，就觉得作为上天赐给人类的朋友，人们不应该忽视、贬低黄鼠狼的作用。

鹭鸶、乌鸦、野鸡在玩拜拜

我用鸟语花香形容村庄，一点也不过分。

"花香"自不必说，夏有荷，冬有梅，秋有菊、桂，春有百花盛开。

"鸟语"更是村庄的天籁。斗牛山林木葱茏，是飞鸟的乐园；斗牛山湖碧波荡漾，是鸟儿嬉戏的王国。每天，村庄在鸟鸣声中迎来朝阳，送走晚霞。如果你是诗人或画家，不由得会产生空山鸟语的意境和灵感，笔下会流泻灵动美妙的文字，挥洒百鸟朝凤的画卷。

画卷上有白羽红腿的长脚鹭鸶，它站在湖边，如上帝派来的亭亭

玉立的天使。鹭鸶既有美女的风韵，又有哲学家的风度，喜欢伫立在一个地方，望着田野，久久沉思。它是在观察人间沧海桑田，还是在思考世界的发展变化？有了顿悟，它倏地展开双翅，提升高度。鹭鸶在飞翔的时候，总是像飞机在跑道上起飞一样，一个斜线，直冲云天，并与斗牛山湖水中的倒影一起，在蓝天之下，画出一个大写的"人"字，惊起岸边水上其他的鸟儿"扑棱棱"一起飞鸣助兴。

如果是在冬天，田野还沉睡在寒冷的雾岚中，首先映入眼帘的生命，必定是站在薄冰水田中的长脚鹭鸶。这位天使总是令人感动：它们用自己那条长长的细腿立在冬水田里，纹丝不动，就像打坐千年的长老，那种神态似乎在和冬天的凛冽较劲——你有你的威严，我有我的傲骨。这种画面总是定格在我脑海中。尽管我已在城市生活了几十年，尽管这么多年每次回乡也见不到这位美丽的天使，可岁月的印痕就像木刻石雕一样，任凭时光的风雨冲刷，永远也洗不掉、抹不平。

乌鸦以另一种形象展现在人们面前，它没有鹭鸶那样荣幸，享有"天使""少女"的美誉，而是生下来就贴上了"晦气""不吉"的标签。乌鸦不像鹭鸶那样喜欢孤芳自赏地站在湖畔田间，而是习惯扎堆集群，黑压压鼓噪于林间枝头。村上有几棵百年古樟，都长得枝繁叶茂，每到清晨和傍晚，上百只乌鸦落在树间，一片黑色，"嘎嘎"叫着，那场面看起来残忍。额头上布满皱纹的老人说："乌鸦一叫就会死人！"人们当然不会相信人的去世是乌鸦叫死的，但听到乌鸦叫，就觉得很晦气，就会有意无意地驱赶乌鸦。我小时候对乌鸦也没有好感，倒不是因为民间传说的乌鸦不是吉祥鸟，而是屋后有一棵大樟树，乌鸦落在树上过夜，天不亮就会被它们吵醒，打扰了许多春梦，所以见到它们就反感。

其实，乌鸦是一种很有智慧的鸟，它的记忆和智力超过很多同类

鸟儿。上小学读到"乌鸦喝水"的故事，让我对乌鸦刮目相看，就想，为什么故事中那聪明的鸟儿不是别的鸟，而是乌鸦？显然额头上布满皱纹的老人讲的话是有偏见的。后来，读了著名作家卡夫卡的小说，知道"卡夫卡"在捷克语中就是"寒鸦"的意思，他父亲的铺子即以寒鸦来做店徽，作者对寒鸦不乏赞颂之词。中国许多画家常以寒鸦为题材，作出那么多意境深邃无与伦比的美画。寒鸦，就是村上常见的乌鸦。

无论科学怎么证明，乡村发生的所有不吉利的事情都与乌鸦无关，乌鸦也不应该承担这份责任，但人们的固执己见总是毫无道理地归咎于乌鸦身上，这大概是乡村文化存在的偏见吧。不管我如何讨厌那些年成群的乌鸦在屋后的樟树上的聒噪，我的生活还是沿着固有的轨迹和可预期的愿望向前推进，并不因为乌鸦的嘈杂而改变。我就想，这些从卡夫卡的城堡里和画家的笔端下飞出来的乌鸦，凭着它们的智慧和人们不明白的鸟语，那嘎嘎的叫声可能是它们发出的笑声，笑世间一切可笑之物、可笑之事、可笑之人。你们认为这样推测对吗？回眸之间它们又都乌泱泱地在那里欢笑了。

画卷上应有野鸡一席之地。野鸡也叫锦鸡，身体像鸡，实际上是鸟，有着鲜艳斑斓的羽毛，非常漂亮，在夏天庄稼茂盛的时候，它藏在庄稼地里或草丛中，人们不易发现。若有人从地埂上走过，它突然扑棱一声飞向远处。有一次我和社员们拔豆秧时，在地中间惊起一只雌鸡，草窝中留下几枚野鸡蛋，我捡了二枚带回家，家里正好有一只母鸡要孵小鸡，出于好奇，我悄悄地把它们与鸡蛋混在一起让老母鸡抱窝孵化。说来也怪，不久真孵出了小鸡，那两只小鸡与其他小鸡并无多大区别，毛茸茸的，只是喙长一点，尖一点。过了半个月，区别就明显了，首先是性格上，它们与小鸡不合群，也不认母鸡为妈妈，母鸡带着小鸡在院子里刨食，小野鸡在一边玩自己的，自由自在地奔跑。其次是羽毛的颜色在加深，出现斑纹。稍微羽翼丰满一点，就都飞跑了。起初以为是被黄鼠狼叼走了，后来在邻居家的樟树丫上，看到羽毛斑斓的小野鸡在飞奔跳跃，我在地上撒着谷粒，嘴上"咕咕咕咕"呼唤它们下来，它们像受了惊吓一样，反而向野外飞去，再也没有回来。

看来，野鸡到底还是野鸡。它们的本性是不受束缚的，也不习惯喂养，更不需要鸡笼，它们向往自由，向往无边无际的大地，向往辽阔无垠的天空。

然而，向往自由的何止是野鸡，还有野鸭、喜鹊、黄鹂、鹦哥、画眉、猫头鹰、啄木鸟，还有地上跑的野兔、獐子、刺猬……甚至农家屋梁上的燕子，也因农村瓦屋变楼房等原因，相继离开村庄远去了。

大自然真是一个繁杂的世界，万物都是相伴相随，每个生灵的存在都有它的理由和条件，不管它是你的朋友还是对头，一时一隅都在变迁中轮回。正如电视节目《动物世界》中说的："当生存环境恶劣时，动物会自动减少生育，甚至灭绝。"当我们看到一个个物种濒危或灭绝，看到一种资源接着一种资源衰败或枯竭，人类还能心安理得主宰这个世界吗？当万物尽皆消失之后，人类还依托什么而生存？为了生存，人类和动物在真刀真枪地干仗，其持续竞争的结果往往人类是胜利者，众多生灵就自然要灭绝。但最终的胜利也不都是人类说了算，大自然的报复来得也很无情，失去生态平衡和良性循环而吃了苦头的人们，开始有了反思后的善意，有了忏悔后的觉醒，从更广更深的层面上与广袤的自然界达成和解。于是，各种各样的自然保护区建立起来了，各种保护动植物的法律法规产生了，"绿水青山就是金山银山"的理念确立起来了，有些远去的生灵也陆续回来了。如今村庄又能听到喜鹊、

鹧鸪、布谷、八哥的啼鸣……世界本来就有它们的一份，人类应该像大山、河流、森林那样，任何时候都要理解、顺应天意，敞开自己宽广、包容、仁爱、悲悯的胸怀，对相遇、相伴的生命给予理解和怜惜，对置身其中的自然予以尊重和敬畏。

消失的精灵们，我在等待、期待着你们，重新回到村庄的朋友圈！

春　潮

春天的脚步，一点也不温柔，跨入二月的门槛，就横冲直撞。

一声响雷，惹哭了满天的云彩，云泪眼汪汪，把大地浸湿了；一阵鸟啼，斗急了满山的杜鹃，山冈红着脸膛，要与谁搏斗；一袭清风，亮出了二月的剪刀，要将山河重新剪裁。剪得那么别出心裁，把一个银装素裹、冰晶雪莹的世界裁得花蕊朵朵，细叶飘飘……

春，就是这么不讲理！

北国的冰天雪地，被解冻的黑土地击得节节败退，丢盔弃甲，化作溪水奔向江河。

黄河的冰凌气炸了肺，一川坚实平坦的玉镜，霎时支离破碎，发出"咔嚓咔嚓"的呼喊，挤挤搡

揉向下游涌去。

高原雪域流出了伤心的泪，两行泪水顺着长江、黄河往下淌，大海敞开宽广的胸怀，吸纳了它们。

世界在嬗变。桃花、梨花、杏花攻城略地，把水榭城郭都攻陷了；树木、竹林、野草呼啸山川，到处安营扎寨，布满绿色的士兵；春风、春雨、春光铺天盖地，大兵压境，城头舞动霸王旗。

在一片厮杀声中，冬，终于让位了。春，隆重登基了。

甘棠湖里的残荷、芦梗、枯草还在抵死苦守一截老根。荷梗已枯，却站立着，不肯倒下；芦叶已败，仍在风中摇曳，不停地呐喊；草茎已衰，却不愿腐朽，还在跃跃欲试。其实，老根已经抛弃它们了，悄悄地长出了嫩芽，可枯梗们还在做最后的抵抗。

新生与死亡，生长与衰老，葳蕤与枯竭，竟是那么接近，是那么高度地和谐统一。

这就是春潮涌动的景象，这就是新陈代谢的规律。

春虽然不讲理，却也博得了人们的欢心。万物轮回，都是如此。

春风里，老态龙钟的爷爷奶奶们、姥爷姥姥们，正在接送孙子孙女外孙外孙女上学。清晨，他们早早地就起来弄好吃的喝的，等孩子们一起床，热气腾腾的早点就端到面前。然后提着壶，背着包，像护驾一样把他们送到学校。下午，又早早地来到学校门口，黑压压一堆老者们，准备迎接从校门涌出的花朵。

无论严冬酷暑，无论风霜雨雪，一年四季，一如既往。

一切都是那么心甘情愿，一切都是那么顺理成章，一切都是那么善始善终。

春潮带雨晚来急，残叶甘作护花泥。

一切，都是为了新生命的生长；一切，都是为了新事物的诞生。

我的六月下雪了
——悼念弟弟福汉

夏日的酷暑，把时间凝固了。只有知了嘶鸣，在拉长岁月。

可是弟弟的岁月，却在这个夏日清零了。

弟弟走了，到一个很遥远的地方去了。那是许多哲人、僧人千百年来一直在揣摩和描绘的世界，是谁都不愿意去，并千方百计回避的地方，也是每个人都会去，而且不能回来的地方。但是现在怎么能轮到弟弟！他才五十出头，正是年富力强，精力充沛，阅历丰富的时候，有多少事要等着他去做啊！儿子正在上学，需要父亲的抚养；妻子早已下岗，且身体孱弱，需要丈夫的体贴；九十岁的母亲，八十多岁的岳父、岳母，垂暮之

年的老人，需要儿子、女婿的照顾；还有单位一大堆子事情，需要他去完成。可是弟弟还是匆匆走了。从医院检查发现患胆囊腺癌，死神就缠住了他。他与死神搏斗了九个月，忍着巨大的病痛和折磨，倾家荡产，花尽所有积蓄治疗，最终还是无可奈何，英年早逝。

弟弟走后，我像做梦一样，懵懵懂懂，恍恍惚惚。我多么希望这是一场噩梦。梦醒之后，弟弟又来到我家略显冷落的门前，很远就喊一声："哥——"

可是，这一切都是现实，一个极其残酷的现实。我再也听不到弟弟的声音。他真的远去了。

我比弟弟大十五岁，中间隔着五个妹妹。我参军的时候，弟弟才一岁。出发那天，我抱了抱弟弟，弟弟是一个又白又胖的娃娃，还不会说话，小手摇了摇，算是再见。弟弟在我眼中，一直就是个孩子。

半年后，我的家庭遭遇一场厄运，父亲蒙冤入狱。弟弟开始了卑微的童年生活。家境的贫寒，生活的困苦，日子的艰难，他的人白眼……阴暗的环境给童年的弟弟心灵上烙下抹不去的阴影，促成他寡言少语、沉默内向的性格。同时，也锻炼了他吃苦耐劳、勤奋节俭的品格和倔强坚韧、拼搏奋斗的精神，卑微而不自卑，弱小而不示弱。我对弟弟的深切了解，是他八岁那一年，我带他去探监，看望在一百多里外身陷囹圄的父亲。那天一早从鄱阳县城乘三个多小时轮船到珠湖山农场（江西省第一劳改支队），下船后还要步行十几里路，因为下午要赶船返回县城，路上要快速行走。去时，弟弟一路小跑跟着。回来时，弟弟老是掉在后面，我问他是不是累了，他摇摇头，低头看着脚。我这才注意到他的鞋子有点紧，脚趾和后跟都磨出了血，却一声不吭坚持着。我要背他，他怎么也不肯，一直走到船码头。我没有想到，一个八岁的孩子，意志竟如此坚强。

路上，我问他学校中的一些事情，如学习难不难，和同学打架没有，有没有人欺负你，他回答都是一两个字，或者是点头、摇头。那时，就看出弟弟的性格特别倔强，什么都能忍受，也能吃苦。村上老人和我讲："福汉（弟弟）人真善，从不和人打架，人家打他他也让着。"弟弟是在忍让委屈的环境下长大的。

弟弟在不幸中又是有幸的。我兄妹七个，他年龄最小，农活和家务由姐姐们顶着，他读书最多，上了小学、中学。我的大妹、二妹、三妹由于家庭生活困难，都没有进过学校。弟弟看到姐姐们成天干着只有男人才能干的重活，初中毕业后，就回家种田。后来父亲的冤案平反，他也当兵去了。

弟弟在部队是个好兵。他开始在东海舰队一个海岛上站岗，海岛条件艰苦，台风、烈日，孤独、寂寞，缺少淡水，交通不便，他从不抱怨一句，也没有向已成为团级干部的哥哥诉过一声苦。后来，他作为优秀战士被选去学汽车驾驶。当驾驶员的他，工作勤勤恳恳，兢兢业业，每次出车回来，不管多晚、多累，都要把车辆擦洗干净，平时苦活累活争着干。凭着对工作的执着和对同志的热情，弟弟多次被评为优秀士兵、红旗驾驶员，后来转为士官，并加入中国共产党。一次偶然的机会，我认识了弟弟单位的领导，他是江西都昌县人，见面就说："黄福汉可是个好兵啊！老实、勤奋、守纪，交给他什么任务都很放心。"其实，我心里也清楚，逆境中长大的孩子，更坚强。他懂得珍惜，懂得感恩，懂得奋斗。给他轻风，就会扬帆；给他阳光，就会灿烂；给他空气、水分，就能茁壮成长。

后来，弟弟转业分配到九江学院工作，先是开校车，后来到学生管理中心负责学生宿舍管理。宿舍管理工作非常具体、细致、繁杂，涉及到每个学生的吃、喝、拉、撒、睡、学、玩、用、洗、晒。他

把这些琐碎的事情当作事业来做。工作不分八小时内外，常常下班后，还待在学生宿舍区。一位曾经分管后勤工作的副院长对我说："黄福汉是个放在哪里都尽职尽责、让人放心的好员工。"副院长的话与十几年前那位部队领导的话如出一辙。这次在弟弟遗体告别仪式上，学生管理中心领导致悼词，又给出了同样的评价，称赞弟弟："工作一贯认真负责，勤奋踏实，吃苦耐劳，从不计较个人得失，老老实实做人，兢兢业业做事，高标准做好宿舍管理和各项服务工作。"称赞他："为人正直，热情直爽，团结同志，乐于助人。"弟弟在九江学院工作近二十年，先后荣获"九江学院十佳服务标兵""优秀共产党员""优秀党务工作者""优秀教育工作者"等称号。

弟弟是一个普通的教工，他的工作、人品、人缘都得到领导和同事们的认可。在他生病期间，分管院长、学工处长都前往医院、家中看望和慰问，他的同事更是经常在病房陪护。有一位同事去医院看望时，不慎摔跤，脚部骨折。后来还打着石膏，拄着拐杖，多次到医院探视。我们家属过意不去，劝他不要来了，他就说："福汉和我是同事，又是兄弟，兄弟有病，更要常来。"同事的话，折射出弟弟的为人和人缘。

弟弟结婚后，开始日子比较美满，后来喜忧参半：先是儿子出生，家中添丁，一大喜事；不久妻子单位企业改制，妻子下岗。靠弟弟一个人的工资，生活捉襟见肘，日趋紧张。弟弟便利用寒暑假打工，利用节假日、双休日晚上到驾校当兼职教练，才勉强维持生活。学生管理工作相当繁杂，下班后的时间恰恰是事情最多的时候，八小时以外很难顾家，随着孩子长大、上学，老人年龄增大，家务增多，弟弟总是忙忙碌碌。婚后的弟弟，除了过年、过节，很少有空到我家来，这么多兄弟姐妹，数弟弟最忙、最累。

弟弟在家是个孝子，对年迈的母亲和岳父岳母关心备至。八十多岁的岳父岳母住在九江，儿子儿媳在外地工作，家里换煤气、搞卫生等家务全由他承担。他岳父家在七楼，没有电梯，几十斤重的煤气罐、米面都要扛上去。有一年，他岳父腿摔骨折了，住院两个月，拉屎拉尿，抱上抱下，送饭洗刷，都由福汉照料。过年洗窗帘，大扫除，也是弟弟默默地干。他岳母逢人就讲："谁说女婿半点子，福汉就是我一个儿。"母亲住在二百公里外的乡下，弟弟隔三岔五打电话问候，老人有点头痛脑热，他都及时赶回家看望。

一个普通职工，干着平凡琐事，这就是弟弟的身份和职业。依靠勤奋、执着、孝心，弟弟成为一个普通得非常不普通的人，做出了平凡得非常不平凡的事。

弟弟把事业和家庭看得很重，把自己却给疏忽了。他对自己的身体情况，并不是一点没有察觉，前年学院组织体检，他发现自己胆囊萎缩。当时学校刚开学，学生管理事情很多，加上妻子也发现子宫瘤，他决定先忙完工作，寒假给妻子做了手术，再进一步检查自己的身体。直到去年中秋节来我家，我们发现他消瘦得很厉害，催促他去医院检查，才发现已经胆囊病变。到上海治疗，医院给做了手术，但一切都晚了，病症已到晚期，癌细胞已扩散。我们求医生、求上帝，已无力回天。但我们仍不甘心，只希望有奇迹发生，希望有神灵暗助，一丝侥幸心理支撑着家属继续为他求医问药治疗。

人的一生很长，去天堂的路却很近。医院巨额费用换来的是巨大的痛苦。化疗、放疗、靶向治疗，让病人痛不欲生，癌细胞的扩散刺扎每一根神经，弟弟在床上痛得蜷作一团，高烧、痉挛、便秘、腹胀、疼痛，各种症状轮番出现或同时发生。身上插满管子，在无麻醉的情况下，像筷子一样粗的软管从鼻腔、胸部、腹部插入身体，

医生、护士让他难受就喊出来，弟弟紧咬牙关，从不呻吟。有着二十多年医疗经历的肿瘤科主任说："我很少见到这样坚强的病人。"弟弟何曾不知痛疼，但是看着一天到晚服侍他的体弱的妻子，望着正在上学的儿子，瞅着白发苍苍的老人，他不愿让亲人们再增加痛苦。他也想逃脱死神的追捕，继续活下去，在十几天粒米未进的时候，他忽然说要吃西瓜，我们弄来西瓜汁，可他却难以吞咽下去。整整九个月，他与病魔抗争着，直到最后一口气，也没有喊叫一声。

二○二○年六月二十七日凌晨四时四十八分，弟弟走了，带着巨大的病痛和无限的遗憾离开了这个世界。

这一天本在意料之中，可我怎么能相信这是事实呢！他躺在那里，但他已经不是他了，已经不是我那正当盛年的弟弟，他不会回答我们的呼唤，再不会劝阻我们的哭泣。弟弟，你到哪里去了？你是我们兄弟姐妹中最小的一个，为什么最先就走了？这是违反常规的啊！家中还有九十岁的老母，我们一直瞒着她，她总是问："这么长时间没见到福汉，福汉怎么不来看我。"我该怎么回答？是告诉她，还是继续瞒着她？告诉吧，我担心老人承受不住打击；瞒着吧，又于心不忍，她有权利也应该最后见一眼她心爱的小儿子。弟弟，你让为兄怎么办？失去你，我们家庭蹋了半边天！

未等喧腾，便已静寂；未等繁华，便已凋零。人可以翻越珠穆朗玛峰，也可以会当击水三千里，却很难迈过命运的一小步。当年，弟弟从鄱阳湖畔到东海前哨，多少次跨越千山万水，却没有越过命运的关山险隘。生命之轻，尚不如小草。草木还有再绿和重生的机会，生命却如同大风中的灰尘，永远消失在天地之中。人生如乘空中缆索，美丽的风景呼啸着一闪而过，留下来的只有惊悚和苦楚。

弟弟把有限的生命献给了教育这一平凡又崇高的事业。他没有惊天动地的伟业，也没有深邃宏阔的思想，他所干的都是平凡细小、具体琐碎的杂事。但他的努力，无愧于他的事业和职业。他的领导、同事和家人都看在眼里、记在心里。我为有这样的弟弟而骄傲！他应该继续工作十年、二十年，单位还需要他，家庭更需要他，特别是求学的儿子，劳累的妻子，年迈的母亲、岳父、岳母，都离不开他啊！

季节进入酷暑。我的心头却寒意凛冽，我的世界雪花纷飞，我的脑海一片冰凌。难道南方真有六月雪吗？是的，我的六月下雪了，一场狂风暴雪，一地冷冰寒霜。但是我不惧凛冽，因为凛冽是大自然的考验，也是命运的安排。我愿意在大雪降临的时候，变成一瓣雪花，与苍茫大雪共舞，去覆盖那苍凉的大地，去抚平那悲伤的心灵，并在雪花飞舞中，目送弟弟在通往天堂的路上平安前行。

六月是个不该下雪的季节，我的世界还是下雪了。

同窗絮语

　　这些年，同学聚会，战友聚会，成为时尚，也很让人享受。作为凡夫俗子，我也不例外。退休以后，我三次参加同学聚会，前两次是初中同学，有几十人之多；后一次是军校同学，只有十几个人。人多人少，快乐就好。同学聚会，实际上是一次人生的回眸，是一次心灵的拥抱，是一次精神的慰籍。我乐意参加这样的聚会，并愿意倾吐自己的心声。每次聚会，我都有感而发，也会留下一些录音或录像资料。我把自己的即兴发言整理出来，变成文字，以再次向同学致敬！

不堪回首话当年

（二〇一四年秋，初中同学聚会）

作为"老三届"，我们双港中学六八届毕业生，在分别四十六年后的今天，重逢于鄱阳宾馆，大家欢聚一堂，相叙同学友情，我心里非常高兴，首先祝大家身体健康，幸福吉祥。

我们这次同学聚会，是一次跨世纪的聚会，从一九六八年到二〇一四年，横跨二十世纪和二十一世纪。人生能有几个跨世纪？我们有了，我感到自豪！同时，它又是白发相忆黑发时，六十多岁的人回忆十五六岁的时候的事，鹤发忆童年，人生有几何？我见到一些毕业后一直未见面的老同学，大家那份亲热、友爱的心情，仿佛又回到了当年课堂上一起聆听老师讲课，操场上一起追逐玩耍的学生时期。

我们这一届同学，出生在二十世纪四十年代末五十年代初，按现在流行的说法叫作"五〇后"。这一代人，享受了新社会的阳光雨露，也经历了世事变迁的雨雪风霜。我们这一代是艰辛的一代，坎坷的一代，被耽搁了的一代。

六十年代的饥荒，我们赶上了，还是孩子正在长身体的时候，吃不饱饭。

七十年代的下乡，我们赶上了，该读书的时候离开了校园，回乡"接受贫下中农再教育。"

八十年代改革开放，尽管机会不错，可我们这些世代耕种的农家子弟，创业缺技术，经商少本钱，从政没文凭，还是"春风不度玉门关。"

九十年代下岗，我们一部分同学在七十年代初好不容易招工进城，干了二三十年，又逢企业改制，工人下岗，人到中年却丢了饭碗。"好"

事都让我们赶上了。

世事变迁，让我们这一代人荒废了学业，耽搁了青春，失去了很多人生发展的机会。

恰恰是这种磨难，使我们这一代人变得格外勤奋，格外坚韧，格外顽强。因此，"五〇后"的一代，是勤奋的一代，奉献的一代，担当的一代。

到了二十一世纪，我们都慢慢老了，自己一生还没有混踏实，又忙碌着儿子、孙子的事情，成天有做不完的事，操不完的心，有时还会受点窝囊气。

我经常想，我们这一生最快乐的是什么时候？是儿时读书时期。那时我们青春年少，风华正茂，无忧无虑，异想天开。尽管物质生活比较清贫，但精神却是充实的。不像现在的小孩，整天没完没了地上课，没完没了地写作业，没完没了地考试，压力山大。那时，我们该上课的时候上课，该玩耍的时候玩耍。上树捉鸟，下河抓鱼，草坪放牛，山间砍柴，我们享受了童真，享受了自然，享受了快乐。双港中学读书这几年时光，是我一生中最留恋、最难忘、最享受的时光，我经常怀念在青龙山（中学所在地）读书的那一幕幕。

我给小孙子讲故事，就说道：家乡有座山，山上有座庙，庙园作操场，庙堂当学校，爷爷的少年时代，有很长一段时间就是在那里度过的。孙子问："那是什么山？""青龙山。""山上有青龙吗？""那里有一批家境贫寒却勤奋刻苦的年轻学子，他们就是青龙。"

什么是同学，同学就是同在一起学习过，一起玩耍打闹过，有共同成长经历的人。同窗生涯让我们形成了精神上的兄弟姐妹，虽然没有血缘关系，却有一种别样的情感。同学之间有说不完的话，叙不完的旧，道不完的喜悦，诉不完的忧愁。同学，是一张古老的照片，虽历经沧桑而泛黄，在我们心中却依然如初；同学，是一艘沿江而下的帆船，不在乎终点在哪里，只欣赏两岸青山绿水，无限风光；同学，是一笔丰厚的精神财富，它不会随时间的推移而贬值或丢失，谁也掠不走你心中这份深埋的宝藏。

我每年都回家乡看望老娘，有时见到老同学就提出能不能搞个同学聚会，多年的盼望终于如愿以偿。几十年后的重逢，我十分欣慰的是，虽然我们历尽沧桑，但在座的个个都吉祥安康。我们要珍惜上苍赋予我们的这份情缘，健康、快乐地活在世上。

人过花甲多保重

（二〇一八年秋，初中同学第二次聚会）

又是一年菊花开，又是一次同窗会。

记得上次同学聚会时，我们都有一个共识和愿望：人过花甲，多多保重！当夕阳到来的时候，能有一个较好的生存空间，较高的生活质量和较长的生命过程！

我们这一代人，与共和国同岁。在年龄上、生理上已经进入或正在进入古稀之年，但不少人在精神上、生活上还担负着中年，甚至青年的重担，还在负重前行。"种田种地忙家务，带儿带孙做保姆。"这是当前中国老人尤其是农村老人普遍的生存状态，也是在座不少老同学的生活写照。

六十岁至七十岁之间，是老年的最佳时期，还能走得动，吃得下，玩得起。这段时期，我们要想开一点，想走就出去走走，想玩就一起玩玩，想吃想喝就放开一点消费，千万不要克扣和亏待自己。真的到了八九十岁，这一切可能就变成了奢望。你想走，腿不灵；你想吃，牙不行；你想穿，体变形。

有的同学讲，谁不想过得好一点？但条件不行：儿女要帮助，孙子要陪读。家家都有一本难念的"经"。

我认为，保重自己，首先是观念和心态的问题。在家庭问题上，你以自己为中心，什么都能放得下；以儿女为中心，什么都放不下，永远也放不下。

当然，我不否认现在不少老人的确有些实际问题，儿女确实需要老人的帮助，但老人的帮助也只能搭一把手，不能全部包揽在自己身上。再者，爷爷奶奶对孙子孙女的关心，能代替父爱母爱吗？事实证明，隔代教育成功的不多，因为它违反了孩子教育成长的规律。同时，老人大包大揽，也就失去了自己支配的时间和空间！

因此，我衷心祝愿各位老同学多多保重。这种保重不是口头上，而是在观念上、行动上要自己解放自己，让负担减轻一点，心情愉悦一点，生活洒脱一点，日子随便一点。

首先，要学会随心所欲。年龄大了，尽管没有太多梦想，但对生活绝不能心灰意冷，有条件要适当放松一下自己。心里怎么想，就怎么去做。想到哪里去玩，就带着行李去玩玩。去不了远的地方，就去近的地方；去不了大地方，就去小地方。有同学的地方就有风景。找一两个同学叙叙旧，谈谈心，让心灵休憩一下，让心情放松一下，这也是一种休闲。

其次，要学会随遇而安。人的一生不可能一帆风顺，总有这样那样的坎坎坷坷，要靠自己想开，面对现实，保持良好的心态。一般来讲，人到老年，等待你的，更多的不是喜事、乐事、好事，而是各种各样的困难，甚至灾难，你必须要有充分的思想准备。因为，人老了，身体只会每况愈下，有个三病四痛也是常事，你要面对疾病折磨；老两口在一起不管怎么好，总会有先有后相辞而去，你要面对孤独；子女都有自己的事业，不管他们是否孝顺，不可能成天陪伴着你，你要面对寂寞。这是老年人或迟或早都会面临的现实，你能想到的、不能想到的问题，都会接踵而至。你必须学会随遇而安，与困难为伴，与灾难同行。至于日常生活中的磕磕绊绊，家长里短，更不要去计较太多。要善于超脱，想多了转不过弯来，就会自寻烦恼。

再次，要学会入乡随俗。就是处理好自己与周围环境的关系。人只能适应环境，而不是环境适应人。面对发展变化的外部世界，包括你的家人、孩子，作为老人不要这也看不惯，那也看不惯，这也要去管，那也要去管，最后自己给自己找气生，找罪受。老年人普遍有一个通病，成天替别人、替儿女操心，就是不替自己操心。

总之，随心所欲，是当下要确立的生活观念；随遇而安，是随时要做好的精神准备；入乡随俗，是任何时候都要给自己的正确定位。我们要正确判断自己的价值，判断不准，就会怨天尤人，自我作践，自找罪受，这就与保重背道而驰了。

世间，有阳光，就有黑影；人生，有开心，就有苦痛。心无阴雨，头顶就有艳阳晴空；心宽如海，面前才能风平浪静。

"莫道桑榆晚，为霞尚满天。"人到晚年，不管精神上，还是物质上，都要把日子过好些，过得红红火火，风风光光，就像那灿烂的晚霞，无遮无拦，铺满夕阳西垂的天空，放射出最后的光芒。

愿老同学们晚霞更加灿烂，身体更加健康！

珍惜黄金二十年

（二〇一九年春，军校同学聚会）

昔日英姿上军校，如今解甲度晚年。

转眼我们这些战友加校友，分别已三十多年了。现在我们都老了，老了就说老人的话。老人的目标是什么？就是生活得更幸福。

人生百年，可分为五个二十年。第一个二十年，求学为主；第二个二十年，事业为主；第三个二十年，是人生最忙碌、最艰难的时期；唯有第四个二十年，才是无忧无虑，无牵无挂，享受人生的黄金时期。

现在的我们，已经走过了人生最辛劳的阶段，有了不厚的积蓄、富余的时间，还有尚为健康的身体，是享受人生最好的窗口期。

然而，在这个年龄阶段的人，并非都能享受人生，还有不少人过得不如意，这是因为缺少了另外一个重要条件：良好的心态。他们中有的怀念着过去的权位，有的为带儿带女脱不开身，有的忙碌当前的琐事等等。总而言之，心态放不开，不会享受眼前的黄金时期。

享受人生是以时间、金钱和健康为前提条件的。时间和金钱，多受客观条件制约；心态是受主观控制的。没人可帮助你，唯有自己救自己。

六十岁至八十岁，是人生百年中唯一的黄金时代，是任何年龄都无可比拟的。

这二十年，再也用不着悬梁刺股，寒窗苦读，只为通过高考那座独木桥；再也不用求爷爷告奶奶去为孩子上学、就业的事情找人；再也不用去追求那些虚幻的东西，去愁那可怜可悲的晋升晋级。跳出三界外，不在五行中。

这二十年，可以一杯龙井在握，独坐庭院里、屋檐下，听晚归的雀鸟，喁喁啾啾，呢呢喃喃；可以漫步树林下、山泉边，听飒飒秋风、淙淙流水、阵阵松涛，合奏着生命交响曲；可以散步在荷塘边、田埂上，欣赏映日的荷花、野外的清风，让自己融入水墨丹青；可以在黄昏中独自把盏，凝眸飞泻流丹的晚霞，呼吸随风而来的桂香，一杯老酒独酌、浅尝、深醉，一段余生随喜、随叹、随缘。

人生第四个二十年是这么惬意，这么随性，你能说它不是人生的黄金时期吗？

因此，活出自我，活出好心情，比什么都重要。寻找快乐，是对生命的尊重；活出精彩，是对生命的责任。在平凡中发现美丽，在参与中陶冶性情，让自己也为世界增添一道风景。

人活在世界上不容易，人人都会碰到难处，我们应该学会谅解；人人都会有苦衷，我们要学会包容；人人都有压力，我们要学会体贴；人人都有脆弱的时候，我们要学会关心。唯有学会体谅和珍惜，才能使人快乐和善良。老人要看淡一切，想开一切，不因老去而忧伤，不因得失而惆怅，不因他人而苦恼，让自己这辈子过得充实、快乐、健康。

在家，就把陋室当作自己的皇宫：若日丽天晴，就闲看云卷霞飞；若雨打窗棂，就静听草长绿生；若飞起青萍，就趣赏鱼跃蛙鸣。出门，就是老来俏的帅哥女神：那五线谱的皱纹，是不倒的旗帜在飘动；那些跟跄的步伐，是不屈的意志在抗争；那虽老却挡不住的风采，是因为胸腔里有颗不老的魂灵。

只是一路上有许多同路的亲人，朋友走得似乎着急了些，使我们还在行走的人或多或少有些伤感和不舍。不过，快也罢，慢也罢，我们终归要走这条路的。最怕的是走着走着走不动了，长期卧病在床，连累家人，连累朋友，自己的人格、尊严也含羞而弃。这是老年人最大的问题。其实，老了，该舍就舍，包括生命。

我们终将无法逃避老去的命运，不如就怀着一颗年轻快乐的心，认真而坦荡地生活吧，去享受我们人生中最好的黄金时代！

村人远影

鸡叫头遍，他就匆匆起床，从漆黑的灶间挑着水桶悄悄地出门。大黑狗嗅着主人的裤脚跟着来到井边。水桶在井里"咣当"一声，一提，一桶水上来了，接着又是"咣当"一声，又一桶水上来了。月牙挂在西天，散发着旷古的清辉，照在水桶里，一只水桶装进了一个月亮。福根挑着一对月亮在走，又似乎是月亮抬着福根在走。扁担挑着水桶颤悠悠地"嘎吱嘎吱"，老布鞋踩在石板路上有节奏地"踢踏踢踏"，狗子跑前绕后伴奏几声"汪汪"，村子就醒了。

仁　正

　　我在《怀念一种哨声》《农事琐忆》等多篇文章中提到过仁正。这是一位既谙熟农活，又精于管理的庄稼汉。如要专题写他，还得从他当生产队长说起。

　　仁正当生产队长，是村上食堂解散以后的事。

　　大跃进那阵，农村大办食堂，全村几百号人一口锅里搅饭勺。每到开饭时，食堂前像个集市，乌泱泱一大群人，小孩闹，大人喊，饭勺碰锅沿，筷子敲碗边，嘈杂声不绝于耳。有的人家用木盆把饭打回家去吃，有的一家人围在食堂破饭桌前狼吞虎咽，有的几个人端着大海碗蹲在老榆树底下，将白花花的大米粥喝得山呼海啸。食堂先是吃干的，可以放开肚皮吃；后来吃稀的，而且要限量；再后来稀的也喝不上，食堂就解散了。村子便划分为两个生产小队。

村庄有黄和王两大姓，被一条村道隔开，北边住着黄姓，南边住着王姓。按照生产队序列划分，姓王的为第六队，姓黄的为第七队。另有三家小姓：姚、陈、曾。根据居住情况，分别划归六队和七队。两个队人口、劳力、田地和生产条件基本相同。

分队后，原来的村长兴旺任六队队长，仁正被选为七队队长。仁正三十来岁，高个头，大嗓门，身体健壮。他当队长，优势很多：为人正派，办事公道，有责任心；又是刚从公社东方农场（已解散）回村，有生产经验和组织能力；兄弟四个，都是强壮劳力，在村上势力较大。农村工作还是要有点宗族势力。

果然，仁正不负众望，把七队生产搞得风生水起。第一年，生产队结算，每个劳动日工值五角六分，比六队生产工值高出一角三分钱，在全大队也是最高的，群众更拥护他。

并不是七队生产条件多么优越，也不是老天爷对七队特别关照。仁正有两条主张：

一个是要齐心。他在社员会上说，夫妻不齐心，家就合不成；兄弟不齐心，事就办不成；何况我们百十号人，社员不齐心，队就搞不成。他要求自家兄弟做好样子，在分派任务、记工取酬各方面都是一视同仁，多少年来，社员没有人讲过二话。

再一个就是包干，把田间管理如耘草、间苗、捡棉花、施肥等尽可能包干到每个社员，按量论质记工。从生产队成立，到生产队解散，都是这样干的。他只做不说，也不让社员到处乱说。所以，七队生产效率一直比较高。

种棉花是最费时、费力、费本钱的劳作。公社和大队规定了各生产小队种棉的数量和面积。谷雨前后，七队种了一百多亩棉花，仁正

把棉田管理全部包给社员，间苗、锄草、打杈、松土，由每个人自行安排，队里不搞"大呼隆"集体上工、收工，只评质量和产量，队长只管质量检查和监督，摘棉花则根据数量计工。棉花从种到收，要耘四遍草，打三次药，每次耘草和打药，队长都组织检查和评比，奖励干得好的，监督和处罚干得差的。从春到秋，走进七队的田地，都是黄绿铺陈，黑白套种。绿的是麦子，刚刚抽穗；黄的是油菜花，正在怒放；黑的是荞麦、芝麻，已经脱粒；白的是棉花，朵朵绽开。没有整齐划一，都是顺势而长，反倒有一种自由散漫的美。社员也不需要敲钟吹哨，同去同回，而是各自在责任田里劳作，有的还带着孩子、老人帮忙干活，队里、家里的活计由自己安排。一年下来，七队不仅棉花收成好，产量高，其他作物也都获得丰收，而且社员还腾出了更多时间搞自留地。

仁正还干了一件别人想不到的事。六十年代初期，公社还没有建双丰圩，队里田地较少。仁正抽了十几个男劳力到鄱北田多人少的地方租种了几十亩稻田，以谷还租，余下的稻子和稻草都运回村。在粮食紧张的时候，七队社员的日子就宽裕多了。

过了几年，队里积累多了，要造一艘大船。村上有的是樟树、榆树、杉树，有几棵上百年的古樟，几个人才能合抱。便伐了一些樟树、杉树，请船匠师傅造船。仁正天天在造船工地跑来跑去，一会儿派人购置材料，一会儿组织劳力帮工，花了三个多月时间，建了一艘六十多吨的帆船，也是十里八村最大的一艘船。新船下水那天，全队男女老少齐上阵，推的推，拉的拉，鞭炮放了几箩筐，比过年还热闹。从此，队上不仅运粮运肥方便，而且还能在鄱阳湖和长江扬帆远航，经常从鄱阳运送棉花、稻谷、桐油、甘蔗等农产品到外县、外省，把外地物资运回本地，生产队副业有了较大发展，劳动日工值最高时达到一元多。大多数男劳力还跑过南昌、九江、武汉、南京，那时很多人一辈子只到过县城，能到这些城市，可算是见了大世面。

生产队人多事多，少不了会闹矛盾。有一个叫福洪的青年，不知为什么事和仁正发生争吵，小伙子年轻气盛，就动起手来。仁正老婆来劝阻，福洪又把他老婆推倒在地。仁正的兄弟们听说后，很是气愤，要去打福洪。福洪是独生子，没人帮忙，就跑出去躲了一天一夜。在众人劝说下，福洪回来向队长赔礼道歉才息事。这一架把家族势力体现出来了，以后没有人敢和队长吵闹了，更不敢无理取闹。但仁正还是以集体利益为重，不计前嫌，七十年代中期，实行老、中、青三结合，要选一名青年副队长，仁正提名福洪，因为这小伙子能劳动，肯吃苦，就是性子急，脾气躁。后来，福洪又接任了队长。

实行生产承包责任制后，农民彻底单干了。仁正除了种好责任田，还经常做豆腐用三轮车拉到四邻八乡去卖，日子过得很滋润。他生了五个儿子，但到晚年家运不济，大儿子得了癌症，四十多岁便去世。三儿子在外地打工，不知什么原因，被人杀死，一直没有破案。小儿子因盗窃被判刑。几年之内，接二连三受挫，一个好端端的家景就这样沉沦下去。仁正几经打击，精神悲伤，但还是挺过来了，现在九十岁还时常骑着三轮车卖豆腐。家庭四世同堂，天气好时，带着重孙子出来晒晒太阳，在村子里四处走走。

福　根

福根年龄和我父亲差不多，但按照黄氏家族的辈分，我只能叫他哥。

福根从来没有享过福，更谈不上扎下福气之"根"。在他身上扎根的，只有艰辛、劳累和勤奋。

福根没有上过一天学，但所有农活没有他不会干的，也没有他干不好的。旧社会，他给人放过牛，打过长工，家里租种的几亩地，侍弄得地肥土沃，根粗苗壮。新中国成立后，他家里分到了土地，人勤春早，日子渐渐好起来，娶了前村胡家女子为妻，夫妻都很勤劳。后来成立农业社，他们是一对好社员。

打我记事起，就知道福根是村上的报时钟。鸡叫头遍，他就匆匆起床，从因烟熏火燎变得更加漆黑的灶间，挑着水桶悄悄地出门。大黑狗嗅着主人的裤脚，跟着来到井边。水桶在井里"咣当"一声，一提，一桶水上来了，接着又是"咣当"一声，又一桶水上来了。月牙挂在西天，散发着旷古的清辉，照在水桶里，一只水桶装进了一个月亮。福根挑着一对月亮在走，又似乎是月亮抬着福根在走。扁担挑着水桶颤悠悠地"嘎吱嘎吱"，老布鞋踩在石板路上有节奏地"踢踏踢踏"，狗子跑前绕后伴奏几声"汪汪"，村子就醒了。等村人起床出门，福根已把水缸挑满，这时又背着粪箕，在村巷里捡猪粪。当太阳露出山头，队里上早工时，福根早把一大筐猪粪倒进了粪窖。

一年四季，春夏秋冬，平时节日，村人都是在这种"嘎吱"和"踢踏"声中迎来红日。人们没见福根闲过一天，无论是上工前的清晨，还是下工后的傍晚，在老井边、菜园里、山坡上，经常能看到他那忙碌的身影。那时，农村还没有煤、电、气，烧柴和吃粮一样紧张，福根一有空就捡牛粪，牛粪晾干后可以当柴烧，他家从来没有闹过柴荒。

由于长期挑担背筐，福根的肩膀一边高，一边低，走路也是一脚重，一脚轻，那精瘦的身子总像站不稳似的。可队上的重活、累活从没少干，特别是年轻人不愿意干的抓脚粪、运肥、犁田，他不用队长安排，总是主动去干。队长有些活安排不开，就让福根顶上去，反正哪里的活最累、最脏，哪里肯定就有福根的身影。

福根干活很受累，脾气也很倔强。集体上工，有的社员偷懒，活干不好，如耘草锄断了苗，施肥不均匀，活干得太慢，队长还没发话，福根就吼起来了。他一着急就结巴，一结巴就说不出话来，只听得他嘴里"这……这个……那……那个……"脸上青筋暴凸，眼目冒火。年轻人背后就学他，有时不叫他的名字，而是唤"这、这个""那、那个"。社员喜欢他，有时又嫌他。干活休息时，人家叼着烟袋坐在地头闲扯，

唯独福根还在挥动锄头翻地，锄头砸下去，飘一片白烟，锄头提起来，闪一道反光，他那双皲裂的粗手就像机器一样不倦地转动。队长或年龄大一些的人就叫他歇一会，他才放下工具，从腰间抽出烟袋，慢吞吞向地头走去。

福根为人就像他干活一样实诚。有一年夏天，我家盖厨房，请了福根和另外几个人帮工，在村前河边打土坯。干了一天，做了两百多个泥坯，把它们交叉叠放摆在一起，让其自然风干。谁知到了下半夜，突然刮起大风，闪电的利剑，撕扯着天和地，轰隆隆的雷声在头顶上炸响。我和父亲赶紧抓起床上的草席去盖土坯。天漆黑一团，只能借助闪电朝河边走去。刚到河边，电光一闪，只见前面有人，父亲问："谁？""是我，二叔。"我父亲排行老二，村人都称二叔。原来是福根在用稻草盖土坯。福根接着说："我听到雷响，就挑了两捆稻草来，要不然大雨一冲土坯就糟蹋了。"我和父亲又赶紧用草席把土坯再围了一圈，用草绳绑结实。那天晚上的阵雨将我们的衣服浇湿了，但土坯都保住了。福根做人的品行就像土坯一样，沉沉实实地垒在我的心中。

"文革"时期，县里召开群众学习毛泽东著作积极分子代表大会，给了大队一个代表名额，福根被选为代表。福根穿着妻子赶做的土布衣服去县城开会。三天后回来，还没进村就被在村头干活的社员们拦下，要他谈谈会议见闻。福根满面红光，粗密的皱纹在阳光下生动地张扬着，结巴的嘴唇也顺畅多了。他说开会的人很多，满满一礼堂，早晨吃大白馍，还有豆浆，中午、晚上有猪肉炖粉丝，还有莲蓬鱼（鳙鱼），比过年还吃得好，从来没吃过这么盛的席。有人叫他介绍经验，福根从怀里掏出一个牛皮纸大信封，说："都在这，我也不识字，你们自己看。"我接过来，里面是一份会议简报，还有一份《江西日报》，上面报道了县里会议的情况，我把简报给大家读了一遍。福根放下行李，和大家一起干到收工回家。

后来我参军离开农村，每次休假回乡都会去看看福根。上工时家里是见不到他的，我一般在中午去他家，他坐在小板凳上吃饭，见我来了，就把凳子让给我，自己坐在门槛上。他除了变得更加苍老，生活方式、劳作强度还是和过去一样。一辈子在土地里使力气，心也变得像土地一样古朴、厚实。我递给他一支烟，他放在鼻子上闻闻，就放在小饭桌上，又叼着烟袋和我聊天，三句话不离庄稼和收成。我劝他年纪大了，少做一些。他苦笑一下："这个……就是受累的命。"

二〇一〇年，我回乡下，福根却不在了。母亲告诉我，"福根得了胃癌，不到三个月就走了。"我说，"他没有治疗？"母亲说："只是到大毛（农村医生）那里拿了几包药丸吃，就没有再去医院了。"母亲又叹息一声："福根真是劳累一世……"

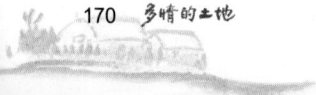

达　旺

　　达旺是我的堂舅。我外公兄弟六个，个个儿孙满堂，算起来一共有十几个舅舅，二十多个姨妈。外公这个家族，加上另一个王氏家族，组成了一个生产队。村子就这么大，要认起来，不是七大姑，就是八大姨，天天在一起，日出同工，日暮归家，有时还会出现"饭勺碰锅沿"，亲戚关系也就平淡了。

　　在众多的舅舅中，达旺是最有才华的一个，他是五外公的大儿子，比我母亲小两岁。达旺身材魁梧，性格直爽，读过两年私塾，也能识文断字，通晓事理。虽说是堂舅，来往也还算是密切。

　　农户人家，以种田为本，达旺却具有工匠天赋。他会很多木工手艺，且都无师自通。有木匠师傅干活，他在一边仔细瞧看，看上几遍，就能模仿。乡下木匠师傅很多，细分起来有好几个工种：一种是普通木匠，只做房屋、家具；一种是桶匠，主要做盆、桶、甑等圆形容器家具；一种是寿匠，专门做棺材，乡下称棺材为"寿料"，做棺材的师傅称为寿匠。一般师傅是不跨界的，做桶匠的不造屋，做家具的不做棺材，做棺材的更不会去做盆和桶。达旺却合三为一，什么都做，而且还会做锯匠。他做木匠是从锯匠开始的。过去乡下做屋、做家具，都是用自己家里种的树木或买的原木，有的木头十几米长，一个人抱不住。要先请锯匠锯开，风干，才能使用。冬天农闲时，达旺买来大锯条，与人合伙给人家锯木头。开始是义务帮忙，不收工钱，东家只管饭。后来求助的人多了，就折算工分，硬是把邻村两个常在村上做工的锯匠给挤走了。锯完木头，达旺购置了斧、刨、凿等，又做起了木匠。村人造屋，打家具，做棺材，大多都请他干。村上原有三四个专业木匠师傅，反而跑到十里八乡去做，有的远到百十里的外县去揽工。

达旺之所以能"抢"专业师傅的"饭碗"，一是工钱可以拨工分或以工换工，不需要付现钱；二是他做的活新潮、时尚。他很注意社会上流行的式样，吸取其他木工的专长，哪怕是一点小小的创新，他都能与时俱进。如做衣柜，传统的式样是上下两层或一个整体。他就在中间加两个抽屉或加四个小圆柱，留一些空间可以放鞋袜之类，既美观，又实用，年轻人都愿意请他做。

达旺除了做木匠，还会唱曲和讲古。唱曲就是唱赣剧，老生、小生，西皮、二黄，都能整几段。讲古就是讲故事，一般都是戏剧里的故事。有一段时间，老戏不让唱，老书不让看，说那是封、资、修。那些目不识丁的农民，不是轻易"封"得住，"修"得了的。不让演老戏，看老书，只是不让公开上演，谁也没有那么大的能耐，可以有效地管住遍地的嘴，尤其是乡野农人。他们大多数是熟记几段戏文的，在某

个地头，或某一个夜晚，猛地会爆出一串唱腔。一嗓子吼出，真个是山河崩裂，神鬼暗惊，一任发泄缓解愁苦无奈的情绪。我一直固执地认为，这些源自乡亲们心底的声音，是土地的呐喊，是农人的宣泄，是乡村的非物质构成部分，是故乡苦乐年华的交响乐。在他们心目中，那一声低吟高唱，就是乡间的天籁；那广袤的田野，就是天然的大舞台；那简陋的农家老屋，就是维也纳金色大厅。山村冬夜，朔风凛冽，可在农人家里，只要达旺在，就热气腾腾。先是唱曲，后是讲古，要整到半夜。幽静的夜空，从土屋传出粗犷、奔放的赣剧高腔，伴着村人进入梦乡。他讲的故事，情节生动，风趣幽默，很有吸引力。我小时候听他讲过一个"皮匠挂帅"的故事，五十多年过去了，还记忆犹新，有时想起来，还是忍俊不禁。

古时外邦侵犯中原，朝廷张榜招贤，在榜上写下四个天书般的字，谁能认出即当元帅。期限快过去，无人认识。最后时刻，一个顽皮孩子上台翻了一个跟斗，大喊一声"哗咕隆咚"。这正是榜上四个字，于是他便当了元帅。这孩子用牛皮做了两柄如箩一样大的锤，涂上金色。上阵交锋，番将被这一对"铜锤"吓蒙，不知所措，还真被这孩子杀死。敌军大败。外邦撤退，进贡求和。

信不信由你，反正那时我们是信的。

大和尚

　　村庄东北角有一幢旧瓦屋，里面住着大和尚老
两口。

　　大和尚名叫曾大禾，无儿无女，老辈人叫他"大
和尚"，这个名字就这样传下来了。

　　大和尚六十多岁，瘦高个，身子骨硬朗，本来
可在家吃"五保"，可他还要担任生产队饲养员。
饲养员这个工作很辛苦，白天、晚上没有停，特别
是冬天，半夜还要起来给牲口添饲料。大和尚对待
耕牛，就像对待孩子一样，格外爱惜。平时生产队
安排用牛，哪一头拉车，哪一头耕地，哪一头碾米，
大和尚都会根据每头牛的体质、习性和使用时间，
向队长提出建议。队长如不采纳，他还会红着脸争
吵，实际上生产队的牲口都是由他安排使用。谁要

是把牲口打伤了、用久了、累坏了，他就要骂街，本来就瘦的长脸，拉得像驴脸似的，要骂好几天才消停。时间长了，大家都习惯了，知道他的性子，他骂也不理他，还赔个笑脸，认个错。我曾在几篇文章中都提到过大和尚，真的，凭他的事业心和事迹，就是为他立传也不为过。我常想，那些年生产队之所以能存在下去，集体经济还有所发展，确实是因为有一批像曾大禾这样爱社如家、艰苦奋斗的老农民、老社员。他们是农业社的脊梁！

有一段时间，大和尚还担任生产队保管员。那是因为群众反映前任保管员私心太重，把队里的东西往家里拿，队长就让大和尚兼任。大和尚当保管员，大家都很放心，他那一串钥匙，一天到晚挂在裤腰带上，从不离身。稻谷、棉花、大豆、小麦等各种物资进库出库，斤两都记载得清清楚楚。有一年，一位公社干部向生产队要点芝麻，当时只剩几斤芝麻种子，队长同意给他一半，大和尚说："你给了他拿什么种地？明年收了芝麻再给嘛。"硬是不同意拿，队长也只好作罢。

社员家烧柴积下的草木灰，那时都统一交给生产队折算工分，由大和尚统一收集，谁家交了一箩柴灰，他就在工分本上盖一个他的私章，一个章印算三分。由于各家烧的柴草不同，草木灰体积、重量就不一样。烧稻草、茅草、麦秸秆、油菜秆，这类草灰蓬松、轻飘，一两天就有一箩，而烧松树枝、木柴、棉花秆，这类柴灰就很沉实，几天也难烧到一箩。大和尚自定标准：两箩稻草灰顶一箩木柴灰。那天队长老婆送来一箩稻草灰，她坚持要和木柴灰一样折算工分，大和尚一点也不客气，就是不同意。气得队长老婆直骂丈夫："白当一个队长。"队长这边要支持大和尚，那头也不好得罪老婆，只是摇头叹气。

最让大和尚牵肠挂肚的，还是生产队的牲口。七十年代中期，生产队买了一台手扶拖拉机，耕田、运货都行，减轻了牛的负担，大和

尚很高兴。可不久，他听说农民又要单干，就忧心起来，这些牲口怎么办？社员有三十多年没养过牛，特别是年轻人，他们能养好吗？牛热了、冷了、累了、病了，怎么办？他与队里那些"黑牤""独角"有了很深的感情，多少年日夜相伴，细心照料，把它们从身边分出去，他真舍不下。他担心那些"二愣子"乱使牲口，担心年轻人不会侍弄牲口。那段时间，他逢人便说，没人自己也唠叨。但是生产队还是解散了，牛也分下去了。不久，有的人不会养牛，牛病死了；有的人把牛卖了，买了"小手扶"；有的人把牛杀了卖肉，出去打工。大和尚就像落了魂一样，常常犯痴，不久也就病逝了。村上了解他的老人说："大和尚找他的牛去了""是牛勾走了他的魂"。

福　顺

　　一九七三年底，我休假回到故乡。晚饭后，拿出从部队带来的两副琴弦，准备去看看在村里劳动时的伙伴福顺。

　　"不要去了，福顺前年就走了。"母亲悲伤地告诉我。

　　我惊愕住了："怎么走了？"

　　"病死的吧。"母亲不敢肯定地说出死因。

　　"他才二十几岁，怎么就病死了？"我似乎也不相信。

　　母亲迟迟疑疑地吐出几个字："还不是因为那场恋爱。"

　　母亲的话，把我的思绪带回到那段岁月。

　　福顺和我既是同辈的兄弟，又是要好的伙伴。

他比我大五六岁，家就在我家屋前七八十米。福顺个子不高，长得胖胖墩墩、结结实实，他在家排行第四，上面有三个哥哥，下面还有两个妹妹，一个弟弟。因为家庭成分是富农，二哥、三哥都没有找下对象，大妹妹都已出嫁，自己二十好几，也加入到光棍行列。一家人尽管都是强壮劳力，日子却过得只能勉强填饱肚皮。

福顺只上过两年小学，自幼非常聪明，很有音乐天赋。村里的赣剧迷们经常一起娱乐，他坐在角落里听人唱曲，看人拉胡琴，却把赣剧西皮、二黄、高腔熟记于心。他用竹筒、蛇皮、尼龙线做了一把胡琴，也"嘎吱嘎吱"拉出曲调，还能给人伴奏，后来又学会了吹喇叭、唢呐。村上拉京胡的细毛，都觉得奇怪，说他是无师自通，看人家拉琴，就把本事给偷走了。

福顺喜爱拉琴，也喜欢看书，当然是小人书。那时我上高小，不久又上初中，也是个连环画迷。福顺就总缠着我，让我给他找小人书和杂志，还要读给他听。我就想学拉胡琴，于是一拍即合。说来有意思，我们都不识谱，按照"工、六、上、尺、和"传统指法练习，不久，我也会拉《东方红》《社会主义好》等歌曲。

戏迷们常到福顺家唱戏听戏，那时还没有"以阶级斗争为纲"，村人也不在乎什么成分，愿到哪家去玩就到哪家去玩。寂静的冬夜，高亢的赣曲、悠扬的琴音常常划破夜空，伴着村人入眠。

后来，阶级斗争口号喊得震天响，盖过了赣剧戏曲。古戏不让唱了，有一段时间很少听到福顺拉胡琴，吹唢呐，富农分子的帽子压得一家人抬不起头来。兄弟几个的婚事越发困难，不管小伙子长得如何健壮，农活怎么在行，天资如何聪慧，没有姑娘敢投怀入抱。这一年底，福顺母亲去世，一家人哭得昏天黑地。出殡那天祭棺时，没有请道士，也没请乐师，福顺拿出唢呐，自己吹奏起来。也不知吹的什么

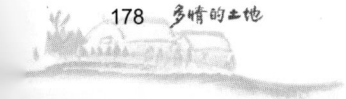

曲子，一会儿高亢，一会儿低沉，一会儿婉转，一会儿厚重，如哭如泣，如号如嗥，凄凄惨惨，悲悲切切，把村上女人听得在一边跟着流眼泪。我从来没有听福顺这样吹过唢呐，问他吹的是什么曲调，他说不知道，自己就是那么吹出来的。以后村人叫他再吹一次，他也吹不出来。

让福顺再次吹响唢呐，是爱情力量的催动。那时，我已初中毕业回到农村。农人的劳作繁重而艰苦，同时也有欢乐和愉悦，特别是年轻人，男男女女成天在一起有说有笑，也就苦中有乐。生产队有两项农活，比较受青年男女欢迎，一件是打农药，一件是抗旱车水。这两样劳动一般都是一男一女在一起干活，是容易滋生爱情的土壤。

打农药是一件比较危险的农活。过去使用的"一六〇五"剧毒农药，都挑身体好的年轻人去干。村上有一位叫秀花的姑娘，总是爱和福顺一起干活，福顺也喜欢和秀花在一起。人们从两人抬药桶的姿势看出一些秘密。关系一般的男女，药桶都在扁担中间或稍靠男方一侧，而福顺和秀花抬药桶，药桶都在福顺这一头，重量全压在福顺肩上。打完药后，到河边洗药桶、收药瓶，都是福顺在干。秀花也不闲着，福顺脱下的外衣，秀花都会用肥皂洗干净，放在树枝上晒干。太阳照得他们脸上红扑扑的，树上知了鸣叫，把夏日闹得更加欢腾。他们不时相对一笑，<u>丝毫看不出劳动的疲惫</u>。

晚稻插下后，紧接着就是车水，如遇上干旱，稻田、棉地就要轮番车水。在酷热的七月里，野外到处都能看到那种像木盒子一样长长的水车，一头搁在水沟里，或湖畔，一头搁在田埂上，两个人推着推杆，一来一回车水。福顺、秀花自然又在一起。水车要经常挪动位置，那十来米长、百十斤重的水车都是两人抬，可福顺总是一个人扛，从这丘田扛到另一丘田。夏日的酷阳炙烤着大地，抗旱劳动是那么吃力和永无止境，即使壮汉也会累得汗水直淌。可是从福顺的精神上看，那充实的精力就像这永无止境的清泉、永无止境的汗水、永无止境的劳作。和秀花在一起劳动，福顺心里就像溪水一样汩汩欢唱，满世界的阳光灿若春花。

麦子收割后，姑娘们都挑选清新、柔软的麦秆编草帽、蒲扇，这个时候，福顺踏着荆棘和杂草，爬到棕树上割青黄的嫩棕。嫩棕是棕树顶部尚未长开的青叶，割下后，用水一煮，又白又软，韧性很强。用嫩棕编织的草帽，比麦秆编的草帽要美观、耐用。当人们都戴着麦秆帽子，福顺、秀花却戴着雪白的嫩棕帽子。那帽子晶莹耀眼，就像天山的雪莲花。它是福顺从一棵一棵棕树上割下嫩叶，秀花一针一针编织出来的。编出了美丽的夏天，织出了相爱的真情。

他们无法自拔地相爱了。他们避开家人，偷偷约会，到外村看电影，看演出。他们互相关心，互相体贴，在一起劳动总是眉开眼笑。他们山盟海誓，情意缠绵，平时好得几乎难以分开。但婚姻大事毕竟要经过父母。秀花的家人坚决反对。先是劝说，效果不大，后来放出狠话，如秀花坚持和福顺恋爱，就断绝父女、母女关系。家族、亲戚也都来劝导，这个讲："你和富农子弟结婚，将来孩子都没有前途。"那个说："你就是结婚，他兄弟五个，挤在一个屋子里，你们住哪里？"还有的警告："你要是嫁给富农，弄得我们社会关系都有污点，不是害了家人和亲戚吗！"一个没有出过山村的姑娘，哪里见过这阵势！慢慢地由坚持到犹豫，后来就松动了，和福顺接触就少了。失恋的波浪冲毁了爱情的堤坝，痛苦的巨澜吞噬了美好的感情。天昏沉沉黑下去。福顺茶饭不思，明媚不再，终于精神崩溃——福顺病倒了。连续几天高烧，家人把他送到大队合作医疗点治疗，他一直昏昏沉沉。面对命运的无奈与无力，福顺妹妹托人悄悄地把秀花找来。夕阳西沉，福顺抓住秀花的手，一句话也说不出来，泪水顺着脸颊往下淌。当晚，一丝游魂

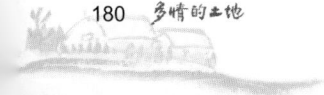

如断了弦的琴音，消失在人间。

　　都说爱情是清晨的玫瑰，静静地为新的一天洒满芬芳；爱情是悠扬的小夜曲，轻轻地奏响在人生幸福的摇篮里；爱情是纷飞的雪花，将清纯洁白飘满心灵的原野。可是对于福顺，爱情就如飞蛾扑火，只能带来焚烧的风险；爱情就像一只恶狼，贪婪地吞噬软弱的绵羊；爱情如同一个幽灵，把人诱进死亡的黑暗。苍天不公！如果人生是一种苦修，那为什么还要赐给他一段美好的时光？如果人生是一种欢乐，为什么会带来巨大的苦楚？经历过欢乐而又回到苦楚，是人生最大的不幸。因为那种落差就像尖刀一样直插心脏，撕裂生命。人们常说时间可以磨平一切，可上苍对福顺却那么吝啬，不愿多给他一点时光来稀释、消融、麻木爱情的苦痛，而是让其生命与爱情一起匆匆地从人间消逝。

　　福顺的死，让我始料未及，悲哀、惋惜、无奈，感叹岁月无情，世事无常。其实，我也早估计到他们的恋爱难成正果，但想不到会搭进性命。这是那个时代的悲剧。我握着的琴弦掉在地上，手还在微微颤动……

有 义

夜幕如墨。

我正在灶间吃晚饭,老黑就打着萤火虫一样光线的手电筒过来了:"走啊,听讲古去。"我紧扒了几口,放下碗筷,就和老黑高一脚低一脚向有义家走去。

听有义讲古,是秋夜冬日村上年轻人主要的娱乐活动,就像现在人们看电视连续剧一样,每晚看一两集,磨磨唧唧,没完没了。有义讲故事效果不比电视剧差,只要他一开口,就会把听众的魂勾进故事中去,让你不能自拔。在这仲秋之夜,我和几个伙伴都陶醉在有义绘声绘色的讲述之中。

有义姓姚,三十多岁,在旧社会读了几年私塾,还上过学堂,年轻时在铁路上干过几年临时工,三

年困难时期又回村务农。我们都叫他"有义叔"。有义叔看过许多古典小说，且记性又好，善于表达，喜讲故事。他把《施公案》《包公案》《七侠五义》《瓦岗寨》等故事都装在肚子里，能一章接一章、一回扣一回完整地讲述下来。我们都是晚上到他家听他讲古。有时讲完一个章回，我们听上了瘾，舍不得走，要他再讲一段。有义浅浅地抿上一口茶水，清了清嗓子，又不紧不慢抽了一袋烟，精神一抖，接着又讲了起来。这时，他媳妇就在房里发话："你费口舌不要紧，不要费我的油。"那时煤油很紧张，不好买，也没有更多的钱买。有义就把灯芯拨得很小，只剩一点豆光，但不影响听觉，他也不需看着书讲。

有义不仅记性好，而且善于表达，讲古活灵活现，如闻其声，如见其人。他讲《水浒传》，梁山寨一百零八个英雄好汉，故事好像就发生在斗牛山，一个个飘忽在眼前：鲁提辖拳打镇关西，林教头雪夜上梁山，梁山泊好汉劫法场……渐渐地，心头播下驰骋疆场、除暴安良的种子，英雄主义、江湖义气在心中萌芽。讲到要紧处，还常常卖点关子，让人欲罢不能。如讲武松打虎，打了好几天老虎，都没有结果，足足让我们耗了好几夜。

就在豆光的煤油灯下，我听有义讲完了全篇的《施公案》《七侠五义》等故事。若干年后，我读到这些古典小说原著，竟发现有义讲古，不仅一章不落，而且添油加醋，拖枝带蔓，做了许多艺术加工和发挥。有义讲古，在当时农村文化生活尚不发达的条件下，不仅丰富了村人的业余文化生活，而且也对我阅读古典文学起到了启蒙作用。几十年后，我每次回乡下，都会和有义叔聊一会儿"古"，他对书中的主要人物、故事情节记得还是那么清楚，说起来滔滔不绝。

有义是村上的文化人，读书多，见识也多，对许多事情有自己的看法，不轻易人云亦云。"文革"开始时，城里工人不上班，学生不上课，成天搞武斗，村人议论起来，都觉得不可理解。有义说："一定是朝廷出了奸臣。"大家都点头，觉得有道理，肯定是"朝廷出了奸臣"。村人日常生活中遇到一些问题和矛盾，有义总能轻而易举地从古典故事和传说中找到根据，并赋予它教化的功能。他曾用"桃园结义"的故事，劝说过人家兄弟和睦；用"王宝钏守寒窑十八年"，劝说一对夫妻破镜重圆；用"黄香温席"劝说过年轻人善待父母。当然，对乡村一些落后现象和丑恶行为，他也喜欢讲，用大家都熟悉的传统故事中的反面人物进行讽刺，为此也得罪过人。

有义虽然能说会道，但毕竟讲古当不了饭吃，也不能像说书人那样卖票收费。他孩子多，生了五男二女，九口人吃饭，就靠那点工分，日子就很困窘。那些大大小小的孩子，就是长年侍弄的土地和庄稼，在他们的成长过程中，有义夫妇倾尽了毕生的心血和精力。好在有义还有一门手艺：做烟。那时农民都是自己种烟叶，然后把烟叶加工成烟丝，也叫"红烟"，装在烟杆上抽。有义利用农闲时给人做烟丝，挣点活钱补贴家用，生活虽然紧紧巴巴，也能过得去。

有义的孩子们很争气。八十年代初，他们出去打工，都干起了一番事业，回乡都盖了楼房。第三个儿子还考上军校，后来转业到一个地级市当了局长。孩子们都很孝顺，有义老两口颐养天年。我每次见到他，就夸他有福气。有义双手一合，脸上堆满笑容："古书上说得好，人的命，天注定。吃了大半辈子苦，想不到老了还能享点清福。"他还是保持独立思考的个性，一方面觉得现在政策好，农民活路多了，一方面，又对社会风气败坏，农村土地荒芜感到痛心，为此担忧。我没有那么高的理论水平说清楚这些问题，就用古书上的话回敬他：车到山前必有路，船拢岸边自然横。他哈哈一笑："是呀是呀。"

有义夫妇都活到了八十多岁，相隔几天驾鹤西去。村人都说，这一对老人真是同生共死，恩爱终身。

麻雀大婶

麻雀大婶本来有一个很富贵的名字——金枝，即皇帝女儿，金枝玉叶。可麻雀大婶却从来没有享过皇家清福，她的命比黄连还要苦，小时候当童养媳，什么苦活累活都得干，结婚后没几年丈夫病逝，二十六岁就带着两个孩子艰难度日。好在那时农村已走上集体化道路，生产队能分配基本口粮，不至于饿死人。但那日子过得实在凄苦。

听奶奶讲，麻雀大婶年轻时性格开朗、活泼，成天叽叽喳喳爱说话，加上个子又小，村人就叫她"麻雀"。结婚后，人们就喊她麻雀大婶，她的大名"金枝"倒没有人叫了。我如果不是回乡担任记工员，还不知道麻雀大婶有这么一个好听的名字。

麻雀大婶的两个儿子是我小时候的伙伴，都是平辈人，成天一起玩耍，他们在村小读了两年书就辍学了。麻雀大婶希望儿子多读点书，可孩子死活就是不读，她也没办法，就让他们放牛、砍柴。

家里房子很小，几根屋柱，四周土墙，到处透风漏雨。厅堂放一张桌子，一口粮柜，左厢是卧室，右边是灶间。这是村上最破旧的房子。

夫丧子幼，家境贫寒，生活的困窘没有压倒麻雀大婶，她性格倔强，干活不输他人，以起早贪黑、吃苦受累来支撑这个家庭。农村过日子，主要靠两条：一靠挣工分，二靠养猪，种自留地。麻雀大婶从来不误一个工，哪怕生病，也坚持上工。自留地完全靠早晚侍弄。她上工干活总带着一个小竹篓，那是下工后要在沟畔间、路边上采些野菜或捡些柴草回来。无论隆冬，还是酷暑，深夜都能听到纺车"吱吱"声，那是从麻雀大婶屋里传出来的。两个儿子从小到大穿的都是自家织的土布，麻雀大婶长年穿着补丁摞补丁的靛蓝色的土布衣服。上工下地，种菜养猪，洗衣做饭，纺纱织布，麻雀大婶就像一张紧绷的弓，丝毫不敢松劲。

麻雀大婶勤奋苦干的精神，备受村人敬重，后来被社员们选为生产队妇女队长。她把队上的事当成家里的事，一点不敢马虎，每天给女社员派工，要事先计划并提前通知，她总是利用早晚和吃饭的时间进行。对于分散在不同地点或不同劳作的社员，在头天晚上或当天拂晓挨家挨户通知；如果在一起集体劳动，她会在吃早饭时端着饭碗，在村道上从前到后，从左到右，边走边吃边喊。女社员听到麻雀大婶的呼唤，都会答应一声。那时我们这些小孩很顽皮，就在村道上扯着嗓子学麻雀大婶："女社员都到班儿垛捡棉花，细女子到双丰圩耘禾草……"在大人的训斥声中，嘻嘻哈哈地跑走。

有一年，一位煤矿工人经人介绍，到麻雀大婶家招亲，俗称"倒插门"。麻雀大婶与这个比她大十几岁的男人组成新的家庭。他们生

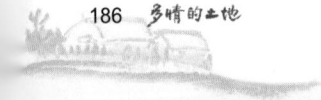

了一个儿子，可是没几年，男方又因矽肺病去世。雪上加霜的麻雀大婶，抚养三个孩子，日子过得更加困窘。不到四十岁便腰已佝偻，头上布满白丝。

又过了几年，生产队解散，农民分田单干，麻雀大婶两个儿子已是强壮劳力，她和大儿子一心扑在那十几亩田地上。头几年土地"一包就灵"，农民得到了改革红利，大儿子娶了媳妇，盖了房子。后来种田亏本，而且要上交各种名目的税费，日子过得又很紧巴。在农村大量良田撂荒时，麻雀大婶和大儿子扩种了一些荒弃的田地（这部分田地不交税费），用汗水换粮食，生活又滋润了一些。麻雀大婶对日子很知足，说庄稼人只要下力气，就不会饿死人。

这期间，二儿子一直在外打工，既没有赚着钱，也没有饿着肚，几经折腾，后来得病失去劳动能力，跟着麻雀大婶过了几年也病逝了。生活给这个辛劳的女人一次又一次打击。

"人来到这个世上，就是受苦受难的。所以人出生后，都是哭哭啼啼，那是因为他不愿来，来了就要吃苦受累。"历尽磨难的麻雀大婶反而把苦难看淡了。她这样安慰自己，也这样劝导别人。她就这样把苦难当常态，把辛酸当时光，默默地推着生活的车轮前行。

如今，麻雀大婶跟小儿子在一起生活，小儿子买了汽车跑运输，盖了楼，都有孙子了。麻雀大婶已九十多岁，耳不聋，眼不花，还闲不住。收割稻子和花生时，她背着竹篓到田间地头捡稻穗，刨未挖尽的花生，每年要捡三四百斤稻谷、几十斤花生。

我回乡下都要去看看麻雀大婶。麻雀大婶眼睛很尖（乡下土语，锐利的意思），脑子很灵醒，离她家十多米远，在房前晒太阳的麻雀大婶就和我打招呼："那是林伢吧，你回来了？快来坐。"我们就拉开岁月的帷幕，又聊起以前的时光……

相　公

　　"相公"是村人给起的绰号。他的大名叫
"王君"。

　　王君读完中学，正是三年困难时期，城里工作
的人有些都下放农村，他这个初中毕业生，自然也
要回到家乡务农。一个学生娃参加农业生产，当然
比不上泥土里滚大的农村后生。由于对农活半生不
熟，蹑手缩脚，没有个干活的样子，于是，就落得
个"相公"的称号。

　　相公干农活不如人家，但舞文弄墨，吹拉弹唱，
人家就不如他了。他脑子灵活，能说会道，能写会
算，在乡下是个人才，村上最漂亮的姑娘红梅就爱
上了他。相公兄弟三个，他是老小，都挤在一栋小
屋子里。他结婚后，兄弟分家，一间十来平方米的

厨房，要垒三口灶，摆三口水缸，挤得实在转不过身来。相公东借西赊，盖了一间小屋，搬出去另住。

农村的日子虽然过得艰苦，但丝毫不影响人口的生育和繁衍，甚至更加旺盛，哪一对夫妻都会生三四个、五六个。农村的孩子就像野草一样，风吹着就会长大。父母在物质上提供一日三餐稀粥加红薯、白菜，肥不了，也饿不死。至于精神方面，就像湖边的茅草一样，在泥土中吸取水分和养料，在天空呼吸空气，沐浴阳光，然后在风雨中随意地生长。

没几年，相公就生了一大堆孩子，几乎一年一个，全是女孩。越是女孩越要生，连续生了八个，都是女儿。比玉皇大帝还多生一个。女孩多了，连名字也懒得起，就依次称大妹、二妹、三妹……直到八妹。村人称："八仙女下凡。"生娃容易养娃难。一家十口人，还要和兄弟一起抚养两个老人。相公挣的工分又少，那时粮食产量也低，每年有二三个月青黄不接，小孩子口粮定量少，饭量又大，相公家里总是闹粮荒，一到冬天就断粮了。相公好面子，不愿为半斗米折腰，就让妻子红梅去借。先是到娘家、亲戚家去借，再到村上挨家挨户去借，全村人都借遍了，又到外村去借。

寒冬腊月，朔风凛冽。红梅一早就端着升子（装米的竹筒）挨家挨户去借米。这已是第二遍、第三遍向人家借粮。有的人家刚买粮，就匀出一升，有的人家也快断炊，没有米借，就给几棵白菜。一个冬天，都是吃两顿，上午喝稠，下午喝稀。孩子们饿得哇哇哭，两个大人成天愁眉苦脸。

为了生计，相公拜本村一个漆匠为师，农闲时上户做工，给人家漆家具、漆棺材，既可挣点零钱，又省一个人的口粮。日子就这样紧紧巴巴过下去。

让王君成为名副其实的"相公"，是后来他在村小当了"赤脚老师"。他当老师比当农民更得心应手，书也教得好。乡村学校统考，他教的学生均分要高于其他班级的学生。王君受到村人尊敬，再也没有人叫他"相公"了，人们见面就喊"王老师"。

虽然老师的收入比一个劳动力略高些，但那时教师工资常常被拖欠，一年半载领不到一分钱，民办教师工资一拖二三年。王君既要坚持教学，又要种自留地，还要抽空做点油漆活，一家生活才能勉强维持下来。借米，还是妻子的保留节目。

日子就像河流一样波涛起伏，有波峰，也有波谷。既没有只属于一个人的波峰，也没有只属于一个人的波谷。熬到尽头的王君夫妇，终于时来运转。那是分田到户后，王君家分得二十多亩田地，靠王君当然种不过来。这时，大妹、二妹也长大了，到了谈婚论嫁的年龄。王君也与时俱进，出台了新规：不收彩礼钱，男方帮助干三年活，三年期满，把女儿娶进家门。

女儿一个个如破茧的蝴蝶，越来越呈现出鲜艳的色彩，虽没有古书中说的"沉鱼落雁之容，闭月羞花之貌"，但都出落得如花似玉，亭亭玉立。能娶到这样漂亮的姑娘，小伙子很愿意去他家干三年活。田地耕种不犯愁了，粮食也多了，再不用借米了，加上自己的工资和手艺，王君家的日子慢慢地好起来了。

真正让家里日子滋润起来，是三妹、四妹、五妹到大城市打工，被城市的小伙子们看上了，分别嫁给了镇长、村长、老板的儿子，她们都干起了自己的事业：做生意、开饭店、开旅馆、搞建筑……后来，六妹、七妹、八妹又相继嫁到城市，成了城市主妇，个个家里都是百万、千万。这些孩子从小吃苦，体会到父母不易，个个都很孝顺，给父母的钱都数不过来，王君每月还有四五千元退休金。妻子红梅金

银首饰和名牌服装一大堆。老了，每天还化妆。

王君盖了一栋楼，装修得像宾馆一样，楼上有八个套间，每到过年，女儿、女婿开着小车，从外地浩浩荡荡回来，每对夫妻都有自己固定的房间。车子在院子里摆不下，就停在马路边，都是宝马、奔驰、路虎等豪车。平时，儿女们轮流安排父母到外地旅游，中国的主要城市都跑遍了，还去了东南亚和欧洲。村人都羡慕王君，说还是生女儿好！如果生八个儿子，光给他们娶媳妇、盖房子，不累死也要扒几层皮。

运　长

　　人的日子过到如芒刺背时，是不敢躺在床上睡懒觉的，再舒适的时光也没有资格去享受。运长在蒙眬中被鸟啼声惊醒。雨还在淅淅沥沥下着。正是春眠不觉晓，他却忽然一个鲤鱼打挺，坐了起来。他穿上挂在壁上的蓑衣。这蓑衣有年头了，还是父亲年轻时置下的，棕丝已发黑，变脆，有几处已折断，但穿在身上还是很暖和的，不亚于一件外套。他又戴上斗笠，随手抓起一张月锄，就奔鲶山脚下的自留地里去了。

　　自留地种了油菜。菜秆蹿出一尺多高，快要冒蕾了，再过几天，就能长出一片金黄的油菜花。但一夜风雨，油菜都浸在水里。这是一块低洼地，雨水很容易蓄积。运长要把沟垄挖深，让低洼的水全

部排走。他一边挖沟，一边分畦，地里的水就汩汩地流到地头的沟里去了。

月锄翻开了泥土，也翻动了心事。运长想起父母整天为自己的婚事操心费神，心里就涌起一阵酸楚。

三年前，母亲买了一包点心，请张媒婆给自己说亲。张媒婆还真能张罗，在七里外一个村庄找下姑娘。去相亲那天，女方家里听说运长二十八岁，张口就是五百元彩礼钱，他吓得茶也不敢多喝一口。自己和父母在生产队劳动，一个工值才二角多，尽管工分不少，一年到头也分不到现钱，不是养猪养鸡连买油盐的钱都没有。五百元，这是一个天文数字，到哪里去找！头一次相亲，连姑娘长什么模样还没来得及细瞧，就匆匆回来了。

这几年家运不错，先后卖了几头肥猪，积攒下四五百元。今年刚开春，母亲又打酒又送礼，托张媒婆再辛苦辛苦。前几天张媒婆领着运长到另一个村子去相亲，姑娘模样儿还不错，农活也是好手，但女方母亲看到运长比她女儿大十多岁，先是不情愿，经不住媒婆如簧巧舌，就点头了，但"三个九"，即九百九十九元的礼钱一分也不能少，要不然女儿叫人瞧不起。运长母亲一咬牙就答应了。她盘算，今年再养两头猪，能卖一百多，自留地的油菜、棉花种好了也能挣个百十元，再到亲戚家借点，估算也差不多。于是，一家人铆着劲，起早贪黑，拼命地挣工分，种菜地。

运长疏通沟垄，积水也已排尽，蓑衣被雨水浸湿，越发沉重。这时上小学的妹妹打着伞来到地头，喊他回去吃饭，说队长要他去双丰圩犁田。

运长兄妹两人，他比妹妹大十九岁。人说长兄如父，他对妹妹很疼爱。按他的意思，让妹妹继续读书，可妹妹看到家庭窘境，而学校的赤脚老师既要教学又要顾家，上课也是有一阵无一阵，也就不想读了。

老天专门捉弄穷苦人，谁知这一年倒霉的事情一件接一件降临到运长家里。先是养猪不顺，遇到发猪瘟，运长家养的三头猪都病死了，不仅没有攒到钱，连买猪仔的本钱都贴进去了。收割油菜时，又碰上十几天的连阴雨，油菜籽全部浸在地里发了芽，颗粒无收。更倒霉的是父亲生病，舍不得花钱治疗，在家里躺了几天，竟撒手人寰。

一个贫困的农家怎么经得住这样接二连三的打击！拿不出九百九十九元钱，运长的婚事再次告吹。

最着急的是运长母亲，"不孝有三，无后为大"。不管怎么着，也要让儿子成家立业。又过了两年，妹妹长到十六岁，亭亭玉立。母亲动了女儿的心思，再次找到张媒婆，提出要换亲。恰巧张媒婆有一个主，男的快四十岁，有一个二十岁的小妹，也在物色换亲的对象。双方家长一说即合，关键是怎样做好各自女儿的工作。

一天，运长的母亲把自己的想法对女儿说了，妹妹很不情愿，运长也不忍心，就劝母亲算了，自己宁愿打光棍，也不要毁了妹妹的青春。但这事不是运长说了算。母亲对妹妹先是好言相劝，连哄带求，无奈妹妹就是不点头。母亲就来横的，干脆不吃不喝，躺在床上也不起来，两天过去还是这样。妹妹心就软了，为了母亲，也为了哥哥，一咬牙就答应了。那年腊月二十，两家娶亲嫁女同时举行。鞭炮响了一天，两家女儿眼泪流了一日。

婚后，运长对妻子言听计从，百依百顺，只是埋头干活，夫妻关系不冷不热，不喜不怒。一年后生了一个男孩，后来又生了一个女孩，日子就这样一天一天过下去。

可是妹妹那头却楚歌四伏。妹妹先是赌气，三天两头回娘家，男方家里来接，母亲这边相劝，还是不愿意去。婆家放出狠话：你真不

愿意来，我们也把女儿接回来。还真的来了一班人，要搬家具，带女人。妹妹又很不情愿回婆家去了。一年后，夫妻俩还是不合，妹妹一狠心，喝农药寻短见了。亲家变成冤家。婆家看到事情闹成这样，也就偃旗息鼓了。

运长心上就像扎了刺，暗自滴血，苦闷难消，感到自己对不住妹妹，郁闷成疾。总是肠胃不适，到乡卫生院看病，医生一摸，说肚子里有硬块，可能长瘤了，让他到县医院检查。运长只要了一些止痛片，再也没有去过医院。

小病拖，大病扛，扛不过，见阎王。农人都是这样。

半年后，运长病逝，卒年五十一岁，丢下七十多岁的老娘和妻子及两个未成年的孩子。

环环驼子

　　环环驼子是有大名的，叫"运生"。

　　"生"字辈在村上辈分很高，像我们这些"福""仁""炳"字辈的，都是晚辈，应称他为伯伯、叔叔、爷爷、太爷。但一个村庄，大部分人都一个姓，且又出了"五服"，称呼就没有那么亲切、尊重，甚至有时还会根据某人的特点或缺陷，乱起绰号。

　　不知是患了脚疾，还是养成习惯，运生走路两条腿总是向外弯，也就是罗圈腿，加上背有点弓，使本来就不高的身材显得更加矮小，看上去就像一个倒写的问号钩着一个句号，村人就称他"环环驼子"。环环，喻他的罗圈腿；驼子，指他弓起的背。

　　环环驼子终身未娶，无儿无女，一人吃饱，全

家不饿。当然，他一辈子单身，并不意味着他一辈子没近过女色。他高兴时就吹嘘自己年轻时的风流韵事。据说，他在村里村外，曾有两个与他相好过的女人。不过，他很有自知之明，吹嘘过后，又谦卑地笑笑："她们哪是看中我这个驼子，她们喜欢的是我兜里的票子。"环环驼子二十多岁就单身立灶，种田种地，养猪养鸡，样样在行，家里副业搞得很好，和那些养儿育女的男子比，手头宽裕多了，常有一些活钱。即使有时手头紧些，给人家干两天活，也能博得一些女人的欢心。

别看环环驼子个子小，走路打圈圈，但种庄稼却是行家里手，没有他不会干的农活，也没有他干不好的农活，他是队长手下的一员大将、爱将。队里有两部牛车，一部由他驾驭，不管多么桀骜不驯的牲口，都乖乖地听他使唤，而且拉得多，跑得快。另一部由其他社员驾驭，经常不是断辕，就是脱缰。队里一有运粮拉货的任务，队长就派环环驼子去。他成了村上有名的老把式。

秋天，棉花、谷子收割拔秆后，就要耕地、耙地、碾地，种冬小麦。环环驼子一早就牵牛扶犁，耕耘田间。板结的土地随犁松动，黑色的泥土翻成浪花，白颈黑羽的喜鹊从地里飞到牛背，从牛背飞到地里，来回跳跃觅食。几声不经意的吆喝，一块地就耕完了。接着把犁换成耙，像牛角刀一样的铁耙齿把犁开的大块泥土切成小块，经太阳一晒，泥土干爽，再用碾子一碾，把小块压成碎末。粗圆的碾子一米多长，人站在碾架上，一手牵牛，一手扬鞭，鸡蛋大小的土疙瘩便碾成了碎泥。地碾完后，就撒脚粪、种小麦。麦种拌入底肥，畚箕挂在胸前，用手一把一把均匀地撒出去，像仙女散花一样，把农人的希望、梦想播种在肥沃的土地上。

环环驼子从耕到种，从种到收，把繁重苦辛的农活玩成了自得其乐的艺术——他会打吆喝、唱山歌。农民在田地里劳动疲惫或炎热时，就会有意无意地吆喝几声，一是驱走疲劳，二是呼来清风。吆喝是农人的呐喊，是大地的呼吸，是山野的天籁。环环驼子有一副好嗓门，高亢而不干嚎，尖锐而不刺耳，婉转而不走调，一声"哟……嗬嗬嗬嗬……"呼出胸腔，水流山转，清心悦耳，醒脑提神，霎时就感到有一股清风拂面，惹得男男女女社员都跟着吆喝起来。那哟嗬声无遮无拦，穿过田野，荡进山谷，飘入村庄。

唱山歌的最佳舞台是碾地的地里，环环驼子站在碾架上，身子稍向后仰，左手牵绳，右手扬鞭，被牛拉着悠悠前行，就有飘飘欲仙的感觉，山歌、情调、酸曲脱口而出：

牵牛花，笑哈哈，
媒人清晨到我家，
问我女儿嫁不嫁。

我的女儿刚十八，
长得就像一朵花，
我怎舍得她离家。

男大当婚女当嫁，
养女哪有长留家，
你这老倌木疙瘩。

你说老倌木疙瘩，
我只一女陪伴咱，
要嫁也得婿进家（入赘）。

……

　　从环环驼子嘴里出来的小曲,唱的是岁月,是心病,是相思,是沧桑,腔调时而低沉,时而高亢,时而千回百转、揉断肝肠。没有乐器伴奏的声音,仿佛穿过时光的艰辛和不幸,在遐想的美好中,人们脸上就有了异样的表情。再苦的日子,再累的劳作,叫环环驼子的山歌一掺和,一搅拌,苦累的心情也就稀释了许多。特别是女社员们,一到田间,干一阵活就喊,“环环驼子,来一曲吧。”环环驼子有时对那些老嫂子们会还一嘴:“到你床上来吧。”田间地头便荡起嘻嘻哈哈的声浪。

　　环环驼子到了五十多岁,终于公开和村上一个寡妇好上了,但还是保持男不娶,女不嫁,白天各自干自家的活,晚上高兴了就住到一起。

　　日子,就像山间的溪水,自由自在地流淌。

才 义

　　夕阳在斗牛山洒下最后一抹余晖，放牧的队伍披着晚霞，沿着田埂湖畔回到村口。牛群逶迤一里多长，牧童骑牛横笛，扬鞭晚唱。落日映牛影，啼鸟伴牧归。村庄幻化成一幅灵动飘逸的田园牧歌图。

　　走在队伍最后面的，是一位身体瘦弱的中年人，他迈着这个年龄所不该有的沉重的步履，双脚蹒跚牵着一头黄牛，牛背上横着一条麻袋，里面装满了从草坪上采挖的青嫩的藜蒿。

　　他叫才义，是个老病号，也是村上有名的困难户。黄昏在他身上缀满了晚霞的凄美和忧伤。

　　才义小时候得天花，落下一身病。脸上坑坑洼洼，星星点点。这还不是主要的，更难受的是长年头晕腹痛，浑身无力。他不能担重，不能走快，生

产队重一点的劳动干不了，只能靠放牛挣一份工分；他长期生病，却从来没有去医院看过，也说不清得的什么病，更没有钱去治；他生下三男一女，吃口不少，总是粮食短缺，过着饱一顿饥一顿的生活。穷人家所有的不幸，他几乎都沾上了一些。

生产队一年分几百斤稻谷，根本不够吃，每年有三个月要吃国家返销粮，乡下叫作"打供应"。如果家里能卖两头猪，"供应"就能打回来；如家运不济，没养好猪，"供应"只能搁在公社的粮库里。才义家里每年都要"卖供应打供应"，即把自己家里的返销粮计划卖一半给别人，然后用这笔钱买回另一半返销粮。

因为体弱多病，才义家的自留地经营得也不是很好，平时只能勒紧裤带，卡紧脖子过日子，蔬菜加野菜也就成了家常便饭。他在草坪放牛，总要挖一袋野菜和藜蒿带回来。那时藜蒿不值钱，猪吃叶子人吃茎，但凡能吃的，都会填到肚子里去。夏天队里分西瓜，那是一种产籽瓜，瓜子很大，要交回生产队，瓜囊白色的，味道很寡，一般人家都是喂猪。才义舍不得，把瓜瓤、瓜皮掺点大米一起放在锅里煮，可以当一天的主食。冬天村人杀年猪，才义买不起猪肉，就以很便宜的价格买点猪肺回家烧汤，也算沾点荤腥。平时亲戚和村人家有红白喜事，如结婚、上梁、埋坟，才义中午赴席都要把一天的饭吃回来，即早晨不吃或少吃，中午席上多吃，吃得肚子装不下，晚上再省一顿饭。这样饱一顿，饥一顿，对胃损伤更大。

人穷不一定志短，才义很有自尊心。秋天谷子黄了，瓜果熟了，有人偷秋，才义嗤之以鼻，要求子女不做偷鸡摸狗之事。才义不准人家污辱他，不管大人小孩，谁要是当面叫他"麻子"，他就会翻脸，打不过也要和人家拼命。村人都不会当面揭他的短。年轻人见到他，都会称一声"才义叔"。

才义有一件宝贝。那是他年轻时，大约是一九五八年农业社开展劳动竞赛，奖了一件印有"跃进先锋"四个红字的白背心，在箱子里放了十来年，一直舍不得穿。他老婆翻箱倒柜时，发现背心被虫子咬了几个洞，这才拿出来穿在身上。才义皮肤黝黑，骨瘦嶙峋，宽松的红字背心映得脸上满面红光。有人背后说俏皮话："这下麻子蒸熟了。"乡下人把糍粑称作"麻子"。此话如果让才义听到，非得干一仗不可。

才义的唯一希望，就是盼孩子快长大，孩子大了，才有出头的日子，父母才算尽到了抚养的责任。可孩子只有吃饱饭，才能慢慢长大。望着一群也同样饿得面黄肌瘦嗷嗷待哺的儿女，才义成天唉声叹气，深秋和冬季晚上，天一黑他就躺在床上，身病、心病，使他哀声连连。他的大儿子来发和我同年。小时候晚上到他家玩，还没进家门，就听到从房间里传出才义一声声低沉的呻吟和叹息。

屋漏偏遭连夜雨。老天爷总和才义过不去，倒霉的事一件接一件发生。有一年发洪涝，才义九岁的女儿玲花在湖边玩，不小心掉进沟里，被卷进斗牛山湖淹死。才义失去女儿，躺倒半个月没有起床，好不容易才挨过去。又一年，二十岁的大儿子来发患急性阑尾炎，尽管做了手术，但留下感染后遗症，不到一年又去世。白发人送黑发人，巨大的打击接踵而至，才义终于支撑不住，大儿子走后不到两年也撒手人寰，后来老伴也离开人间。一个不幸的家庭就这样不幸地破散。

才义的二儿子前发和小儿子爱发也长大了。二儿子前发先是在生产队劳动，生产队解散后出去打工，买了一些机械，帮人建房子，搞装潢，已成家立业，盖了漂亮的楼房，日子过得很是滋润。三儿子爱发自食其力，日子也还不错。才义如果地下有知，定会含笑九泉。

龙贵师傅

如果大白天有人在家里唱赣剧，我敢肯定，那一定是龙贵师傅在上户做篾工。

龙贵是篾匠师傅，五十来岁，身材不高，却长得白净，一脸笑相，有点像弥勒佛，只是脸上长了一个超大的鼻子，鼻翼像鼓起的风帆，又像被人揍得肿胀发炎，这种酒糟鼻子，有点破坏佛的形象，但还是与他的浓眉、大眼、厚唇和谐相处在一张脸上。龙贵师傅是隔壁小华村人，一年有三分之二以上时间在我们村上做篾，村里男女老少都认识他，他对村人也都熟悉，特别是中老年人。谁家有几个孩子，日子过得怎样，儿女是否孝顺，兄弟关系、婆媳关系如何，他都一清二楚，甚至七八岁的小孩都能叫得上名字。因此，在我印象中，他好像就是后黄村人。

他的篾工手艺很精，活做得很地道。一根十来米长的毛竹，在他手上就像玩魔术一样，只见他抓住竹梢一端，一刀下去，用脚踩住一面，手提着另一面，用力一抖，"叭"的一声，整根毛竹便一分为二。如此效法，又不断地将分开的竹片再一分为二。篾刀在他手中起落，把青竹与黄片分开，篾片变成篾丝，粗丝又变成细丝，再把篾丝刨光。然后，或蹲或坐，篾丝在他手指间起舞跳跃，就变成了精美的箩、篓、筐、筛等各种篾器了。

龙贵师傅的营生是做篾，爱好是唱戏，即唱赣剧。可实际上，两者常常被颠倒。到谁家干活，如没人听他唱戏，他干得就没劲，活儿也慢。如有人在旁边听他、陪他唱戏，他浑身是劲，活干得也快。至于在主人家吃什么，他一点也不在乎。

村人爱他的手艺，也爱听他唱戏。只要农闲，他在谁家干活，都会围着一些人听他唱曲，即使农忙，也会有一两个挂着拐杖的老者坐在旁边听曲。龙贵师傅手不停地削竹、编篓，嘴上"咿咿呀呀"唱个不停，就像船夫拉纤、农夫打夯喊号子一样，口手默契，声呼力到，不但不影响干活，还能提高工作效率。

龙贵师傅嗓音高亢、厚重，会唱老生、正生、小生。不管唱什么角色，开头都是《破洪州》杨六郎那段唱曲，这是他的"保留曲目"。

> 头戴乌纱色色新，
> 忠心一点保宋君。
> 但愿四海狼烟尽，
> 臣报君恩子奉亲。

旁人就喝"好"！主人有时也接话："你别光顾着保宋君，先把我的活保好。"龙贵师傅情绪还在戏中："领旨，谢主隆恩！"引来一片笑声。

我家有什么篾器活，奶奶就会吩咐我："去找龙贵师傅来。"

"他在哪？"

"自己去找。"

于是，我就在村巷里转，不是用眼睛找，而是用耳朵"找"，听到哪家传来"咿咿呀呀"的声音，准是龙贵师傅在做篾。我过去就说："师傅，我奶奶叫你到我家去做篾。"龙贵师傅认识我，就说："叫你叔叔给我拉二胡。"

他知道我叔叔会拉胡琴，很喜欢叔叔给他伴奏，于是就提出了要求。

我说："叔叔出远门了。"

"那就等两天去。"

龙贵师傅说这话笑眯眯的，眼眉里的慈祥像画册上走下来的佛，大鼻子在瓦缝漏出的阳光下闪烁着油亮的光芒。

过了两天，龙贵师傅真的来了。叔叔给他拉琴伴奏，他唱得神采飞扬，淋漓酣畅，鼻梁上仿佛绽开了一朵鲜红的鸡冠花。

那时候乡下做手艺活，都是先赊账，到年底队里分红或家里卖了猪再付工钱。龙贵师傅收工钱不是挨家上门去要，而是站在村口或路边喊一嗓子："年底了，该给工钱啦。"龙贵师傅知道，没有钱的，你到他家里也要不到，手头宽裕的，他自然会送来。刚喊几声，就有老倌老妈拿着票子过来交工钱。有的人家困难，两三年都没交清，时间长了，也就算了。他收工钱还有一个规矩：人家拿整票子给他，该找的零钱一分不少给人家；人家交钱少一两角，他也就算了。"下次去做工多炒两个鸡蛋。"一句话，笑呵呵两清了。

龙贵师傅有时也唠叨："到你们村子做篾没有什么油水。"有不懂事的年轻人就顶撞他："王寡妇那里有油水呀。"王寡妇男人去世后，有些重活找人帮忙，外面就有些闲话。龙贵师傅的大鼻子就由淡红变为紫红："你个兔崽子，狗嘴里吐不出象牙！"大家哈哈一笑，一切风平浪静。龙贵师傅该到哪家去做篾，还是到哪家去。

福保与新枝

　　村子北面有一座庙，庙前是一片树林，庙后是一片坟茔。庙已经破败，里面一座泥菩萨已经在破"四旧"时被推倒，庙里空空荡荡，香火全无。

　　一日，庙里住进一对中年夫妇。男的叫福保，四十多岁，个子还没有扁担高，长得又黑又瘦。女的叫新枝，三十来岁，块头比福保大，膀阔腰粗，就是有些痴傻，是个憨媳妇。

　　福保爹妈死得早，小时候给人家放牛，十几岁就在外面流浪，村上无地无房，只有一个妹妹白云嫁在本村。新中国成立后，福保回村在妹妹家住了一段时间，后来参加了志愿军，在一个后勤部队炊事班做了三年饭，没有上过阵地，也没摸过枪杆。抗美援朝胜利后，带着几十斤小米复员回乡务农。

福保虽然出身于农民家庭，但因小时候放牛，后来流浪，参军，家里没有田地，也没有正儿八经种过庄稼，农活会的不多，耕地、耙田、育苗、耘草、四时种收都不在行，加上个子又小，力气也没有人家大，在队里还算不上一个全劳力，每天只挣八分工（全劳力挣十分），比妇女多一分。福保不乐意，开口闭口就是："他妈的！"这是他在队伍上学到的最典型的一句官腔。村人一开始听到"他妈的"，不知啥意思，后来村上放电影，影片中当官的经常对下属冒出这句话，才知道这是骂人的话，但也没有人和他计较。论辈分，队长应该叫他叔叔，你说他妈的就他妈的。听多了，后来村人给福保起了一个绰号——"他妈的"，把这句话原封不动地还给了他。

"他妈的"到了四十多岁，还是光棍一个，平时居无定所，队里的烟屋（仓库）、空着的茅舍，他都当过"家"，一卷铺盖，一只木箱，一个炉子，就是全部家当。妹妹白云为哥哥的婚事着急，但家里太穷，房无半间，拿什么成家？

有一年，隔壁邹家山村有一个名叫"新枝"的女子，丈夫去世。新枝小时候得过天花，圆圆的脸庞上，坑坑洼洼，而且还有些痴傻，说话不着调，家务不会干，但也不是很严重的精神病。她不胡闹，也不乱来，表面上看不出她有任何痴呆、忧伤和孤独，而且总是那么温和、沉静或者有些羞涩地微笑，只要有人调教引导，还能干些简单的农活。经人与福保做媒，成就一对夫妻。当时正是"文革"时期，村庙已无香火，队里就把小庙给了福保安家。庙里搭起一张床铺，边上搁一只箱子，放一个炉子，再也没有空余的地方了。

婚礼完全是按照乡村习俗来办的。福保给新枝娘家送去一担稻谷作为聘礼，娘家三五个人陪伴新枝过来。因为新枝是二婚，结婚时必须跨火盆。据说，二婚妇女身有"孽瘴"，容易"克夫"，只有用火才能把

"孽瘴"驱走。那天，在庙前放了一个火盆，里面烧着木柴。新枝穿着一身上红下蓝新咔叽布衣服，在亲戚陪伴下来到小庙。放过一挂鞭炮，白云和村上另一个妇女牵扶着新枝跨火盆。新枝从来没见过这阵势，见着火就害怕，吓得往后退。周围的大人小孩就喊："跨过去！跨过去！"妇女们有哄的，有劝的，有唬的，硬是架着新枝跨过火盆。新枝的后脚抬得低，把火盆里燃烧着的木柴踢到地上。跨过火盆，就算正式成亲了。妹妹白云摆了两桌酒席，请了亲戚和新枝娘家人，一场婚礼就结束了。

婚后的日子还算平静。福保称新枝"憨妹子"，新枝喊丈夫"福保哥"，叫得甜甜蜜蜜。福保依然老老实实挣工分。新枝也参加了生产劳动，在白云和队里妇女手把手帮助下，也能做一些简单的农活，每天挣四分半工分。学农活是从间棉苗开始的。新枝第一次间苗，两只大手在地里乱抓，连苗带草都拔光。旁人就反复给她示范，先拔除棉苗周围的杂草，再保留一棵苗壮的棉苗，其余的苗都拔除。后来又学会了耘草，虽然锄得不大干净，她在前面锄，后面还要有人拾掇，但毕竟省工省力。割麦、割稻、割油菜也慢慢学会了，但也要人反复提醒，否则不是麦茬、稻茬留得太长，就是割下来的麦秆、稻秆乱摆一地。新枝最拿手的活是挑担，她人高马大，有一把子力气，无论是挑土，还是送肥，她挑起担子就不知疲倦，比一般妇女要挑得多，跑得快。

妇女们在一起干活喜欢开玩笑，有时拿新枝解闷。新枝呆头呆脑，口无遮拦，该讲的她讲，不该讲的也讲，什么话都毫无掩饰地讲出来。有人就问她："新枝，福保哥欺负你没有？""没有。""打你没有？""没有。""晚上折腾你没有？"新枝就一五一十道出许多事情来。有时让白云知道了，白云就大发脾气："你们这些人逗一个傻子有意思吗？谁人不得病啊！"大伙就嘻嘻哈哈解释："闹着玩呢，别生气。"

对于家务，新枝还是不会打理，好在白云经常到她家里帮助调理。

福保在志愿军当过三年炊事员，志愿军在艰难条件下都是一口炒面一口雪，作战时连饭都难按时吃上，也很少正儿八经地炒菜，常常是饭菜油盐一锅煮。福保把这一招用于家庭，经常把白菜、萝卜、茄子、南瓜和米一起煮，既省粮，又省事，也不用炒菜。这一招也让新枝学会了。村人就多了一句歇后语：福保家的饭菜——一锅煮。

一年后，福保喜添男丁，月子里的事情，小孩用的衣物，一概由妹妹白云打理。一对笨男傻女，日子过得更加欢心，新枝的傻病也见好转，自言自语的呆话也少了。有人再逗她，也知道哪些该讲，哪些不该讲。不过，孩子跟着她没少遭罪，该换单衣的时候，棉衣还穿在身上；该着棉衣的时候，身上还是单衣。不管是能吃的，还是不能吃的，孩子抓住都往嘴里塞。白云仍然一直在操心。过了两年，又添一女。日子虽然苦点，依靠生产队和村人特别是妹妹白云的照料，生活也还过得去。两个孩子在庙里生，树下长，床上滚，地上爬，像风吹一样长大。

福保中年成家得子，且儿女双全，精神也爽快起来，上工总是有说有笑。人们喊他"福保哥""福保叔"，或叫他"他妈的"，他都连声应答，有时还回两句俏皮话，村人也爱和福保开玩笑。那时，村上常放映抗美援朝故事片，如《奇袭》《打击侵略者》《英雄儿女》。《英雄儿女》中有一段王芳为前线战士演唱"炊事员活捉鬼子兵"的故事，人们看后，就问福保："你当火头军抓过几个鬼子兵？""他妈的，你以为送饭都能抓到鬼子兵？""人家拿着饭勺当枪用，福保给他钢枪也只能当饭勺使。"有人讥讽他。福保就回击一连串"他妈的"！

好日子不长。分出到户那一年，福保得了一场大病，也没有到医院去治疗，只在赤脚医生那里拿了些药片，不久就撒手人寰。新枝根本就侍弄不了田地，何况还要交纳名目繁多的各种税费，便田地也不要了，带着七岁的儿子和五岁的女儿去要饭。那时，农村的日子慢慢好起来，要饭也不难。可是，就在一天傍晚从外村要饭回来时，儿子走到湖边掉进一口土井。新枝抱着女儿，也不会施救，旁边又没有人，儿子就活活淹死了。从此，新枝"傻"病又加重了。这时，十几里外的夏家村有一个老头愿意娶新枝并收养她的女儿。新枝便带着女儿，又一次"跨火盆"去了。

村庙没人住了，风吹雨淋，鼠蛇出没，不久墙壁坍塌了。村庙和福保一样，都回到泥土的世界里去了。

这一切，仿佛都是戏曲里才有的事，即使戏曲中有，那也只是一个编排的故事，戏曲中的角色还会回到现实。而这一切，都实实在在地发生在村子里，而且被时间绝望地凝固成一个真实的故事，一段难以改变的历史。

墙根下的老倌

　　早春的暖阳照得村子昏昏欲睡，田野上的枯草开始返青，灰褐的底色上已冒出不易察觉的淡绿，迎春花枝上也鼓起了青嫩的骨朵。初生嫩叶的老榆树上，两只喜鹊作高明的舞蹈，它们就站在顶端的树梢上，光线清晰得如同专场演出。观众有南墙根下晒暖阳的老倌，还有依偎在一边的狗和小鸡。从深秋到初春，他们几乎天天圪蹴在这里，看山、看树、看鸟。于是，就在村墙边坐成了风景。

　　墙根下是一个早年打场用的碌碡和一块杵谷用的破碓臼，不知什么时候被扔在这里，有半截都埋在土里了，成了老倌们的专座。

　　圪蹴在碓臼上的精瘦的矮个子老倌，村人都叫他"猴拐子"，其实他的腿脚利索着呢，一点也不拐。

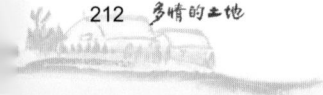

早年外村演戏，他一晚七八里路黑灯瞎火跑个来回，不知这名字是怎么得来的。蹲在碌碡上的高个子老倌，叫"长生"，人们叫他"长木匠"，因为他会木匠手艺，就连名字带营生一起称呼。长木匠平日总是低着头，少言寡语，愁眉苦脸，好像人家欠他两斗米似的。两位老倌都年逾古稀，他们是墙根下的常客，其他来晒暖阳的老倌、婆子坐一两个时辰就走了，他们还是默默地坐着，就这么一动不动眯着眼睛呆坐着。

他们尽管不讲话，但你能感觉出来，那话却一直在说着。他说："吃了？"他说："吃了。"他说："今天太阳不错。"他说："可不，太阳不错。"他说："又活过一天。"他说："是啊，又活过一天。"他说："也不知道这日子是怎么过的？"他说："可不是，也不知道这日子是怎么过去的。"

猴拐子终于活动了一下身子。他从怀里慢慢地掏出火镰，左手捏着一块晶亮的小燧石，石子下面压着折成指头宽的纸媒，右手拿着火镰对准燧石猛敲，"啪啪"两声，火星溅到纸媒上，他就势一吹，纸煤便燃着了，又用大拇指把火苗压熄，再从腰间取出烟杆，从烟袋里捏出一撮烟丝，装进烟锅。猴拐子用纸煤点着烟，深深一吸，眼睛眯得更紧，仿佛沉醉在极乐世界。长木匠也从腰间掏出烟杆，装上烟丝，然后烟锅对着烟锅接火，一起吞云吐雾。烟雾与正午的阳光交融，就见一丝丝袅袅的灰烟从鼻翼下喷出，撕扯着阳光，人隐在那一片烟中，只有烟杆明灭。一点火红从明到淡，慢慢被光线抹平。他们的烟袋很好看，烟杆一尺来长，烟嘴裹了铜，烟锅也裹了铜，泛着厚厚的黄亮。只是使用时间长了，捻烟处呈黑色，这与他们的脸颊、衣服、鞋子颜色很匹配。两位老倌几乎每天都在这里碰面，然后就在这儿默默地坐着，抽烟，晒太阳。

猴拐子年轻时娶妻张氏，两人从小青梅竹马，恩爱无比。天有不测风云，没两年，张氏不幸病逝，也没留下一子半女。猴拐子思念张氏，从此再也没有娶妻。他有房有地，家境宽裕，又是侍弄庄稼的好手，媒人几经介绍，他都坚守孤身，不再另娶。老了，家里空空荡荡，一个人无处说话，也无人可说，就在墙根下打发时间。日子长了，连语言功能也衰退了。他把一辈的话，都凝聚成力量，使到庄稼上去了；都化成了汗水，洒到土地上去了；都沉淀成心思，刻在额头的皱纹和岁月的年轮上去了。

长木匠比猴拐子要幸运一些：中年丧妻，留下两女一儿，也算儿女双全。早些年，孩子们还小，他总有说不完的话，唠唠叨叨地说说这个，又说说那个。尽管孩子们听不进去，或听不进去假装听着，回答"好，好，知道了"。他也知道孩子们在应付，但还是要唠叨，好像自己活着的价值，就是给孩子唠叨，心里明白得很。后来，以阶级斗争为纲，长木匠家里成分是富农，"富农分子"的帽子压在头上，他不再唠叨了。不唠叨孩子们也知道该怎么做，而且做得更好，在家里都很勤快，在外面也很老实。长木匠心里反而更痛苦，是自己拖累了孩子们，可自己又做错了什么呢？家业和田地，都是祖辈创业攒下来的，传到自己手上，也是辛勤耕耘，从没有祸害过他人。再说那些田地早已没收入社了，都成了集体的田产，自己也成了本本分分的社员，怎么就成了人民的敌人，还要挨批挨斗？他百思不得其解。他在家不再唠叨了，在外也没资格唠叨，所以话就没有了。他能交流的对象，只有像猴拐子这样无人说话、无话可说的人了。于是，墙根下成了他们共同的归宿。

一日，猴拐子眼睛一眨，突然冒出一句："又挨斗了？""挨斗了。""怎么斗的？""他们问什么就交代什么，顺着来少挨点打。"长木匠用手摸着头上的包块。"造孽！"猴拐子半天吐出两个字。长

木匠神情紧张，左瞧右看，没有他人，轻轻地回了一句："别说了。"两个人继续沉默。

老榆树上的喜鹊，像武侠书中的高人凌空而立。嫩枝条不够坚硬，不能支撑它的身体，喜鹊拍动翅膀，以减轻树枝的压力，动中求静，保持立在树梢。这是一种高超的分寸拿捏。另一只喜鹊在稍低一点的树条上，作同样的舞蹈，像配合，又像是互相取悦。

"立春了。""是立春了。""天气慢慢暖起来。""春天会暖起来。"……他们闭着眼睛，一问一答又唠叨起来。树上的喜鹊和依偎在身边的狗、鸡都听着。

猴拐子心里就没有温暖过。自打妻子走后，他把自己的心思冰冻起来，几十年一个人孤孤单单、冷冷清清地打发时光，日子寡淡得像雨天屋檐下的滴水，没有柔肠百转的情爱，没有魂牵梦绕的相思，没有严父慈母的温馨，没有儿孙绕膝的亲情。猴拐子兄弟七个，他排行第三，哥哥弟弟都儿孙满堂，自己成了孤寡老人。在乡村风俗中，绝后是最大的不幸和痛苦。他不知遭了多少人的白眼和闲话，年轻时倒无所谓，年纪大了，阴影像山一样压在心头。浮生若梦，流年无情。他不怪任何人，这条道是自己选择的，也料到最后的结果，但真正品尝这种结果，却是非常苦涩的。他甚至有些羡慕长木匠，回家还有儿孙绕膝，还能吃口热菜热饭。成分算什么！批斗算什么！权当凑热闹。他睁开眼睛，用眼角瞭了一下圪蹴在碌碡上的长木匠。长木匠还是眯着眼睛，不知是沉浸在幸福中，还是痛苦中。

一个无话可唠、无人可唠，一个有话不能唠也不敢唠，两个老倌在明媚的阳光下，自然地坐到了一起。如果人可以不吃饭，不睡觉，他们在墙根下可以地老天荒地坐下去。

"该填肚子了。""是有点饿。""回？""回！"他们慢吞吞地站起来，拍拍屁股上的泥土，便朝各自家里走去。树上喜鹊喳喳叫了两声，好像是欢送，或欢迎再来。

　　猴拐子的烟袋在佝偻的腰间晃来晃去，一直晃进了巷子。长木匠走了几步又回头望望，好像在思考，这会儿该不该回到家里去？

辑四

异乡晓月

在这白云朵朵的蓝天下，在这雪域圣湖的大山中，在这扎西和卓玛爱情生根的地方，我更加清晰地明白了爱情的真谛：彼此有一颗圣洁的心，一颗像神山圣湖一样纯洁透亮的心。心心相印，同心同德，才能打造忠贞的爱情；心不纯，志不同，德不馨，就是捆绑在一起，也难享受爱情的甜蜜。我和夫人已是老夫老妻，但在这野人海仍然受到爱情的洗礼！面对雪山圣湖，我们拍了几张照片，留下身影，带走深情。

最后的伊甸园

从丽江到泸沽湖，一路高山峡谷。汽车盘旋在海拔三千多米的山巅，一转身，又顺着十八弯下到谷底，再沿着奔腾的金沙江继续翻山越岭。斜雨敲打车窗，天空一片灰蒙。我的心也被淋湿，不由得阴沉起来：泸沽湖能露出真容吗？我可是怀着朝圣的敬意而来，她不会拒绝远方的来客吧？

面包车司机兼导游是个纳西汉子，他似乎看出了我们的心思，就说："山区十里不同天，一天不同景。这里下雨，前面不一定有雨；这一阵下雨，等一阵可能放晴。"并放起云南民族音乐，我的心情也随着欢快的旋律开朗起来。

果然，山区的天气变幻无穷。这边山头一块乌云飘起，山风挟着雨丝扑来，翻过山顶，那边却一片晴朗。当耀眼的光线照在我脸上时，心里也一下豁亮了：人生即如此，灰色肯定是存在的，不必太在意；即使有点风雨，烟雨山岚也是一道不错的风景。

晌午，车子转过一个马鞍形山垭，一汪沉碧展现眼前。在那层层山峦尽头，云雾缥缈深处，泸沽湖风轻浪平，静若处子，像许多遗世独立的风景一样，有点孤傲，有点寂寞，给人一种悠远而神秘的感觉。在近旁的路边，冷杉像诗人一样，朝远方凝望着，有点清高；而云松则像山民，多了一分朴实和热情；只有波斯菊有点贵族气，花儿不大，却显得冷艳。没有鸟啼，没有虫吟，也没有风啸，使这里更显宁静。

在观景台眺望泸沽湖，是个极佳的位置。在苍翠的天空下，湖水蓝得不能再蓝，就那么纯粹地荡漾着。有人说，泸沽湖的水可以蘸着写诗。我觉得，泸沽湖的水就是诗人笔管里流出来的，对，是唐朝诗人笔下流出来的，因为那水的清亮湛蓝透出一种独特的古典诗意。"江碧鸟逾白，山青花欲燃。"泸沽湖的美，就像唐诗宋词一样，美在结构，美在意境，美在韵味。在大山的簇拥中，湖面上有几个晶莹剔透的小岛，如珍珠落在玉盘中，是一种巧夺天工之美；蓝天、白云、青山、岛屿，倒映水中，不知哪个是真实的世界，哪个是虚幻的苍穹，是一种意蕴深邃之美；远看舟楫点点，近听渔歌声声，山岚、云雾、情歌把天地渲染得如梦如幻，是一种清音缥缈之美。面对此景，很难用语言说清其境之妙，其色之秀，其情之浓。我拿出相机，连按快门，但镜头也难装下这翠山碧水的雄姿，东一张，西一张，反而弄得支离破碎。大自然的奇迹总是在人的想象之外，所以汉语中才有"神姿仙态""天造地设""鬼斧神工"之类的词汇。

泸沽湖，是上帝遗落的一个蓝色的梦。

早在二十世纪初，美国植物学家洛克就被这个神仙居住的地方迷

住，一头扎进滇地，整整待了二十七年。他在这里考察、生活、研究，先后拍了五百多幅照片，为美国《国家地理》杂志和哈佛大学做了大量报道，写出了《中国西南古纳西王国》《纳西——英语百科词典》。他与永宁总管阿云山结下了深厚的友谊，在泸沽湖留下了许多佳话和遗迹。台湾学者李霖灿也同时在泸沽湖考察、生活，留下一篇篇宝贵的文字。洛克的许多摄影和报道还启发了英国作家詹姆斯·希尔顿，他写出了一部轰动世界的小说《消失的地平线》，将云南香格里拉推到世人面前，引得中外游人慕名而来，络绎不绝。

泸沽湖是适合凝视的。无论是那里的一座山，还是一湾水；无论是悠然飘过的一朵云，还是一只翱翔的鸟；无论是一座寺庙的斜影，还是一幢木屋的尖顶，总把你的思绪拉向遥远的地方，让你的想象驰骋在岁月的另一边，让你的沉思多一分深邃。因为，那里是母系社会的最后遗迹，是世界上至今仅有的"女儿国"。那里一直流行男不娶，女不嫁，以母系家族为中心的"走婚制"。在摩梭的村村寨寨，每当夜幕降临，你都能看到一个个骑着马的小伙，唱着歌在田野阡陌和山间小路上飘然而至，看上去英俊洒脱，浪漫中留一分自信。这些男子是应约去自己的情人家里幽会，无论是星朗月明，还是风霜雨雪，他们都以这种不倦地"走"的方式完成自己的"婚姻大事"。日暮而聚，晨晓而归，朝朝暮暮，为情奔波。听着让人心动。于是，试图解密的人来了，试图返古的人来了，试图"艳遇"的人也来了。当然，更多的是迷惑和好奇的游客。

车子沿着湖边公路行驶，经过摩梭人的村落，只见到处大兴土木，道路也被施工车辆压得坑坑洼洼。这里的村庄和我们路过大山深处看到的破旧简陋的摩梭人木楞屋截然不同，房子越盖越高，越建越新，耸立着不少飞檐翘角的仿古建筑，把原始的木楞屋挤得不见踪影。门前挂着"母系王国家园""女儿国客栈""摩梭人家"等极具诱惑性的牌子。可难为了村中的老人们，他们过去习惯了的家名，现在不用了，突然改成时尚前卫甚至莫名其妙的词汇后，他们找不到家了。司机告诉我们，这里叫"落水村"，原来只有十三户人家，现在变成了七十三家客栈。摩梭人迎合商品经济大潮，生活富裕了。可文化变味之后，难免有点像一个长袍马褂的土财主穿起西装，总觉得不是那个味。摩梭在渐变。

来到一处码头，乘坐猪槽船湖上泛舟。猪槽船因外形似猪槽而得名，实际上是一棵粗树凿空而成。坐在这种原始的独木舟内，使人横生无穷遐想，恍惚身在"刳木为舟，以济不通"的洪荒太古时代，又使人想到了汉代张骞"泛槎穷河源"的神话，还使人想起西方的诺亚方舟，世界上还有比这更美丽的故事么？当然，我们现在乘坐的是用木板拼装成的大型猪槽船。

泸沽湖有三绝：摩梭少女的风姿，独木轻舟的典雅，此起彼伏的情歌。人们随时可以领略。此时，东边山头压过来一片乌云，并夹着细雨，天空如一口打破了底的黑锅，罩着四野隆起的群山，把翠绿的树木染成灰黑色。"锅底"露出几处洞口，阳光突然穿透那几个云洞，亮孔扩大，光线增强，半空中泻出一片亮色，眼前现出奇观：东边日出西边雨，道是无晴却有晴。我们穿上雨衣，坐着小船由北向南行驶。左边天黑着脸，映得湖水面如泼墨；右边一片亮堂，在湖光粼粼的漾漾清波里，摇曳着千点万点小花朵。这是泸沽湖特有的一种水草开出的花，学名海藻花，摩梭人称它"水性杨花"。把情、景、俗融于一体，真是美妙之极。

坐在我对面反着划船的是一个三十多岁的摩梭汉子，黝黑的面孔透着敦厚和朴实，生硬的普通话却带着几分幽默。他介绍说，泸沽湖

方圆五十平方公里，横跨滇川，三分之二在四川境内，受到川剧影响，这里的天气可会变脸呢。船上便荡起一阵笑声。

我便和船夫搭讪起来。

"师傅贵姓？"

"我姓马，因为嘴大，爱说话，就叫我马大嘴好了。"

小船又爆出一阵笑声。我仔细观察这个摩梭汉子，果真嘴巴够大，脸上一条缝扯到腮边，笑起来一半是黑洞。他一边划桨，一边介绍摩梭风情。桨声欸乃，笑声起伏，把泸沽湖闹得春意荡漾。

"怎么不见阿夏划船？"我继续问话，阿夏就是情人的意思。

"呿！"马师傅嘴巴一努，"在后面掌舵呢！"

我回过头去，一个摩梭女子站在船尾，身着长裙，头扎纱巾，双手持桨，婀娜多姿。果真是湖上一绝。

"有几个小孩？"我忘记了摩梭人是走婚，孩子只知母亲，不知父亲，后悔自己问得有些唐突。

马师傅大大方方："两个。大的在宁蒗县上高中，小的在村里上小学。"马师傅接着说，摩梭走婚有两种方式，一种是"阿夏走访婚"，即男的到自己情人家幽会，暮去晨归，生下的孩子归女方抚养；一种是"阿注定居婚"，青年男女通过走婚后，有稳固的感情基础，男女双方搬出同居（也可带着老人），长年相守，生活在一起，抚养下一代。马师傅属于后一种。

马师傅谈到家庭，兴致越来越高。说发展旅游，一天划船挣上千元，家里富了，盖了新楼，还养了十几头羊和七八头猪。猪羊都是散养，一头猪长大要养一两年。我们养的土猪比你们城里的猪肉好吃多了，我们的家庭比你们的家庭快乐得多。摩梭男女因为有情才在一起，不牵扯经济，不存在谁依赖谁，没有"媒妁之言，父母之命"，没有离婚、寡妇、子女抚养、流浪儿童等问题，也没有"第三者"，更没有为养老犯愁的烦恼。因为祖母是家庭的核心，老人是非常受尊重的。

马大嘴不愧是大嘴，一次乘船竟变成一堂活生生的民俗讲解课。这时，湖上飘来悠扬的歌声，打断了我们的谈话，我们沉浸在那优美的旋律中。大约一个小时，船到对岸。我上岸拍了一些照片，回望湖面，有种说不出的美感。泸沽湖已经不仅仅是风景，我们也在这风景中划行飞舞，伴着摩梭儿女的歌声，自己仿佛幻化成一只蝴蝶，一只蜻蜓，一只飞鸟，在这湖光山色中翩翩起舞。

太阳像个害羞的姑娘，躲在厚厚的云层后，不时从云缝里偷偷地睃瞄一下，撒下一点光亮。当我抬头望时，她又躲进云里去了，只留下一丝光辉。天空露出一块瓦蓝，像一面小镜子，一块蓝绸子，又像一颗蓝宝石。哦，那是定情物吧！多情的太阳，真的把我们当作来走婚的摩梭人了。我不由得激动、浪漫、腼腆起来，心里默念，你若喜欢我们就不要阴着脸呀！果然，精诚所至，乌云散开，一阵山风吹来，人就清爽多了。

游湖完毕，我们环湖来到走婚桥。路边开满五颜六色的鲜花，火红的大丽花、粉红的格桑花、白色的青萍花、金色的山菊花，还有许多叫不上名的小花。雨后的花草青翠欲滴，在山风中摇曳，好像在欢迎远方来客。

我真想在走婚桥上一直走下去。这是一座二百年前由当地土司建造的长约三百米的木桥，横跨四野碧绿的草海，灰白色的鸳鸯在草丛里嬉戏、觅食。走在桥上，仿佛自己也成了古朴的摩梭人，想象着久远的轮回，在这片浪漫的国度里会有着怎样的美丽和未来。桥上摩梭人的叫卖声不时拉回我的思绪，那个卖水果的女子和小孩应该是母子俩吧？孩子的阿爸是谁？他只管生不管养，让女人担负抚养孩子的义

务。我觉得应该做点什么，便挑了一袋核桃仁，价格很便宜，才二十元，比我不久前在超市花六十元买的还多。

夜幕渐渐降临。雨后的黄昏，虽然没有晚霞映红，没有落日夕照，却有暮霭烟岚，脉脉温情，天、山、湖、树、村被云雾染成一色，把我们融入自然，物我一体。偶尔白云浮现，亮色一闪，犹如舞台上的聚光灯，聚焦出一道亮丽的景色，让人柔情缠绵，蜜意暗生。从草海出来，在一个叫作"爱情沙滩"的湖岸处，一群人或舞步沙滩，或倚坐船头，或依柳随风，恣意拍照，留下千姿百态和万般风情。

一支竹笛奏着古老的摩梭情歌《走婚调》，篝火晚会在灯火辉煌的中心广场开始了。几十个摩梭青年男女手拉手载歌载舞，以《花楼恋歌》为主题，用歌舞形式向观众展示了一位摩梭女子从出生到成人、成家的全过程。最后与观众互动，让吃饱喝足了的游人度过了一个欢乐的泸沽湖之夜。

第二天，风轻云淡，秋阳洒辉。我们来到了里格岛。这是一个连堤半岛，像绿色的葫芦伸进水中。岛上人家的屋顶上飘着淡淡的炊烟，猪槽船拴在门口的柳树上，一只公鸡在房上引吭高歌，背着孩子的祖母哼着摇篮曲，几个妙龄少女在不远的湖中割海菜，悠扬的歌声贴着水面，被风送到远方，飞动的旋律中能闻到海菜的清香。湖光舞动岛影，山色荡漾清波，歌声唤醒山风，天地相拥水中。那份世外桃源的田园感，那种天上人间的别样情，只有神仙才会那么生活。我忽然想起洛克、李霖灿、詹姆斯，他们之所以能在这里，在中国西南生活几年、十几年、几十年，是因为那一方山水之间，有一颗人类遗留的母系社会的种子，有一本人人都想读却读不透的秘籍，有一个从《西游记》中走出来的活生生的女儿国。

这是上帝赐给人间的最后的伊甸园！

康定：见证爱情地老天荒

　　因了一首情歌，四川西部一个名不见经传的山城，变得闻名遐迩，成为中国的"爱情之城"，世界的"天籁之都"。

> 跑马溜溜的山上，
> 一朵溜溜的云哟；
> 端端溜溜的照在，
> 康定溜溜的城哟。

　　这首耳熟能详的民歌，让人们走进川西，认识康定，又让康定走出中国，享誉世界。在二十世纪七十年代，《康定情歌》入选美国太空局"世界最具代表性十首歌曲"，随着"旅行者二号"升空播放，

赢得了"宇宙情歌"的美誉。九十年代又被联合国教科文组织列为"全球最有影响力"的十首民歌之一，被许多国家选为音乐教材，也是世界三大男高音都演唱过的唯一的中国民歌。

桂花飘香的时候，我和我家"溜溜的大姐"及几位朋友，慕名而至，来到"康定溜溜的城"。

康定是甘孜藏族自治州的首府，曾是西康省省会，也是茶马古道重镇，历史的延续使得它富庶繁华，有着"藏区小香港"之称。一条雪山冰川融化的河流穿城而过，河水清澈、澎湃、湍急，在几十米外就能听到奔腾的声音。沿河两岸高楼林立，街道纵横交错，许多建筑有着浓郁的民族风格，街上有不少身着民族服装的行人和穿着红色袈裟的喇嘛。汉藏两个民族的文化在这里碰撞、交融、共生，彼此尊重又保持本民族的传承，和睦相处在这片祥和的蓝天下。

不知从哪里传来《康定情歌》音乐。导游告诉我们，《康定情歌》是康定市市歌，无论在宾馆、饭店还是街道，都能听到它的旋律。行走在这青山环抱、溪水潺潺的边陲山城，我心里一直在想着跑马山，想着弯弯的月亮，想着溜溜的云。晚饭后，本想在市文化广场参加篝火晚会，谁知天下起雨，温度骤降，与"李家溜溜的大姐"和"张家溜溜的大哥"失之交臂。

《康定情歌》不只是一首歌，它已经成为康定的一道美景，一张名片，一种风情，一种民族交融的文化和一段风云激荡的历史。当我踏上这片神奇的土地，就能感受到它的热度、脉搏和呼吸。

一九九六年，《甘孜报》悬赏万元寻找《康定情歌》作者的消息，在全国数十家报纸转载，一时作者版本众多。有说是某大城市知识青年在康定下乡所作，有说是某大学学生来此采风所写，还有的认为出自"西部歌王"王洛宾笔下。经过四川省音乐界老人考证和新华社、《四川日报》记者深入采访，认定作者是四川宣汉县马渡乡人李依若。

李依若自小擅长诗歌，喜爱音乐，三十年代考入成都中法大学，与一个来自康定的李姓女同学相爱。他们来到康定，在跑马山游玩时李依若写下了这首情歌。但他们的爱情因父母反对终而未果。失败的恋情却成就了一首浪漫而传奇的情歌。

世界上最美的爱情一定都是悲剧。李依若也不例外。悲剧就是把最美好的东西撕碎给人看，使之分外凄惨。因此，我更愿意相信另一个版本，即木格措古老的爱情传说。因为是传说，所以就可加入合理的想象和美丽的因子，产生"一百个观众就有一百个哈姆雷特"的效应。我期盼解密木格措。

第二天，我们迎着晨曦，前往二十公里外的康定情歌风景区（木格措）。这是一个海拔近三千八百米的浩渺的高原湖泊，蓝天、蓝湖，雪山、雪水，奇事、奇情，给它增添了神秘的色彩。

相传很久以前，塔公草原有一对青年男女，男的叫扎西，女的叫卓玛。扎西英俊剽悍，能骑善射；卓玛如花似玉，温柔善良。他们在劳动中相爱，但好色的头人看中了卓玛，就想占为己有。扎西和卓玛便一起逃往大山。他们翻过了一山又一山，涉过了一河又一河，也不知跑了多少天，走了多少路。这一天，扎西和卓玛翻过一座山梁，恍若进入梦境。这里不仅有宽阔的海子，而且四周古木参天，杜鹃盛开，鸟音婉转，游鱼成群，便决定在这里安家。每天，扎西出去打猎，卓玛在家用兽皮缝制衣服，采摘野果。忠贞的爱情和美丽的景色让他们心满意足，快乐生活。

扎西和卓玛的行踪被上山打猎的猎人发现，猎人误认为他们是野人，便把这片海子传成"木格措"，即野人海。木格措最后成了爱情的象征。

这个故事使我想起了《白毛女》。四十年代华北某地，贫苦农民的女儿喜儿因不堪忍受地主的欺辱而逃进深山，变为"野人"，直到心中的爱人大春把她解救出来，才由"鬼"变成人。那时代，忠贞的爱情都要经过"凤凰涅槃"，浴火重生。

木格措果真奇山奇水，奇情奇景，是爱情栖息的好地方！

汽车沿着崎岖的山道，进入一片原始森林，杉、松、柏、杨及许多不知名的树木混杂一起，葳蕤茂盛，将大山裹得严严实实，构成一个厚厚的植被网络。杂草缠着小树，小树围着大树，大树偎着藤萝，藤萝寄生树干。巨大的杉树不知何年何月轰然倒下，树干已经腐朽，从破裂的树皮中看出仅剩一个糟糠的空壳，但从那朽壳里又长出一丛小花，颜色艳得耀眼。自然的生命在这里自然地轮回，没有任何人为的不公平，任何生命都充分展示它们本来的形态。这里仿佛是上帝专门安排青年男女逃婚的所在。

在一个拐弯处，一池清水亮在眼前。导游说，这叫"七色海"，景色一日多变：清晨，湖面如镜般平静透亮；午后，涛声如雷震撼山谷；傍晚，波光粼粼如金子般灿烂夺目。在不同的季节可以欣赏"双雾观海""木格夕照"等云水奇观。可惜我们不是扎西和卓玛，不能在此长居，只能走马观花，领略一湖绿色。

再往上走，又是红石滩，一片红色的石头，像涂抹了朱丹一样，红得特别鲜艳。原来是高海拔生长出一层红色苔藓，它们对空气、温度、湿度要求特别高，绝对是无污染地方才能生成。继续上旋，又是一片温泉，名曰"药池沸泉"。山上有湖，湖上有山，山重水复，湖重山叠，车子盘旋在青山秀水中。

终于到了野人海。在云雾缥缈深处，群山簇拥着一汪碧水，我伫立湖边，凝视许久。湖水的颜色是由天空掌控的：天阴，水如泼墨；

天明，洁如白练；天蓝，湖如蓝绸。山、云、树、花也会不经意地涂抹一笔，或红、或黄、或绿、或翠。当阳光照耀时，呈现 3D 效果：荡漾的湖水，晃动的山影，变幻的色彩，闪烁的波光。我不禁吟起毛泽东主席的诗词："赤绿黄橙青蓝紫，谁持彩练当空舞？"

我们乘坐游船向红海草原驶去。一弯下弦月还挂在苍穹。天空在宝石蓝的背景下，东边涌出一片梨花之海，西边泻出一线槐花之瀑，一弯月亮被挤进银河，玉轮独悬，倒映湖中，山与山对峙，树与树争绿，月与月相照，云与云互映。我仿佛置身于琼楼玉宇，飘飘欲仙。

再远望，群山分娩雪峰，峰顶如钢枪银剑直刺穹庐，那是贡嘎雪山。云雾藏在山旮旯里，一会儿溜出一丝丝，绕山间而过，山腰系上一条白色哈达；一会儿蹿出一缕缕，缠住树梢，树木挥舞着纱巾；一会儿拥出一团团，半边山都盖上了绒被。忽然云雾排山倒海般杀出来，吞没了山峰、河谷，紧贴着湖面向着我们涌过来，这种清清楚楚被云雾追赶的感觉从来没有过。这里的雾气很浓，势力很大，涌动很快。一会儿大雾追上了我们，眼前什么也看不清。云雾来得猛，去得快，走马似的，反而使我们愈加兴奋。大家喊着、叫着，把云雾吓跑了。

木格措，是个冷面丽人，又是热恋情人。在这里，可以感受一种真正的原始美丽，这种美丽和野人海的传奇故事息息相关。我想，那山和水一定是扎西和卓玛的化身，他们结合在一起，巍峨中有妩媚，灵动中有韵致，伟岸中有柔肠，坚韧中有婉转。野人海的故事已经远去，我们完全可以通过雪山、圣湖、白云、蓝天以及苍翠的树木，灿烂的山花来领略那传奇故事中的浪漫爱情，虽然这故事曲折、惊险、悲伤，但却充满人间正义和大自然的神秘。

来到红海草原，这是一片高原草甸，漫无边际的沙棘开满豆粒大的红色小花，一条石板铺就的小径往前延伸，十几匹枣红马在悠闲地吃草。

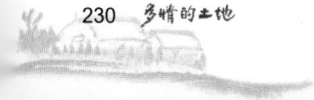

秋草不是那么茂盛，还有些枯黄，但经雪水滋润，就有了鲜美的味道。这些草可能被马儿啃过几十次甚至几百次了，但它们没有被周围的红花绿树所诱惑，移情别恋，而是不弃不离。高寒贫瘠却生生不息的地方，是快乐家园。我打量着马，马抬头看着我，样子显得沉静优雅。那只看我的马一只前蹄在地上抬了一下，想必是向我招手："你好！"这些马匹是供游人坐骑的，几个年轻人策马草甸，好像在追寻"溜溜的她"。

牧马人是一个三十多岁的藏民，山风吹黑了他的皮肤，吹皱了他的脸颊，但他的眼睛炯炯有神，没有一丝杂质，拿着牧鞭，和蔼地望着游人。这时，一匹马屁股一撅，在石板路上拉下一堆粪便，藏民立即用手捧到路边的草根下，回头又用手把细碎的粪渣扫到草地里。望着这一举动，我心灵一阵颤动：是这片神圣的山水养育着圣洁的人？还是圣洁的人儿维系着这片神圣的山水？我想，这位藏民不一定了解多少环保知识，甚至不一定懂得环保的概念，他完全是出于一颗圣洁的心，一种质朴的本源和原始的天性。有了圣洁的心，才有圣洁的山水、圣洁的爱情。在这扎西和卓玛爱情生根的地方，在这《康定情歌》诞生的地方，我更加清晰地明白了爱情的真谛：彼此有一颗圣洁的心，一颗像神山圣湖一样纯洁透亮的心；心心相印，同心同德，同甘共苦，才能打造忠贞的爱情；心不纯，志不同，德不馨，就是捆绑在一起，也难享受爱情的甜蜜。我和夫人已是老夫老妻，但在这野人海仍然受到爱情的洗礼！面对雪山圣湖，我们拍了几张照片，留下身影，带走深情。

离开木格措，心情仍然沉浸在扎西和卓玛的故事中。纵使世界消失了，他和她的踪迹也无法消散，美丽的爱情无法消失，悠扬的情歌无法消弭。在这白云朵朵的蓝天下，在这雪域圣湖的大山中，在这牛羊成群的草原上，那溜溜的人儿、溜溜的月亮、溜溜的爱情将代代流传下去。

不知谁又哼起"跑马溜溜的山上",大家和着节拍,情不自禁地唱了起来:

李家溜溜的大姐,

人才溜溜的好哟!

张家溜溜的大哥,

看上溜溜的她哟!

歌声发自内心,溢满车厢,飘出窗外,在空灵的山谷中回荡……

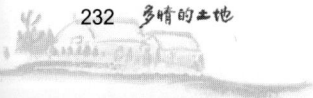

乐起纳西
——丽江纪行之一

题记： 近些年来，我风尘仆仆，千里迢迢，三番五次来到丽江。没有什么理由。也许，踏着那凹凸不平的石板路，听着清脆的脚步声就是理由。

细思之，这里有一种古韵、一种气场、一种神力，总而言之，有一种说不清、道不明的美丽，让我流连忘返，念念不舍，反复品味……

我第一次踏上丽江这块神奇的土地，就不知天高地厚想改动马致远那首《天净沙·秋思》：雪山草甸云霞，小桥流水人家，古乐春风酒吧。夕阳西下，旅游人在天堂。

丽江古城依偎在玉龙雪山脚下，抬头就能望见茫茫的雪山。巍峨的玉龙十三峰终年覆盖积雪，特别是海拔五千五百九十六米的扇子峰，至今尚未被人类征服。我对不为人类征服的大山，总是心生无限敬意，它警示人们：对大自然只有敬重、敬畏，人类才能与之和谐相处。

这里是茶马古道的一个重镇，世世代代居住着纳西族人，古风、古俗、古情、古韵，似乎和玉龙雪山一样古老。在到达丽江的当晚，我便欣赏了一场被称为"音乐化石"的纳西古乐。导游领着我们来到一座白墙灰瓦、飞檐雕梁的古宅，房屋全是木质结构，木梁、木柱、木椽、木檩、木门、木窗，里面摆着七八排长长的木凳。这些木头未着油漆，黄褐色的木纹透露着这座建筑的悠久和古色古香的风韵。

我们刚一落座，便见十几个老人带着乐器入场，他们都已年过花甲，有的七八十岁，一律穿着黑底印着金黄色图案的长袍。古稀的乐手、古朴的乐器、古老的乐曲，让人顿发思古幽情。老人们端坐于木椅上，像一尊尊木雕，神情肃穆，灯光将他们脸上的皱纹凸显出来。他们都保持一分宁静与平和，任岁月流水行云。

"咚——咚咚——咚咚咚咚——"随着鼓槌落下，暴雨般的鼓点击开纳西古乐的序曲，"木雕"们手指弹动，身子颤动，须发抖动，表情生动起来。音乐如高山流水般汹涌而来。屋子里的灯光也在变幻，先是一阵黑暗，仿佛乌云遮日，接着电光一闪，烈火燃烧，把听众的心花点亮起来，只觉震撼而不惊悚，炽热而不焚烧，激扬而不撕裂。那一瞬间，把人带到了远古的洪荒时代，我看到了熊熊的篝火、狂奔的虎豹、繁茂的森林、狩猎的群簇。猎人们挥舞木棒，拉开弓弩，投掷石块，围逐野兽。随着旋律的缓和，节奏的明快，我看到收获的猎人和部落围着篝火载歌载舞，分享猎物。接着灯光变换，时光流逝，经过秦汉隋唐，走过宋元明清，一幅幅画面在眼前定格：边塞狼烟四

起，征战的士兵金戈铁马，裹革沙场；山间马帮铃响，茶马古道山高路险，崖峭林深；集市吆喝声声，河对面的街上店铺林立，商贾云集。分明是一幅《清明上河图》，不，那是古城四方街，南来北往的客商，正在交易远道运来的茶叶、绸缎、马匹、玉器……还有文人墨客在饮酒作赋、吟诗诵词。纳西古乐，以一种无法言传的魅力把我带进那遥远的时光，使我在历史的时空中徘徊、观望、彷徨。

我不是音乐研究者，也不懂多少音乐专业知识，只是爱听自己喜欢的曲乐。我从来没有听过这等天籁，但一听就喜欢上了。它把我从鄱阳湖畔带到彩云之南，从江南水乡带到西南边陲。我忽然觉得，那抑扬顿挫、激越厚重的旋律，就像我少年和青年时期在家乡的田间地头，于秋夜冬日里听到村人在劳作之余，吼几句赣腔，把心中的喜悦、烦恼、积怨、愿望、衷肠发泄出来，心情就清灵透亮了，世界又以新的面貌出现在他们面前，生活的车轮在天籁般的旋律中徐徐向前。

老艺人的演奏如痴如醉，出神入化，让我一直有一种梦回大唐的感觉。我读过一些汉唐时期的书籍，看过反映汉唐故事的电影，还观看过汉唐的文物展览，但它们从来没有把我带进去。纳西古乐叩开了我的心扉，让我听到了那个时代的声音和旋律，感受到了那个时代的呼吸和脉搏，领略了千年之前的流水和斜阳。

后来，我每次到丽江，都有一个保留节目，即听纳西古乐，但乐队已非原班人马，有一半中青年人参与其中，这是古乐传承和发展的需要。纳西古乐还是那么优雅、纯洁、古朴。我觉得，玉龙雪山之所以如此壮美，丽江古城之所以如此典雅，是终年聆听纳西古乐的结果。这样的山是不可征服的！这样的城必然独树一帜！

柳拂古城
——丽江纪行之二

　　在丽江古城，可看、可玩、可品、可赏的东西很多：名贵的银器玉饰、华丽的服装皮包、优雅的酒吧歌厅、诱人的美食小吃……但最吸引和打动我的，还是那依水而立、不事张扬、默默装扮古城春色的柳树。

　　从两轮圆形大水车往下，一路伸展，到四方街头，再向前，或向左、向右，那些沿着溪流依水梳妆的柳，是古城最动人的风景。

　　古城是靠水装扮的：主道面河，小巷临溪，家家通流，雪水洗街。水是靠柳陪衬的，方显冰清玉洁，秀姿媚容。春夏之季，成行成排傍水俏立的柳树是那么风姿绰约，那柔软的身姿，成熟的风韵，

翠绿的霓裳，让它在所有的树木中独领风骚。她从早到晚，散发一种摄人心魄的魅力，诱惑着人们忘记昼夜晨昏，飘飘欲仙。

古城处处涌动青春和成熟的气息。飞檐翘角的木楼，在一种古色古香的氛围里迎来送往。被无数足迹磨平棱角的石板路面，秋雨刚刚来过，带走了轻尘，也带走了城市沉闷喧嚣的暮气，把一份滋润稳妥地安放在这里。汩汩欢唱的小溪中，白的、黄的、黑的小鱼成群结队地游动，兴致勃勃地穿梭在人群中并向人们送来祝福。

天蓝得非常纯粹，没有一丝杂质，让空气中迷漫着一种舒适与祥和。这种祥和又与袅袅升起的山岚和炊烟一起，用漫不经心的涂抹，渲染这座古城的风物，让阳光变幻迷离，让岁月不知所措，让游人闲得发呆。于是，从一棵棵柳枝绿叶筛下的斜阳中，我们就捡拾到一米阳光，一杯芬芳，一帘春梦，一地感伤。

古城是浪漫的，"千里走单骑"的人们在这里期盼着一份美丽的邂逅，常听朋友及朋友的朋友讲述此类事情；古城是多情的，有情的伴侣在这里渴望着一米阳光那份灿烂的永恒；古城是休闲的，三五成群的朋友在这里品一壶滇红，抽一支普洱，可聊到地老天荒。古城还是自由、神秘、奔放的，怀揣梦想或没有梦想的人在这里，可着时尚衣装，在大街上肆无忌惮地唱歌跳舞；可捧着一本书，独坐柳下溪边思考到黄昏；可站在阳台上，看看湛蓝的天空，望望晶莹的雪山，温柔地呼吸，呼吸着温柔，在充满惬意的绚烂中，一个梦想在慢慢浮现。于是，古城轻盈了起来，自在、浪漫、洒脱成了主旋律，丽江摇身变成了丽娘，在欢歌笑语中，轻曼地展袖而舞……

此时，我倘徉在四方街，周围是火红的灯笼、闪烁的店招、鲜艳的花朵、漫步的游人，还有一间连一间的酒吧歌厅及从里面飘出的轻歌缓乐。它们在玉龙雪山的拥抱下，一片祥和、温柔、恬适。我忽然明白，为什么自己对丽江情有独钟，来了又来，看了又看，原来是这风吹杨柳的人间仙境吸引着我。其实不光是我，当我结识了"日光森林"客栈的吕西先生，便更加确信这一判断。

吕先生是江西九江人，曾是公务员，官至乡镇长。一日来丽江旅游，不知勾动了哪根神经，留职停薪，来古城发展。他办了一间私家客栈，一边做些生意，一边过着闲云野鹤的生活，喝喝茶、看看书、钓钓鱼、逛逛山，广交朋友，悠闲自得。同为九江人，我们很谈得来，亦有许多相似的人生经历。春风杨柳万千条，生活应该赋予更多的春风绿叶。我很佩服吕先生的胆魄和洒脱，他有一颗说走就走的心，只愿跟着自己的心走。但我的懦弱和优柔还舍不下既有的舒适。生活是不是总是用来羡慕的呢？可能是。

分别时，吕先生送我一本韩国法顶大师的著作《山中花开》，讲的是人生哲理和生活智慧。但愿我的晚年能梅开二度。

一年四季，丽江总是游人如织。他们摩肩接踵，在大街小巷行走，不为朝圣，不为理想，只是简单地从一种迷茫陷入另一种迷茫，从一个陌生的地方到另一个陌生的地方，为的是一份安闲自在。春去秋来，岁月没有改变，脚下的石板路没有改变，而行走在岁月中的面容已轮换了不同的时空，从发如青丝走进两鬓风霜……

我信步走到后街，依偎在古柳下，望着夕阳下的青砖红瓦和淙淙溪流，有一种超凡脱俗的感觉：丽江是那么缥缈虚幻，岁月静好，虽然也叫城市，却远离了都市的喧嚣与繁杂，独得一份宁静与舒适，轻松与自在。

我真想在这古柳下，一站千年。

情撼雪山
——丽江纪行之三

　　每次从玉龙雪山下来，都要观看一场大戏，那是由张艺谋、王朝歌执导的原生态大型实景剧《丽江印象》。

　　剧场就建在山腰上。舞台是周围略加修饰的高低起伏的山地，利用玉龙雪山自然景观做舞台背景，用高原变幻迷离的阳光做舞台灯光，要下雪就是真的飘雪，要落雨就是真的洒雨，要刮风就是真的山风，就连环绕三百六十度的音响效果都不是从音响里传出来的，而是真真实实的，是有人在骑着马，唱着歌，从你前后左右由远而近风尘仆仆地闪现在你的身边。

　　这是一场真正意义上的荡涤灵魂的盛宴，它没有具体的故事，而是通过生命与自然的对话，让你知道这个古老的民族是从哪里来的，是怎么走过来的。当你目睹了纳西人的生命、生存、生活状态，你不得不为她感到骄傲、自信、自豪！

整场演出没有一个专业演员，更没有明星大腕领衔。演员全是来自当地乡村的五百多名有着黝黑皮肤的少数民族汉子和妇女，还有几十匹马。这些胖金哥、胖金妹（纳西人对帅哥靓女的昵称）都是地地道道的农民，连普通话都是半生不熟，夹杂着浓重的当地口音。其效果却惊心动魄，气吞山河，令人震撼，让你仿佛穿越时空，踏上茶马古道，置身崇山峻岭、雪域圣湖，一种从未体验过的天人合一的感受充斥于胸。

这里是青松、绿茵、山花遍野的甘海子，五彩绚丽的锦缎缓缓地伸向天与地相接的地方，那是纳西人崇拜的神灵居所，圣洁的玉龙雪山。白练般的云带环绕雪山肩头，神的容颜在若隐若现中是那样让人憧憬和期盼。

就在雪山的注视下，一阵马铃声响，在红得像火一般的崖壁上，突然冲出一队队马帮。他们从天而降，在山崖上奔跑着、呐喊着、欢腾着。马群扬起尘烟，挟着茶马古道的风雨，载着纳西人的希望，奔驰在绵延起伏的高山峡谷中。他们是马背上的精灵，马帮是他们响亮的名字，马匹是他们忠实的伙伴，马锅头是他们崇拜的英雄。一曲马鞍舞，凸显繁衍生息在这块土地上的纳西人的快乐与勇敢、悲壮与苍凉。

崖壁下，纳西姑娘们背着筐子蹒跚在山道上，那一步一挪的身影钳入一起一伏的山脉中，不知是人背着山，还是山载着人，人与山都在舞蹈中前行，在前行中舞蹈。纳西族妇女是世界上最勤劳的女性，她们披星戴月，辛勤耕耘，用双手织就了纳西人的未来，用双肩撑起了一个民族的命运。筐舞展现了纳西妇女任劳任怨的伟大母性情怀，

也是她们生活的真实写照。我曾听说过一个故事：一个胖金妹背着重负在前面走，而胖金哥却在后面骑着马。游人问胖金妹，为什么不让胖金哥背东西，自己骑着马？而得到的回答却让游客目瞪口呆：没有一个胖金妹回家后面对一个疲惫不堪的丈夫！为了证实这个故事的真伪，在出租车上我问了一个纳西司机，他说："纳西男人也要干活养家，过去是跑马帮，现在是开出租车或打工。"看来，纳西族男女都是勤劳的，只是家庭分工和民族习俗不同而已。

纳西男人天生能喝酒。有朋自远方来，喝酒！朋友回故乡去，喝酒！高兴了，喝酒！不高兴，喝酒！这群雪山脚下的热血汉子，有着粗犷野性的豪情，也有孩童般的快乐。坐着站着姿态各异，吆五喝六粗门大嗓。酒令如山响，酒量似海大，脚下已经飘浮，身上豪气冲天。那架势，秦王扫六合，虎视何雄哉！在酣畅淋漓中和醉眼蒙眬中展现了对朋友的热情和对生命的豁达乐观。

玉龙雪山，你这伟大的神山，你是爱情的圣山，也是殉情之都，你见证了多少纳西恋人们坚贞不屈的爱，他们在你的怀抱里找到了爱的极点、爱的尊严、爱的意义！他们以自己的青春生命书写了举世罕见的情殇史，把众多凄凉哀婉、悲风泣月的至情绝唱留在人间。千百年来，不知有多少纳西青年男女或结伴，或单独在这里殉情，直至今天，仍然不绝于斯。他们的爱情就像云朵一样清纯洁白，像群山一样紧密环抱，像山花一样鲜艳灿烂，像松柏一样四季常青。当东巴经里的殉情传说演绎为生活的现实，当现代生活中有人把婚姻作为儿戏，当爱情逐渐被金钱所左右，我被纳西人的爱情观感动得涕流泪奔。

鼓声，从天边传来隆隆的鼓声，那是神灵的呐喊！这是一个叫天天答应，叫地地答应，叫神神答应的地方。神灵光顾人间盛会，为他们降临福运。纳西人是天的儿子，是大自然的兄弟，从古至今就保持对天的崇拜和对大自然的亲和的习俗。几百个汉子狂舞着，虔诚地祭拜天地。鼓声像大海狂澜，一层一层地涌来，翻滚着，咆哮着，一浪高过一浪,搅得天和地不停地躁动。鼓声,涌动着地心岩浆喷发的伟力！鼓声，宣誓着纳西人不屈不挠的魂灵！而和着鼓声飘荡的是老东巴的唱经声，它在鼓声中悠然四散，浸入每一座大山，每一寸土地，每一个人的心灵。

　　一个生生不息的民族的奋斗经历，就这样全方位地展现在眼前，刻入脑海，让我享受了一次大自然的洗礼，一次雪山的洗礼，一次神灵的洗礼，顿感目光纯净，心灵清明。在浑厚的音乐声中，我和所有观众及演员一起，双手合十，面向玉龙雪山，心中默默祈祷：感恩自然，感恩生命，感恩生活！

　　这是雪山给我的印象！

　　这是我对雪山的崇拜！

问佛向峨眉

对峨眉山的向往，由来已久。

还是上小学的时候，从课文中就知道了峨眉山：抗战胜利了，蒋介石从峨眉山下来摘桃子。那时我对蒋介石"摘桃子"的事不是很明白，对峨眉山却有印象了。

随着阅读和阅历的增多，峨眉山不断以文字、图片、影视在诱惑我。相传，那里是普贤菩萨的道场，终年晨钟暮鼓，香火弥漫，梵音缥缈；那里峰奇谷幽，气象万千，一山含四季，十里不同天；那里高凌五岳，秀甲九州，自古就有"峨眉天下秀"的美誉。

峨眉山，成了我梦中的江湖。

梦想终于成真。重阳时节，我和妻子及几位花甲老友相约峨眉行。

登上峨眉山，兴致分外高。不只是因为它山高景美，还因为它的地位之尊、宗教之盛、人文之深，让人如临圣地，如入仙境。

峨眉山体量之大，在成都平原首屈一指，三千零九十九米的海拔，一百五十四平方公里的地盘，可称平畴突起，势若锦屏。但在四川全境，这块头也只能算是七哥八弟。川西的贡嘎雪山、四姑娘山都要比它高出一倍多，分别达到七千五百五十六米、六千二百五十米；绵延起伏的岷山、折多山平均海拔也要高出它一千多米；就是人们歌唱的二郎山、回响《康定情歌》的跑马山，也要比它高出几百米。不过，"山不在高，有仙则灵"。山能成名，除了身高之外，还要靠它的历史、宗教、神话、传说等人文景观来引发遐想，烘托氛围，才能赋风景以灵性，通地理于文脉，融山川于神韵。而峨眉山在这些方面，则独占优势。

公元一世纪，佛教传入峨眉山，因东晋高僧慧持和尚创立普贤寺而走向普贤信仰的道路。特别是中唐"华严四祖"澄观和尚巡礼峨眉山作《华严经疏钞》，将其视作"普贤境界"，使峨眉山普贤信仰领衔华夏。普贤是释迦牟尼的首席弟子，因广修十种行愿，赢得"大行普贤"的尊号，成为功德圆满的象征。普贤因峨眉而兴盛，峨眉因普贤而扬名。峨眉山因此成为"佛之长子""山之灵秀"，列为四大佛教名山之首。这里寺庙林立，高僧云集，山上所有建筑、佛像和法器等都展示了佛教文化的浓郁气息，特别是屹立在金顶的普贤塑像，通高四十八米，用了六百六十吨青铜、三百三十公斤黄金铸成，庄严肃穆，佛光闪耀，堪称世间一绝。

峨眉山不仅佛教源远流长，而且具有奇特的包容性。在这里，儒、释、道三教合一，和平共处。山下一座庙里供奉了一尊特殊的塑像，下面是常人的身体，而上面分别是孔子、老子、如来三者的头像，三人谈笑风生，气氛温馨，似在为自己的子民幸福而欣然。峨眉山的大

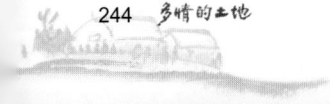

容大度给世人带来笑声和温暖，象征人间和平与吉祥。

峨眉山佛教渊源如此深厚，引得无数帝王将相和政府首脑来此祭祀、求道、拜师、观赏。相传最早登临峨眉山的是上古轩辕黄帝。轩辕战蚩尤，和炎帝，成为炎黄始祖。他被峨眉山的仙境吸引，两次问道峨眉，寻求长生之道和治国之理，至今尚有授道台、三望坡、轩辕桥、九老洞等遗迹。华夏文化自此生生不息，源远流长。唐太宗李世民特地前往峨眉拜祭老子，面对秀丽的峨眉风景，触景生情，写下了忧国忧民的诗篇。明太祖朱元璋幼时，曾受在峨眉山出家的宝昙和尚照顾，朱元璋做皇帝后，封宝昙为国师，并亲撰律诗予以褒扬："山中静阅岁华深，举世何人识此心。不独峨眉幻银色，从教大地变黄金"。清康熙皇帝装扮成大臣的随从，亲自来峨眉山寻找出家的父亲，见清音阁一带景色秀美，如世外桃源，特题写"忘尘虑"三字。峨眉山成了古代帝王的后花园。

最勾起我兴趣的是蒋介石登峨眉，留下墨迹和趣事。一九三五年六月，抗战爆发前夕，蒋介石为了笼络川、滇、黔三地军阀，来到峨眉山组织了一个军官训练团，主要集训三地营团以上军官。蒋介石亲自参加开班典礼进行训导，并题"精忠报国"四字，悬挂于报国寺。一日，蒋介石带幕僚游寺院，登金顶，路上遇一群猴子，他们把事先准备的食物扔给了猴子，猴子们仍不离去，并缠住蒋介石。蒋介石无奈，取下帽子，忽然猴王一个敬礼，猴子全部离去。随从大员拍马屁说："猴子认识真主。"其实，峨眉山猴子平时都由和尚喂养，所以对和尚非常敬仰。蒋介石取下帽子，露出光头，猴子以为是和尚，所以离去。蒋介石乘兴作诗："步上峨眉顶，强消天下忧。逢寺思慈母，望儿感独游。"抒发了自己恋山思母之情。

一九四五年，抗战胜利后，深居蜀地的蒋介石在中方接受日本投降人员名单中把朱德排除在外，而让大汉奸周佛海做接受大员，而且暗中勾结日本战犯冈村宁次阻击八路军。于是便有了蒋介石独占抗战胜利成果，从峨眉山下来"摘桃子"之说。小学时没有完全弄懂的问题这次补了课。

蒋介石下榻的红珠山别墅，现改为红珠山宾馆，总统套间以每晚二万八千元的价格对游人开放，成为现代人赚钱的工具。

峨眉山的地位如此之尊，经过文人墨客题咏，名气更加响亮。诗仙李白在开元年间游历峨眉山，住在万年寺，受到主持广浚和尚的热情接待。广浚善琴，琴声悠扬，打动了诗仙。诗仙作了《听蜀僧浚弹琴》。李白对山中景物流连忘返，心醉神迷，写下了《登峨眉山》《峨眉山月歌》等脍炙人口的诗篇。接着，苏轼、岑参、李峤……都来吟咏峨眉，你吟"蜀国多仙山，峨眉邈难匹"，我叹"峨眉向我笑，锦水为君容"，他诵"地镇标神秀，峨眉上翠氛"。本来峨眉山之名就得自《水经注》中描写峨眉风光的句子，"秋日清澄，望见两山对峙，如峨眉焉"。经诗人一再赞美，又让峨眉山锦上添花。这里还是现代文豪郭沫若的故乡，郭沫若写了不少峨眉诗篇，还题写了"天下名山"，铁画银钩，镌刻石碑，融为岁月的永恒。

古人要登峨眉山，不是一件很容易的事，既费力，还费时。那时没有汽车，更无缆车，甚至没有马车道路，充其量坐一段滑竿，即使现在山上修了公路，也还有许多羊肠小道、峭壁陡崖需要攀爬。从万年寺至严华顶到雷洞坪，山道险峻，马匹难行，徒步至少十来个小时；从报国寺至太子坪到金顶，有六十多公里山路，少说也要走一两天。如果是帝王登山，那排场就大了，随员侍从，物资辎重，前呼后拥，没有几天几夜的艰辛跋涉是很难到达金顶的。在山上，见到许多"驴友"，他们背着行囊，亦步亦趋，气喘吁吁，汗流浃背。想那古人登山，

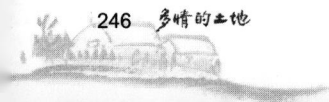

肯定比他们更加艰苦。

我们登峨眉，既未负重，又免徒步，感谢现代交通工具，乘坐大巴车一路盘旋，确实有愧峨眉之神。不过，沿途逛山赏景，也怡然醉人。映入眼帘的是翠木葱茏，绝壁凌空，飞泉流瀑，含烟凝云。望不尽的峰峦叠嶂，看不够的花艳草青，听不厌的水喧鸟鸣。车在山中走，人在画中游，仿佛超越尘世，身心俱净化澄清。难怪《世界自然文化遗产名录》称赞峨眉山"具有很高的美学价值"。一山而具五种美感：形态美、动态美、色彩美、听觉美、意境美。这不就是一幅立体的画，一首流动的诗么！

大约两个小时，到达雷洞坪。下得车来，凛冽的山风撞个满怀，一眨眼就从秋天跳到冬天，仿佛山神一声喝令：峨眉到了！不由得倒抽一口冷气。我们租了棉衣，人也臃肿起来，大衣都是赤色，给青山平添一点红。

再往上就是乘缆车，索道全长七千五百米，垂直高度六百多米。如果说汽车是盘旋山际，那么缆车就是直插云天，再陡的岩坡也可凌空跳跃，再高的山峰也会低下头来，再绝的崖壁也会踩在脚下。"羡君平地作飞仙""骑鲸便可追飞仙"，有这么惬意吗？苏轼和陆游的想象在这里变成了现实。

刚刚坐上缆车，心绪还未平静，车厢忽然拔地而起，那么大的一座山岳，横岭侧峰，峭崖深谷，忽然从我们脚下给抽走，无基无础，无依无靠，人一下就悬空了。眼前云雾缭绕，耳边山风呼啸。随着车升景移，远近的峰峦依次向我们扭转过来，那陡立的山崖，本来不屑理会我们的，竟也列队欢迎，从仰视、平视，到俯视，我们平步青云。群山的秩序、尊卑的地位，竟围着渺小的我们重新调整，移转乾坤。那翘首天外的仙峰寺、华严顶、清音阁、观音岩，原来只让我们仰视其下颌的，均朝我们抬起头来，远远地送上祝福。那翻涌在山谷的茫茫云海，做出万马奔腾、江河倾泻之状，要与我们赛跑，不时敬奉氤氲水汽，以解我们口渴。至尊的唐太宗、明太祖、清圣祖，都是真龙天子，当年艰辛跋涉峨眉，如果能看到我们此刻的逍遥，岂不忌妒得要掀翻龙椅？这么想着，脚下一顿，索道到站了。

随着海拔的增高，山风夹着细雨，无情地掴在脸上，让人更觉寒冷。到金顶还要步行二千多米。刚才半小时的缆车行代替了半天的蜀道难，似乎避重就轻，实际上错过了许多景点。一切旅行，越便捷所见越少，风景总是在路上。人生不也如此吗？生命就在于享受过程，过程远比结果重要，因为结果往往意味着终点的到来。

这一段山路猴子经常出没，导游一再提醒注意事项，防止被猴子抓伤。我心里有谱，万一没辙，就学学蒋介石，取下帽子，反正头发不长。可能是下雨天寒，猴子躲风避雨去了，一直上到金顶也未见到猴子的踪影。只是遇见几个背山人，他们用竹筐背着水泥、青砖、玻璃，货物堆得比人头还要高一二尺，手拄木棍，向山而行。我们徒手登山都气喘吁吁，他们背负沉重的货物，是何等艰难。望着山上的房屋、庙宇、道路，那一砖一瓦、一沙一石都是他们一筐一筐、一趟一趟背上去的。峨眉山的雄伟壮丽，难道不是背山人手搬肩扛出来的吗？没有比脚更长的路，没有比肩更重的山，没有比人更高的峰。中国劳动人民多么勤劳而伟大！

斜雨飘洒金顶，天空灰雾蒙蒙，原先准备看日出、云海、圣灯、佛光的兴致，随着一场秋雨全部泡汤。只是偶尔浓雾过后，依稀可见普贤金像在薄云中若隐若现。金殿、银殿、铜殿依次排开，香烟袅袅，人语声声。游客摩肩接踵，雨伞相碰，但互不干扰向佛之心。我与妻子随着人流移步前行，来到佛像前，手机响起，接听电话，一个不祥消息，让我的心情像天气一样阴沉起来。

电话是弟媳打来的：弟弟在医院检查，身患肿瘤，要立即手术。

我和妻子都无心观赏风景，只是惦记弟弟的病情。还是妻子提醒，赶快烧几炷香，求菩萨保佑弟弟平安无恙。我们先在金殿、银殿、铜殿叩头焚香，祈祷祝福，然后围着四面十方普贤立像，双手合十转了三圈。普贤菩萨慈眉善目，注视着每一个善男信女。据说，金顶离天只有三尺三，我和妻子的祷告，天上的神仙是能听到的，也一定会保佑的。恍惚间，我似乎看到了自己的愿望化作一朵美丽的莲花，轻轻地飘荡在苍穹下；大慈大悲的普贤菩萨，微微地露出了笑容。

独处金顶一角，面对雨雾迷蒙的大千世界，静思冥想，如悟神谕。人生就是行走江湖，身不由己。生老病死、吉凶祸福都不是自己说了算，在大自然面前，生命微不足道，给人选择的，只有敬畏、敬重、敬从，只有坚持、坚韧、坚强，只有平淡、平常、平凡，生命才能绽放出美丽的花朵。

雨的淋漓给我们的行进增加了诸多困难，但它在考验我们勇气的同时也告诉我们，生活中随时会遇到很多意想不到的艰辛和打击，但无论如何，你可以战胜它，战胜自己。风雨之后方能见彩虹。

雾的朦胧给我们留下许多遗憾，因为朦胧，眼睛模糊一片；因为朦胧，画面充满意境。生活中何不留些意境美，有些是非没必要都看得那么清清楚楚，分得那么明明白白。

病的痛苦给人以磨难，但它也让你悟透人生：没病比有病就是幸福，小病比大病就是幸福。即使有了大病，乐观面对，过好每一天，不就是生命的真谛吗？何况，许多人不是真的病死的，而是自己把自己忧死的，愁死的，吓死的！

雨不知什么时候停了，天色渐渐转明，佛光在金顶浮现，云海在山间翻腾，天风在空谷呼啸。回望来时的山道，脚下的路依旧清晰，那深深浅浅的脚印是我们战胜困难的见证，那飘荡的欢声笑语是我们对生活不变的热忱，那满山的景色是生活对我们最好的馈赠。

美丽的峨眉山，你是我梦中的江湖！你是我心中的大佛！

追寻远去的芬芳

　　川蜀的名胜古迹，处处都是历史的余韵、远古的回声，尤其是成都武侯祠，因诸葛亮英名远扬，更加令人遐想和沉思。

　　最初认识和崇敬诸葛亮，还是小时候看连环画，"草船借箭""舌战群儒""空城计"等一个个故事，在心中刻下了诸葛亮足智多谋的烙印。那时看三国，总是希望蜀国赢，不是为刘备，而是被诸葛亮的才干所吸引。长大后，一次次阅读《三国演义》，特别是反复品味《出师表》，才从那感人肺腑的衷肠表诉和群雄逐鹿的鼓角争鸣中走进诸葛亮的精神世界。不，应该是诸葛亮走进我的心中：一个融文韬武略于一体，集智慧忠义于一身的伟大形象矗立心中。当我来到巴蜀大地，拜谒和瞻仰武侯祠，这位经天纬地的历史伟人再次震撼我的心灵。我仿佛穿越到东汉时期，目睹诸葛亮轻摇羽扇，慢抚琴弦，在清风明月中，曹操八十万水师樯橹灰飞烟灭，司马几万大军望风而逃，自命不凡的周郎愤恨而去，卖草鞋的刘备穿上皇袍……历史的奇迹就在那羽扇纶巾弹指间轮番出现。

纵览华夏数千年，有无数名人，但没有谁像诸葛亮这样引起人们长久不息的怀念；有无数大臣，但没哪一位像诸葛亮这样妇孺皆知名垂千古；有无数祠庙，但没有哪一座像成都武侯祠这样令人无限崇敬和向往。

仲秋蓉城，艳阳高照，处于市区的武侯祠人头攒动。如潮的人流似乎在昭示：当今的人们对一千七百多年前那位诸葛孔明先生的怀念潮思如涌，经久不衰。我被人流拥进祠院，仔细打量这里的建筑布局：始建于二三三年的武侯祠，由刘备、诸葛亮蜀汉君臣合祀的庙宇及惠陵组成，院内翠竹萧萧，松柏森森，殿宇雄严，亭台壮观，格局盘桓。祠内安放刘备、诸葛亮及关羽、张飞、赵云等诸多文臣武将的塑像。我一殿一屋瞻仰，逐景逐物解读，深切地感受了蜀汉大业的兴起、三国争雄的壮烈和文臣武将的千秋凛然，感受到诸葛亮"三顾频烦天下计，两朝开济老臣心"的传奇和风采。

历史是一场盛宴，每个人都是流水席上的来宾。诸葛亮以其才华、品德和政绩把自己推上了重要席位。当宴席散去，诸葛丞相的席位没有撤去，而是被历史定格在"神坛"上，镌刻在后人心目中。祠庙只是一个载体，那些镌刻在石碑、楹联、牌匾以及许多未进入祠内的文字才是人们的心声，它记录着千年风云、乾坤转移和前人伟绩、后人感叹。

最让人感慨和深思的，是诸葛亮那篇《出师表》。诸葛亮二十七岁从隆中脱颖而出，一心辅助刘备兴复汉室，肝脑涂地，矢志不渝。

按照他的战略构想和部署，东结孙权，西和诸戎，南抚夷越，北抗曹魏。取巴蜀以建基业，呈三足鼎立之势；扶刘备称王汉中，蓄农耕内修理政；伐中原六出祁山，克劲敌义无反顾……我从这篇千字檄文中，看到了这位伟大的思想家、政治家、军事家一颗复兴汉业、忧国忧民之心，看到了作《隆中对》时他意气风发、指点江山的雄才大略，看到了初出茅庐后新官上任三把火的成竹在胸，看到了戎马倥偬、率军纵横于秦陇大地的大智大勇，也不可避免地看到了悲情弥漫之中秋风五丈原的凄凉，看到他明知不可为而为之的带有悲剧色彩的一生。这位才比天高、德昭宇宙的伟人最后还是无力回天，兴复汉室成了一个永远的痛。上苍为中国历史安排了一处最雄壮的悲剧。

诸葛亮呕心沥血辅佐汉室建下奇功伟业，就连他的劲敌司马懿也惊羡不已。假如没有诸葛亮，会不会有蜀汉不得而知，天下三分的历史是否要改写同样不得而知。武侯祠供着一位功高盖世的风云人物，供着一部波澜壮阔的三国史实。

"出师未捷身先死，长使英雄泪满襟。"诗圣杜甫读《出师表》后，最先发出感叹，他在《蜀相》中直抒胸臆，把对诸葛丞相的无限敬慕和尊重描绘了出来，把诸葛亮空怀"致君尧舜"的政治思想，却请缨无路、报国无门的艰难状况融进了诗里，把对历史悲剧的无奈情感和不甘之心吐露了出来。诗圣泪迹未干，诗翁白居易《咏史》又哭出声来："前后出师遗表在，令人一览泪沾襟。"宋代赵与时读了《出师表》后挥泪断言："读《出师表》不下泪者，其人必不忠……"南宋抗金名将岳飞，将熟烂于胸的《出师表》默写下来，刚开始还能用楷书工整书写，到后来无法控制自己的情感，笔走龙蛇，翻江倒海，整个字都飞起来了。岳飞的翰墨神工被后人刻于碑廊。我伫立碑前，静静默诵，仿佛听到两位忠臣良将时隔千年的灵魂共鸣。随着诸葛亮英魂远去，之后一千多年中，因为他的"鞠躬尽瘁，死而后已"的标杆形象，使历代相贤，黯然失色，他的人格魅力、军事才能、亲和形象，占据了那个时代的制高点。

诸葛亮对汉主的忠诚令人敬佩，同时也令人遗憾。当年，刘备在白帝城托孤时，曾一把鼻涕一把泪地把家事国事一齐托给诸葛丞相，最后说如果儿子不能胜任，丞相可取而代之。后主阿斗事实上是扶不上墙的烂泥。如果诸葛亮以汉业为重，少一点对皇室的愚忠，自立核心，另组班子，或垂帘听政，策划幕后，不需要事事尤其是重大军事行动都要请示一个无才无德连骨头都没有的昏君，局势必将柳暗花明，实现一统汉室的抱负也不是没有可能的。我这想法刚一露头，忽觉孔明塑像好像传出一声咳嗽，手中的羽扇挥了一下。我猛地打住胡思乱想，注目圣殿，不敢亵渎了先贤。

忠臣就是忠诚。诸葛亮不仅自己一生鞠躬尽瘁，献身蜀汉，而且儿子诸葛瞻、孙子诸葛尚都战死沙场，马革裹尸。三代忠良，满门英烈，实在可歌可泣。这样良好的家风必然来自严格的家教。诸葛亮的《诫子书》就是治家教子的规范，成为中国传统道德修养的优秀教材。"静以修身，俭以养德。非淡泊无以明志，非宁静无以致远。""学须静也，才需学也，非学无以广才，非志无以成学。"文字不多，却说理通透，将天伦之爱，寓于深刻的哲理之中，并在实践中演绎到极致，被后人作为座右铭。

诸葛亮一生谨慎，为官清廉，他主动向后主申报家产，首开中华几千年官员公布财产的先河。"成都有桑八百株，薄田十五顷，子弟衣食，自有余饶。至于臣在外任，无别调度，随身衣食，悉仰于官，不别治生，以长尺寸。"并表示生后之日，"不使内有余帛，外有赢财"。不仅如此，在临死前留下遗嘱，"因山为坟，冢足容棺，敛以

时报，不须器物。"身为一国之相，生活简朴，坦然无私，丑妻陋室，素衣薄财，让每一个从他面前走过的人，内心都受到深深的洗礼。如果是官员，更会受到强烈的震撼。

　　"黯淡了刀光剑影，远去了鼓角争鸣。"三国逐鹿早已烟消云散，但岁月凝炼出的先贤典范和精神财富却熠熠生辉，永远激荡在人们心中。驻足武侯祠，我心灵的罗盘在这个强力的磁场里久久感应不息，望着门匾上"名垂宇宙"四个大字，一颗心在追寻着那远去的芬芳。

拜水都江堰

对于生长在长江之滨、鄱阳湖畔的我来说，最不稀奇的莫过于水了。开门便是湖，出行即乘船。每到汛期，面对滚滚而来的长江激流和茫茫无际的鄱湖浪涛，总是怨江河之泛滥，叹洪涝之无情。因此，江水汪洋也罢，湍急也罢，微澜也罢，极少以单纯审美的心境去欣赏和赞叹。然而，当我来到都江堰，竟对水产生了特别的关注，除了被它的汹涌澎湃、从天而泻的气势震撼外，战国末期那位古人的治水杰作，更令人钦佩和惊叹！

坐落在成都平原和岷山山脉交汇处的都江堰，因水而名，因水成景，因水永恒。站在玉垒山古城楼上远眺，从千山万壑咆哮而来的岷江之水，穿山绕谷，挟雷携电，跌岩倾泻，颇具摧枯拉朽、吞噬

大地的气势。然而顷刻间，那来势汹涌的巨大洪流早被利剑般的"鱼嘴"劈成两半：一半狼狈不堪地逃进分水闸门，沿分水堤向外江冲去，经乐山、宜宾汇入长江，流向大海；一半经飞沙堰调节后驯服地向内江宝瓶口流去，然后通过下游密如蛛网的水渠，变成千万条涓涓细流，浇灌着成都平原的万顷良田。两千多年来，都江堰的水就是这样没日没夜、奔腾不息地流着，把贫瘠的四川盆地滋润成富饶的"天府之国"。

这是大自然的天造地设吗？这是造物主的善意安排吗？这是老天爷的恩赐馈赠吗？

否！这是二千二百多年前一个名叫李冰的巴蜀之子，采用无坝引水的旷世杰作！

公元前二五一年，秦昭王一道诏书，李冰任蜀郡太守。没有文字记载他有执戟沙场、拓疆扩土的丰功伟绩，也无民间传说他有微服私访、神明断案的传奇故事。这位郡守似乎不习惯坐在成都府衙办公，而是握着一把长锸，一头扎入农人堆中，和这些泥腿子一起在岷江弄潮。他当然没有学过水利专业，但责任就是学堂，实践就是老师。一个无学历、无文凭、无职称，唯有强烈使命感的"水官"，就这样干起了水利事业，而且干得轰轰烈烈、风生水起，硬是在地球上留下一个与时俱进，与日同辉，于世仅存的伟大的"中国制造"。

古代的巴蜀大地，不光是蜀道难，还是蜀地贫。成都距都江堰五十公里，而海拔落差近三百米。岷江从成都平原西侧经过，是一条地地道道的悬江，而且悬得特别厉害。每当岷江洪水泛滥，成都平原就是一片汪洋；一遇旱灾，又是赤地千里。李白在《蜀道难》中感叹，"蚕丛及鱼凫，开国何茫然"，就是当时的写照。

李冰上任后，决心治理岷江，解除民众痛苦。他和儿子二郎沿岷江两岸进行实地考察，理清水情、地势等情况，制定了"深淘滩，低作堰"的治理方案。这个方案有三道难关必须攻克。他们在玉垒山脚下展开了人与自然的谈判。

沉睡了千万年的玉垒山沸腾了。千军万马开山劈岭，撬巨石，凿岩壁，伐竹木，编石笼，扎杩槎，围堰，挖渠，筑坝，修闸，山上山下，人山人海。锤声、镐声、滚石声、呐喊声、号子声……日夜回荡在玉垒山谷。

我眼前仿佛出现了熊熊烈火，冲天的火焰烧焦了树木，烧红了山坡，烧裂了石头。因为那时还没有发明火药，李冰便以火烧石，以水浇石，使岩石爆裂。在火烟、高温、热浪的炙烤下，在裂石、凿岩、掘土的轰鸣声中，一条宽二十米、高四十米、长八十米的山口被凿开了，因其形状似瓶口，故称"宝瓶口"，把开凿玉垒山分离的石堆，叫"离堆"。宝瓶口将玉垒山捅了个底朝天，打开了岷江水通向成都平原的咽喉。李冰迈出了治理水患的第一步，也是最关键的一步——凿离堆。

离堆硝烟未散，岷江又溅浪花。由于内江地势较高，为了使岷江水能顺利流到内江并保持一定流量，李冰在开凿完宝瓶口后，又在岷江中心修筑分水堰，即用竹笼装满石头，沉入江底，一笼一笼码出水面，再打下粗大的木桩，密密麻麻，接着再一层层石笼相叠，加固，堆砌成分水堰。分水堰形似大鱼的嘴巴，故称"鱼嘴"。鱼嘴将水一分为二，一支从西边顺外江而下，一支从东边流入宝瓶口。李冰迈出治水第二步——鱼嘴分水，形成内外江。

为了保持内江水流量稳定并排除积沙，李冰又在鱼嘴分水堤的尾部修建了飞沙堰溢洪道。溢洪道呈半圆形，使内江水形成环流。当江水超过堰顶时，溢出的水流产生漩涡，由于离心作用，泥沙甚至巨石都会被抛出飞沙堰，不仅可以向外江排出多余的水，而且还有效地减少泥沙在内江的沉积。当江水干涸时，飞沙堰则挡住江水外流，保证

内江水源充裕。李冰用了八年时间，终于攻克了三道难关，完成了治水方案三步走。

鱼嘴分水，飞沙堰溢洪、排沙，宝瓶口引水，构成了都江堰核心工程三个组成部分。这种精心设计，巧妙布局，无坝引水的治水方案，使桀骜不驯的岷江变为水旱从人的"民江"。从此人们看到：

都江堰的水，无论是汹涌湍急，还是静水流深，总是按照人的意志，水随人愿，人牵水走，水到渠成，天人合一；

都江堰的水，无论是恣肆汪洋，还是浅滩漫淌，总是自动控制流量，自我调节，四六分水，大浪淘沙，清澈入江；

都江堰的水，无论是流向大海，还是淌进庭院，全部都被充分利用，或灌溉、或航运、或生产、或生活，没有一滴水溅错方向。

都江堰工程不仅在古代独树一帜，即使今天仍是水利工程的圭臬。自二十世纪以来，有些现代水利工程盲目拦坝截流，许多天然河流被混凝土大坝截断，结果导致河流下游断流，地下水枯竭，生态平衡遭到破坏。人们开始对现代水利工程负面后果进行反思，并谋求水利工程效益与环境保护的有效结合，都江堰正好是明例实证。它自修建以来，不仅保护了自然环境完好，也经受住了各种自然灾害的破坏。二〇〇八年汶川特大地震，距都江堰直线距离仅十公里，除了鱼嘴发现裂罅外，整体工程固若金汤，照常运转。

李冰不是历史上治水第一人，但其治水成果绝对是第一位。早在上古时代，大禹治水就家喻户晓，流芳至今。而比大禹治水更早的还有他的父亲鲧。尧帝时，中原洪水泛滥，给人民生活带来无穷灾难。尧命令鲧治水，鲧用"障水法"，即在崖边设置河堤阻挡，但水却越来越高，历时九年未能平息。后来，舜帝命令鲧的儿子禹继任治水，禹吸取父亲治水的教训，变堵为疏，并与民众一起奋战，"三过家门而不入"，历时十三年，治理了一条叫"共水"的河流。禹注重疏浚，决通九河进行分流，但水顺其势难以控制。尽管如此，世人还是把他敬为神，尊为"大禹"，与天地齐名，并在一定程度上被神化。与都江堰兴建时间大致相同的陕西郑国渠、广西灵渠以及古埃及、古巴比伦的灌溉系统，都因沧海变迁和时间推移，或淹灭，或毁坏，或失效。唯有都江堰一花独放，经久不衰，建堰二千多年来，灌溉面积从晋代近百万亩增加到民国时期三百万亩，再到如今二千万亩，是全世界迄今为止，年代最久，唯一留存，一直使用，以无坝引水为特征的宏大水利工程。

都江堰不是神话，但确实很神奇！

都江堰不是传说，但确实是奇迹！

因为是奇迹，都江堰被联合国教科文组织列为"世界文化遗产""世界自然遗产"，被国务院列为"全国重点文物保护单位""国家五A级旅游景区"。一块又一块金牌，让其闪闪发亮，光艳夺目。

因为是奇迹，古今中外专家学者、仁人志士对它非常关注和呵护。司马迁在公元前一一一年到此考察，他在《史记·河渠书》中记载了李冰这一功绩，后人在离堆建西瞻厅以示纪念。诸葛亮更是派一千二百兵丁守堰护堤，并设专职堰官进行管理。章仇兼琼、高俭、文翁、丁宝桢等历代官吏都参与了后期维修。意大利旅行家马可波罗、德国水利专家李希霍芳来此游览、考察。现代国际、国内许多水利会议和论坛在都江堰召开。

因为是奇迹，吸引无数文人墨客吟咏赞颂。李白、杜甫、苏轼、陆游、岑参、张籍……都为之吟诗作赋。"锦江春色来天地，玉垒浮云变古今。""西山大竹织万笼，船舸载石来亡穷。"在景区处处可以感受到这些脍炙人口的诗作。

此刻，我站在离堆公园石碑处，石碑上刻着当代著名学者余秋雨的题词："拜水都江堰，问道青城山。"铁划银钩，遒劲有力。余先生在提醒人们："看云看雾看日出各有胜地，要看水，万不可忘了都江堰。"我认为，对都江堰最中肯、最深刻和最令人信服的赞叹和评价，还是余秋雨先生的那番话：

"中国历史上最激动人心的工程不是长城，而是都江堰……如果说，长城占据了辽阔的空间，那么，都江堰却实实在在地占据了邈远的时间。长城的社会功用早已废弛，而都江堰至今还在为无数民众输送汩汩清流……可以毫不夸张地说，都江堰永久性地灌溉了中华民族。"

余秋雨从中华文化底蕴上揭示了都江堰千年奇迹："看上去，是人在治水，实际上，却是人领悟了水，顺应了水，听从了水……这就是道。道教之道也就是水之道，天人之道，长生之道，因此也是李冰之道，都江堰之道。"

道，就是因势利导！

道，就是尊重客观规律！

道，就是人和自然和谐统一！

古蜀之地是华夏文明的源头之一，而都江堰滋养了古蜀大地。滔滔岷江水，流淌出丰润的天府之国，也流淌出灿烂的中华文明。

博鳌人家

　　这些年，每到冬季，我就过起了"候鸟"生活：从寒风凛冽的江南来到温暖如春的海南，在博鳌这个滨海小镇住上一两个月，享受阳光海岸的美好时光。

　　我一九八三年第一次到海南出差时，还不知道博鳌，那时候就连海南人，也大都不知道博鳌。因为那个时候的博鳌，还是万泉河入海处的一个渔村，就像深圳在八十年代之前也是宝安的一个渔村一样，深藏闺中人不识。

　　然而，如今的博鳌随着二〇〇一年首届"博鳌亚洲论坛"的举行，以后每年举办一次，一个现代化的新城拔地而起。一幢幢宏伟的高层建筑矗立

海岸，一座座豪华酒店、宾馆和高档小区、别墅鳞次栉比。一个个亚洲国家元首和中国国家领导人来到这里，使博鳌闻名遐迩，享誉世界，也成了来海南旅游的人必到之处。当然，也是我等闲人的休闲所选之地。

十多年前，一个偶然的机会，我来到博鳌，看到这里不仅风景秀丽，气候宜人，而且房价也很便宜，民房一个月房租才三四百元，购房只有一两千元一个平方米，于是置了一间斗室，作越冬之窝，也使自己成了半个"新博鳌人"。

到了博鳌，我们过的不是"春节"，更不像是过冬，而是提前进入夏日。海南岛与美国夏威夷处在同一纬度，高温多雨，长夏无冬，年均气温在二十二到二十七摄氏度。海南"三九"飘短裙，冬日，街上行人也多是短衣薄裤。最冷的时候，加件外套也足够了。

在这里，我总是大开门窗，让海风吹拂着，温馨而又清新。这里空气质量非常好，往南九十多公里的三亚名列世界第二，仅次于古巴的哈瓦那。而博鳌树茂、海阔、江多、人少，空气质量还要优于三亚。门窗洞开，从不见桌椅上有积灰，衬衫穿几天还是白白的。空气像天上的云彩一样洁白。

博鳌之名，很有来头。相传，南海龙王女儿小龙女与麒麟相恋产下一子，长相奇异：龙头、龟身、麒麟尾。龙王见此大怒，抽出腰间玉带抛向水间，形成玉带滩，阻碍母子归海之路。小龙女苦苦哀求，三秋未果，遂化作龙潭岭。其子鳌见此景凶性大发，兴风作浪，祸及百姓。观音为此而来与鳌斗法七十二回，将鳌收服，降惊涛骇浪为龙滚河，聚百川千水为万泉河，纳纵横激流为九曲江。鳌经观音点化，变为东屿岛。后来，人们把这三江（万泉河、龙滚河、九曲江）合流、三岛（东屿岛、沙坡岛、鸳鸯岛）鼎立、三岭（金牛岭、龙潭岭、田涌岭）相映、一滩（玉带滩）横穿的地方叫作博鳌。

博鳌位于琼海市东侧，宛如一枚青青黄黄的椰子，悬挂在海南这棵硕大的椰子树上。小镇只有一条主街，贯穿南北，两边遍植行道树，绿荫掩映下的房屋都不高，只有二三层，白墙灰瓦，画阁雕栋，门前或窗下，都有花攀爬着开。花在这里不稀奇，一年四季常开不息，朵朵奔放，红的、黄的、蓝的，一律开口笑，三角梅多得像野地里的蒲公英。和海南其他地方一样，初到博鳌，映入眼帘的都是椰子树，不论在山岭，还是在洼地，不论在海边，还是在公园，不论在马路、街道两侧，还是在小区、民房四周，椰子树铺天盖地。你走在街上或坐在路旁，总担心会被椰子砸着。当地人有一种说法，如果椰子掉在你的头上，你就会升官发财。我每天来来回回走着，也没有被椰子砸着，看来我是没有升官发财的命。在海边和街上，卖椰子的摊位随处可见，相距不超过二百米，你可随时花几块钱，捧着一个新鲜椰子，放松心情，与时光对坐，让椰汁的天然奶香，在舌尖上打滚。

外地人常吃椰子，但很少有人见过椰花，那是因为椰子树又高又大，那铁扇公主铁扇般的树叶，遮天蔽日，把椰花盖住了。那是一串串米白色的花穗，最长的可达一两米。也有人见过椰树上垂下来的"狼牙棒"，只不知道那就是椰树上的花。若不是当地邻居阿强告诉我，我也不知道那竟然是椰花。

阿强是博鳌镇东屿村人，四十来岁，海风吹黑的双颊透着朴素憨厚。他原来以打鱼为生，博鳌开发后，便在自己家里开了一间"茶缘庄"，主要出售海南出产的茶叶，兼卖一些包装袋上印有"普洱茶""大红袍""碧螺春"等字样的外地名茶。他常招呼我去喝茶，慢慢就熟悉了。阿强很健谈，不厌其烦地向我介绍当地的风俗、民情、物事。也乐于助人，我家住在六楼，他家在旁边一楼，有时候停水或供水不足，他不仅让我去他家打水，还帮我提上楼。我们有时回九江，他用车把我们送到

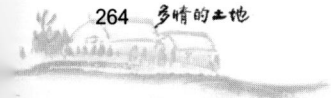

琼海车站。平时托办点事情，都很热心。

　　阿强做生意更是讲究诚信，到这里喝茶、买茶的大多是回头客。这里的茶叶比其他商店同等质量的茶叶要便宜。许多外地顾客都是通过微信让他发货。我在博鳌时间长了，喜欢上了海南的"兰贵人"茶叶。每次回家，都带上几斤，有时还让他快递一些过去。

　　阿强一家是典型的海南人家。他父亲八十多岁，身子硬朗，每天早晨到海边替人拉网，挣一百元钱，九点多钟回家，然后在排档和众多的本地人一起，一杯清茶，聊上一天。媳妇带着两个孩子在琼海市陪读。母亲快八十岁，做饭、种菜、洗衣样样都干，我就说："大娘，你能活一百多岁。"也不知她听清楚没有，只见她"啊啊啊"点着头笑。

　　博鳌本地人口不足万人，一到冬季，尤其是春节，外地游客和"候鸟"纷至，街上、海边人头攒动，大多数是东北人。这里现代与传统交融，时尚与旧俗共存，年轻人结婚不去酒店宴请，而是按照当地习俗，左邻右舍都来帮忙，锅碗瓢盆，鸡鸭鱼肉全在露天放着，架上两口大锅，拉来一车木柴，在马路上摆起了长街宴。满街响着塑料拖鞋和高跟鞋的声音。

　　在乡下，田地里干活的大多是妇女，还有七八十岁的老太婆。青壮年男人好像无所事事，从早晨八点钟起，就趿着拖鞋、围坐排档，一壶酽茶，喝净了就续水，有一搭无一搭聊上一整天。阿强告诉我，博鳌和潭门原是渔港，男人出海打鱼，都是在远海，如西沙、南沙，一出去时间很长，过去还常遇海难，种地、家务都由女人承担，以至形成习俗：男人出海，女人务农。现在打鱼少了，打工多了，有些男人还不适应，就成天坐在一起喝茶、聊天、买彩票、打麻将。海南好多挣钱的行业，都是外地人来干。

　　和阿强结识，使我了解了博鳌更多的信息，对当地人文风俗认识不断加深，对海南人吃苦耐劳、厚道朴实的品质印象犹深。这里的妇女，就像云南纳西族妇女一样，男人跑马帮，女人种田地、带孩子、做家务，她们都是世界上最伟大勤劳的女性。

在博鳌住久了，慢慢地熟人就多了，其中也有长居这里的"新博鳌人"，老段就是这样一位朋友。

老段是吉林人，五十多岁的东北汉子，在家乡当村主任，兼做一些包工。听人说海南气候暖、活儿多，十多年前就辞了村主任一职，带着几个民工来博鳌做包工头，买了一块当地人的宅基地，办完相关手续后在上面盖了一幢八层的楼房，正好赶上房价上涨，莫名其妙地赚了第一桶金。后来又在博鳌、中原盖了几栋楼，还开了一家"东北菜馆"，生意越做越大，儿子也在当地找了媳妇，生了孩子。我和妻子常到"东北菜馆"吃饭，老段两口子都很热情，我们就熟悉了。后来每次来博鳌，他们都要请我们吃饭，不去，还和你急。去了，但见准备了一桌子海鲜，还有当地名菜文昌鸡、嘉积鸭，也有东北菜小鸡炖蘑菇，白菜粉条炖肉。我们也会带些江西特产送他。有一年，我儿子去了，老段招待我们吃饭，他与我儿子对饮起来，喝着喝着，就称兄道弟。我示意儿子应称"段叔"。老段接话："大哥，你别管，我们兄弟高兴。"全乱套了。后来都不敢去"东北菜馆"吃饭，因为去了，他不收费。东北人的豪爽、热情让我吃不消。平时我不在博鳌，我们也经常微信联系、问候。

在我住的这幢楼里，有十几户九江人，也许是"身在异乡为异客"的原因，在博鳌都成了亲热的邻居，平时走动甚密，经常三三两两相邀，一起游景点，一起逛商场，过年时几家一起聚餐，谁生病了，都去看望。即使在九江，邻居关系也没有这样亲热。它使我想起少年时代在农村那种亲密无间的邻里关系。人就是怪，只有远离了，才会亲近。常在

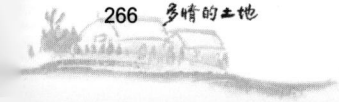

一起的时候，反而把珍贵的东西看淡了。

居住博鳌，我也形成了自己的生活习惯。荤食以海鲜为主，饮料常喝椰汁，休闲不离海边。早晨，我们到海滩晨练，看海上日出；上午，去海岸椰林游玩；下午，午休后看书，看电视，打乒乓球；傍晚，再到海边溜达。

我最喜欢黄昏的时候与妻子一起，穿着沙滩衣，在海边散步。湛蓝的海水、灿烂的夕阳、柔软的沙滩、飘香的鲜花，让人心醉神迷。海风轻轻地抚弄着婆娑曼舞的椰子树，也轻柔地吹拂着我们的肌肤，脚丫子犁着细沙往前趟行，温温的、痒痒的，非常舒服。有时，我们在树间的吊床上悠闲晃荡，有时把自己全部埋进沙子里洗沙浴，有时扑向海水变成"浪里白条"。当海浪漫过我的膝盖，浸透我的全身，就觉得一切烦恼都荡然无存，只有喜悦和疯狂。玩累了，随意在海边的海鲜摊塑料椅子上坐下来，活蹦乱跳的鱼虾顷刻成为盘中美餐，花鳌、花螺、鱿鱼、大虾，都是那么新鲜，再来上一扎刚榨的木瓜汁，望着远处游船星星点点，近处海鸥起起落落，说不尽的人间享受。

博鳌人终身与绿树为伴，与青山相偎，与大海相依，气候温暖，四季花香，天空明净，风光绮丽，"候鸟"们怎能不飞往这里？

万泉河水清又清

未识万泉河，先识娘子军；因为娘子军，向往
万泉河。

万泉河水清又清，

我编斗笠送红军。

……

悠扬的旋律，把我带到海南岛椰林掩映的万泉
河畔。蓝天之下，万泉河就像天上掉下的一绺白云，
从五指山浩浩荡荡飘来，一路经过保亭、兴隆、琼海，
跑了三百多里，然后向东一拐，冲向博鳌，与九曲江、
滚龙河扭作一团，硬是拧出了一个"三江入海口"

的风景点。万泉河在海南岛虽然只算第三大河流，但其知名度远远超过第一大河昌化河、第二大河南渡河，也超过全国许许多多的大小河流。因为她以一种奇特的方式和渠道，让滔滔清泉注入国人脑海，流进民众心田，致使家喻户晓，妇孺皆知。她是一支行吟神州泽畔的交响乐。

半个世纪前，一部电影，一部芭蕾舞剧，名字都叫《红色娘子军》，它们熏陶和激励了一代又一代人。故事就发生在万泉河畔。我循着先烈们的足迹，沿着河流驱车而行，但见上游两岸山峦起伏，峰连壁立，乔木参天，水流湍急，一座大型水坝将万泉河拦腰截断，上游数十里狭窄河道变成了碧波万顷的大湖。行至下游琼海市，河面逐渐变宽，水势呈荡漾之状，市区西边建起了"万泉河风景区"。缕缕山岚，牵来祥云朵朵，引得百鸟飞翔；阵阵江风，传出笑语声声，催动游艇穿梭。万泉河，就像一首清新淡雅的小诗，流露出天地间的风情和灵气，诠释着岁月的深沉和古老；又像一条鲜亮夺目的彩带，把海南岛一个个闪光的珍珠串联在一起：沙洲岛、白天岭、官塘温泉、博鳌水城……每一处都是一首诗、一支歌、一幅画。万泉河就是一幅缓缓展开的热带风情长卷。

我来到河边，轻轻地掬起一捧河水，水线从指缝间悄然流出。我再掬一捧，捂在脸上。啊！我终于亲手触摸到了万泉河的体温，凉凉的，柔柔的。它从史前的洪荒上流淌了千万年，人间改朝换代几多回，河水涓涓不息，潺潺而流，直奔大海；它从五指山崇山峻岭中穿峰绕谷，劈岩击石，经历了千般磨难，百般折腾，仍然百折不挠，永不回头；它从岭南大地的日日夜夜中流出，带着黄道婆敢为人先、革新纺织的古姿风韵，带着苏东坡流放异地而文思不衰的傲然风骨，带着海瑞刚正不阿、清正廉洁的浩然正气，带着红色娘子军勇往直前，视死如归的革命意志，从历史深处奔涌而来。我在历史的长河中触到了万泉河一息脉搏。我知道，无论我手攥得多紧，它都会从我手中挣脱，但我真的很骄傲，很激动，因为我手指间流淌过万泉河。我拥抱了万泉河，万泉河也亲吻了我。我曾无数次地咏唱过她，今天，我再次放开歌喉："万泉河水清又清……"

望着奔流不息的河水，我仿佛在追寻一个流失的故事，又似在重温一段久违的深情。

这是一条充满历史沧桑的河

我步入万泉河景区，首先吸引我的是河中央的一个小岛——沙洲岛。在沙洲岛的北端，一个比足球场还大的地方被用水泥做成横放的黄卷，上竖一支如椽巨笔，黄卷上书写"万泉河"三个大字，每一个字都有半个篮球场那么大，估计能上吉尼斯纪录。岸边的几组雕塑，道出了"万泉河"这名字的不寻常来历。

万泉河原名叫"多水河"，多水河改名"万泉河"，跟元朝文宗皇帝的一段传奇故事有关。

一三二五年，武宗皇帝二皇子图帖睦尔，因宫廷倾轧被流放到海南定邑的多水河畔。皇子遭贬，官员都避而远之，唯恐受到牵连。只有当地士绅王官对他从不嫌弃，细心照顾，常陪皇子泛舟多水河，观光怡情，排遣愁绪。王官还介绍了一位名叫梅娘的美丽贤惠的姑娘与皇子完婚。二皇子身在异乡为异客，却心中温暖如春，称"此乃吾第二故乡也"。

三年后，武宗去世，宫廷再次内乱，签书枢密院事燕铁木儿用武力拥立图帖睦尔登基，于是，二皇子被召回京继承帝位。在离开多水河畔时，王官率村民夹岸欢送，齐声高呼"皇子万全，一路万全"。

皇子感动至极。他带着梅娘辞别了众乡亲，乘船出海，一路"万全"

到京都。图帖睦尔当上皇帝后，不忘王官救主之恩，下诏把定邑升格为南建州，封王官为知州，把"多水河"改名为"万泉河"。为了纪念这段历史，百姓在当年送皇子登船之处建起了"中水庙"祭拜王官，修建了乘船渡口，命名为"文宗渡口"。

这是一条绽放红色光芒的河

一九三一年五月，"红旗卷起农奴戟，" 在万泉河畔，一群不甘被奴役的妇女，冲破封建枷锁，拿起刀枪参加革命斗争。 在中国共产党的领导下，组建起"中国工农红军第二独立师女子军特务连"。从此，椰林中走出了威震天下的一支女子武装。"向前进，向前进，战士的责任重，妇女的冤仇深……"她们唱着战歌，杀顽敌，拔据点，攻城堡，打伏击，先后参加了五十多场战斗。这支特殊部队在反动势力的疯狂反扑下，由于敌我力量悬殊，只存在一年多时间， 但为琼崖革命斗争史写下了浓墨重彩的一笔。万泉河是因红色娘子军而闻名于世的放射红色光芒的传奇之河。

娘子军杀敌轰轰烈烈，但对待荣誉却默默无声。全国解放后，那些曾经作战、负伤、被捕的战士们都分散在乡间务农。直到一九五六年，《红旗》杂志记者刘文韶在海南从一本油印的小册子上见到这样一句话："在中国工农红军琼崖独立师有一个女兵连，全连有一百二十人。"这句话震撼了刘文韶，他决定寻找这些散落的女兵。刘文韶来到会乐县，听说县妇联主任冯增敏是个老红军，就找她说明来意。冯增敏一听就笑了，说："我就是女兵连的人。"刘文韶问："你当时担任什么职务？"她平静地说："连长。"

一九三二年，娘子军解散后，冯增敏等八人被国民党逮捕，一九三七年出狱，后来继续参加革命活动。冯增敏在这期间加入中国共产党。

于是，刘文韶通过冯增敏见到其他女战士，并做了深入的采访，写成三万多字的长篇报告文学《红色娘子军》。后经作家梁信、上影厂导演谢晋等努力，拍成电影《红色娘子军》。七十年代又改编成芭蕾舞剧。娘子军的事迹凭借银幕和舞台以独特的舞姿站立和旋转在亿万人民心中。

这是一条放飞伟大梦想的河

万泉河以碧水清波滋润了两岸肥沃的土地，哺育了纯朴善良的各族儿女。战争年代，从这里走出了红色娘子军，和平年代，一代又一代新人又在为国家建功立业。新世纪元年，海南省委、省政府、省军区批准在海南岛启用"红色娘子军连"称号，并在琼海市建起了相当规模的"红色娘子军纪念园"，集革命传统与旅游胜地于一身，吸引了众多游客。

又过了十年，国务院批准海南省建设国际旅游岛和全国生态文明示范区，海南获得新的发展机遇，红色娘子军的旗帜在海南岛高高飘扬，红色娘子军精神在海南进一步得到弘扬。海南儿女保持"向前进"的斗志，谱写现代化建设的新篇章。

万泉河静静地流淌着，千百年来，它见证了历史的演变，海南岛的每一处变化，它都看在眼里。万泉河是美丽的，更是伟大的，它用甘甜的乳汁，激荡的豪情，博大的胸怀，在放飞一个伟大梦想，推动着海南岛向着人民富裕、民族复兴的伟大目标挺进。

万泉河，让我再掬一捧你的甘泉，洗涤我的心灵，放飞我的梦想！

天之涯　海之角

　　每次到三亚，都要去天涯海角，好像不去天涯海角，就没有到三亚。

　　这次我和妻子、两个儿子和儿媳及孙子全家八口人来三亚旅游，更要去逛逛那天之涯、海之角。

　　丽日熏风的晌午，儿子开着大型越野车，从大东海向西驶去。这与去凤凰国际机场是同一路线。车轮飞驰，林荫急闪，仿佛有凤凰展翅的感觉。

　　三亚格外热情，气温达摄氏二十九度。此时，正处"三九"的哈尔滨气温在零下摄氏二十度，秀美江南也在零度左右。我们却穿短袖薄衫，一副夏时打扮。

　　大约半个小时，抵达景区。进入大门，人流涌动，男的、女的、老的、少的，各种肤色，各国游人，摩肩接踵前来游玩。未看大海，先遇人潮。这天涯海角，自古偏僻闭塞，荒芜凄凉，是历代封建王朝流放"逆臣"之所。是谁扭转乾坤，颠倒世事，把一个人烟稀少之地变为人的海洋？想那海口"五公祠"遭贬的"五公"不曾见过此景，那东坡学士发落儋州时也不会有如此人潮吧。

穿过人流，疾步前行，景色由动变静：蓝透了的海与蓝透了的天融成一体，就像一块巨大的蓝绸，铺天盖地，展现于眼前。在一片浓得化不开的蓝中，白鸥飞过，白帆驶过，静态的画面中有了动感；海鸥低翔着，帆船行驶着，却总也逃不出这大片的蓝。面对这蓝过千世万古而依然朝气蓬勃，蓝得一尘不染而令人无比惊艳，曾经见过却在此刻仍然被震慑住的碧海蓝天，我们都不约而同地发出惊呼：

啊，大海！

蓝宝石般的大海，似绿树释放氧气，不停地为我们释放美感；像雨露滋润青苗，不停地泽润我们的心田；如影片放映美景，不停地让我们领略大自然的壮丽。我们的心灵犹被海水洗涤，变得清澈蔚蓝。

我和妻子似乎都变成了小孩，忘记了年龄，忘却了烦恼，只剩下快乐和疯狂。我们一手提鞋，一手撑伞，卷起裤脚，蹚着沙子和海水前行，好像要用脚步丈量这无边的大海。岸边椰树排成绿色长廊，不停地向游人点头致意；海风徐徐，送来阵阵温馨和热情。

沿着银白色的沙滩一直向前走去，心也野到天边去了。妻子和儿子、儿媳、孙子边走边捡拾贝壳，好像捡到的是珍珠玛瑙。我们一会儿蹚着水走，一会儿犁着沙行，要不是前面有巨石挡住，谁也刹不住脚步。

几块像小山一样的黑褐色的礁石，不知从何处飞来，地老天荒兀立在一望无垠的海滩上。这些巨石，经过千万年来海浪的冲刷，削平了棱角与脊背，光滑得如手工打磨，不知是哪位神仙随意摆放在这里的几个"窝窝头"。眼前一块十多米高的巨岩上，刻有"天涯"二字，

另一块更加高大的岩石上，刻有"海角"二字。我们终于到了"天涯海角。"

"这里是宽阔的海面，怎么叫天涯海角？"上小学的小孙子睿睿首先发问。

"地球是圆的呀，怎么会有'涯'和'角'？"上中学的大孙子然然也大惑不解。

幸好我来过几次，事先也曾做了一些功课，便和孩子们一边玩沙，一边解释。

南海处于中国最南端，三亚又处于海南岛最南端，古代是穷乡僻壤、遥不可及的所在，唐朝诗人韩愈所写《祭十二郎文》中，有一句"一在天之涯，一在海之角"。后人据此延伸，成了成语"天涯海角"，用来比喻极其遥远的地方。

"这里也不远呀，我们坐飞机两个小时就到了海南。"睿睿天真地说。

"古代哪有飞机，那时交通闭塞，'鸟飞尚需半年程'，正因为遥远，所以就成了流放之地。"我们前几天参观了海口"五公祠"，然然还记着导游的解说词，并用它作了回答。

"是呀，那些被流放到这里的人来去无路，只能望洋兴叹！你们还记得五公祠见到的那几句诗吗？"我接过话题。

"区区万里天涯路，野草荒烟正断魂。"这是宋朝名臣胡诠作的。

"一去一万里，千之千不还；崖州何处在，生度鬼门关。"这是唐朝宰相杨炎写的。

两个孩子抢着背诵。我说："这就是当年流放到海南岛官员的悲叹，也是那时海南岛的真实写照。它也是'天涯海角'的来历。"

看着孩子们似懂非懂、意犹未尽的样子，我转换话题："你们还能背诵带有天涯海角的诗词吗？"

"枝上柳绵吹又少，天涯何处无芳草。"

"夕阳西下，断肠人在天涯。"

"天之涯，海之角，知交半零落。"

"海内存知己，天涯若比邻。"

……

孩子们搜肠刮肚，儿子儿媳也参与进来，又背出几句。

"你看，前人关于天涯海角的诗句，都充满着凄凉、孤独、无助的情绪。"我接过话头，又不无启发地说，"连天涯海角都走过去了，人生还有什么困难不能克服呢！"

古诗也把我带进历史的荒原。自唐代以来，中国文人无不对四大流放地（黑龙江宁古塔、新疆伊犁、云南大理、海南岛）怕之入骨。在古代，流放是仅次于杀头的一种刑罚。唐宋以来，被贬在海南的人士竟达五十多人。古代许多著名人物都曾被流放三千里，如李白、杜甫、苏东坡、韩愈、白居易、林则徐等莫不如是。中国文人也奇怪，不贬不成材，只要皇帝一贬，所有才气都出来了，留下许多千古流芳的文字。

海浪一波一波地扑打在礁石上，溅起的水珠，花朵似的，在礁石上硕大无朋地开着。有的来不及开花，就从巨石下滑过去，像顽皮的孩子一样，往两边沙滩上涌去。沙滩张开双臂拥抱，它又哗啦一下退回去，吐出一地白沫。

浪花牵动我一缕思绪，想起了"天涯海角"的另一个传说。相传，一对热恋的男女分别来自两个有世仇的家族，他们的爱情遭到各自族人的反对，于是被迫逃到此地，双双跳进大海，化作两块巨石，永远相对。后人为纪念他们的坚贞爱情，在巨石上刻下"天涯""海角"

的字样。这是一个多么凄美的传说！后来男女恋爱常以"天涯海角永相随"来表明自己的心迹。我默默地望着那两块巨石，仿佛那是一对俊男靓女面面相觑，眸光里有忧伤，更有相爱永远的誓约。

"发什么呆呀，快过来照相。"妻子的喊声又把我带回到海边。只见巨石前游人排着队照相留影，前面的人刚摆出姿势，后面的人又抢了过来。一边是大自然的千万年的欢唱，一边是人类的匆匆足迹。他们摆出各种造型，为静美的画面，镶嵌着灵动的身躯、绚丽的色彩和飘逸的长裙。我想能把匆匆的脚步印入大自然的千万年里，作一刻停留，也是人生的一大幸事吧。

挤到岩石前，我把每一块石头，每一朵浪花，每一棵椰树，每一个游人，都当作看客，忧心很快变成开心。我一手搂着一个孙子，试图装出最帅的样子，让他们看，我和孩子们一样，笑得天真烂漫，笑得欢畅开怀。

赤脚踩着柔软的细沙，让你舒服得只想悠然前行。又一块巨石立在面前，上书"海判南天"四个红色大字，为中国古代天文大地测量崖州（三亚）遗迹。"南"指南海，"判"是一剖两半之意。"海判南天"意为南海在此分为"天南海北"。据载，康熙四十七年（一七〇八年）开始进行全国天文大地测量。康熙五十三年（一七一四年），由朝廷钦差和法国耶稣会士奉康熙谕旨，在此测点剖立"海判南天"石刻，剖开的一面指示冬至正午的太阳高度，以此为中国疆域的天地分界处，每年冬至之日正午可见太阳高度与石面重合的景象。

好一个"海判南天"，真的把我们带进天地尽头。望着海水中矗立的无数块大大小小的岩石，就像一个个守卫着祖国蓝天海疆的坚强卫士。海浪的冲击，洗刷着它征战的尘埃；灰黑的色彩，叙述着它曾经的沧桑；伟岸的身躯，呈现着它的坚毅和对未来美好的展望。无论风云雷电，无论惊涛骇浪，无论狂雨烈日，千百万年来，巨石巍然屹立，毫不动摇，恍如神的一只手臂，擎住祖国南天，又似一支乐队，吟唱着古老的史诗和迷人的传说。

当年的放逐之地，如今是旅游胜地、投资旺地、养生宝地。在游览天涯海角之时，不由得让人追溯海南岛天翻地覆的变化，赞叹今天海南岛风光人文之美。"美丽三亚，浪迹天涯。"天涯海角，一个在时间、空间的双重纬度上，令人流连忘返的地方！

在回来的路上，孩子们放开歌喉：

　　　请到天涯海角来，这里四季春常在；
　　　海南岛上春风暖，好花叫你喜心怀；
　　　……

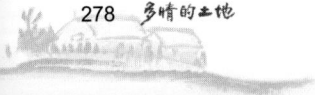

云影天梯龙脊田

山是龙的脊，田是天的梯；谁敢登云上，天宫会玉帝？

这世上，有如此气魄者，恐怕非龙脊梯田莫属！

以前只是在画家和摄影家的作品中，见过龙脊梯田，幻而似真；当我来到龙脊梯田，却疑置身水墨画中，真而似幻。

中国山区多梯田，但是像龙脊这样波澜壮阔，气势恢宏的梯田，我还是头一次见识。举目所及，从流水湍急的河谷，到白云缭绕的山巅，从万木葱茏的林边，到险峰峭壁的崖前，凡是有泥土的地方，都开辟成了梯田。那一圈又一圈向上环绕的田畔，像跳动着音符的五线谱，将优美的曲线雕刻在崇山峻岭之中；那一阵又一阵袅袅萦绕在龙脊上空的壮、瑶民族山歌，缥缈成一缕缕缭绕的云烟；那一幢幢被梯田环绕，被水光映照，被云影拂弄的农家木楼，则被如画的景色幻化成座座仙宫。

这分明是一座盘旋陡立的天梯！横亘天地之间，直插云霄之上。

龙脊梯田位于广西龙胜各族自治县东南部，距桂林市八十公里，占地面积七十余平方公里，最高海拔一千九百一十六米，梯田分布在海拔三百至一千二百米之间，主要居住着壮、瑶两个民族。由于海拔高，落差大，造成境内重峦叠嶂，沟壑纵横，形成了远有青峰云雾，近有河谷激流，高有清泉人家，低有绿树梯田的"世界一绝"的自然生态环境。

更为有趣的是，在这浩瀚如海的梯田世界里，最大的田畴不过一亩，大多数是只栽种二三行的碎块田，因此有"蓑衣斗笠盖过地""青蛙一跳三块田"的说法。无法想象，在千年之前，最先到达龙脊的壮民和瑶民，面对横亘的崇山峻岭，是如何依靠原始的刀耕火种，开垦出一块块梯田的。这使我想起"愚公移山"，也许正是愚公精神，使他们的子子孙孙不断地接过父辈的锄头、扁担，日复一日，年复一年，筚路蓝缕，决绝前行，造就出这"小如田螺大如塔"的龙脊梯田。这些山民们的祖先当初没有想到，他们用血汗和生命开出来的梯田，竟变成了如此妩媚飘逸的曲线世界，在铿锵有力的开山号子中，创造出了惊天地、泣鬼神的人间奇迹。

龙脊梯田集山水之美与田园之美于一身，为桂林山水锦上添花。

清明时节，山泉汩汩，梯田开始灌水。山水自上而下流淌，无论大小田块，都有进出水口，一畦注满，便自动流向下一层田畔。梯田蓄满水后，一层层，一畦畦，平平整整，闪闪亮亮，似无数的镜子摆满山冈。田埂上刚返青的小草，一圈圈，一道道，为大大小小的镜子

镶上了绿色的框边。蓝天白云一览无余被收进镜子中。

春之梯田明似镜！

绿色带来梯田的夏季。禾苗在骄阳的催促下，由淡绿而碧绿再翠绿。"翠带千镮束翠峦，青梯万级搭青天。长淮见说田生棘，此地都将岭作田。"宋代诗人杨万里的诗情画意，被龙脊人刺绣在青山绿岭上，一针一针扎透每一片泥土，把整座山谷都变了蓝色的地毯。

夏之梯田绿如蓝！

镰刀揽来了秋色。成熟的稻谷翻涌金浪，金色的涟漪从山谷一波一波荡上山巅，又从山巅一波波流淌到山谷。身着红衣黑裙的壮族、瑶族姑娘开镰了。红色的衣服犹如火苗，燃烧着山谷。金色的稻谷如黄金熔岩在山上滚动，源源流入农家的粮仓。

秋之梯田灿若金！

时至深秋，地净场光，收割后的稻田重归简洁与朴素，还有几分寂寞和失落。但是隆冬到来，几场瑞雪，梯田在飘飞的雪花中更换新装。白雪覆盖了层层田畔，一件件白羽，把梯田打扮得银装素裹、雍容华贵、端庄大方。

冬之梯田素似银！

龙脊梯田就是这样一年四季变换和炫耀着自己的色彩与风景。它是上天赏赐给农人的礼物！它是农人书写给大地的风流！

有人说，站在喜马拉雅山，你会感叹大自然的伟大。但是，站在龙脊梯田间，你会顿感人的力量的伟大。

龙脊梯田始建于元代，完工于清初，距今已有六百五十多年的历史。它如一条腾空的巨龙横跨龙脊、平安等十几个村寨，铺展在垂直高度五六里、横向延伸十来里的坡面上，腾越出一种叱咤风云的野性力量。梯田群中有"九龙五虎"和"七星伴月"两个独特的景观。"九龙"

指龙脊主脉在这里分出九个小山梁；"五虎"指这里五个凸出的小山头。"九龙五虎"全部被梯田所盘绕。"七星"指当初开田时特意留下的七个小山包，它们分别矗立在七块田的中央，远远望去像七颗闪烁的星星，守护着龙脊那块弯弯的月亮田。由于"九龙五虎"和"七星伴月"的存在，使龙脊梯田景中有景，山外有山，平添了许多情趣和意境。

我的脚步沿着层层梯田向上攀登，思绪飘逸在这线条优美的诗化世界。

从海拔六百多米处往上，全是羊肠小道，上面有几处观景点，是最佳的观景位置，而且越往上走，景色越美，美得我老是掉队。因为我舍不得落下任何一处景色，边走边拍照，还想生发点诗意，就被落下。来到第一处观景台，也叫"大界千层天梯。"站在台上，眼睛格外明亮起来：近瞧，金色的稻谷翻波掀浪，长发瑶族少女在溪边梳头，让你眼球不忍离去；远眺，连绵的梯田与蓝天接吻，苍鹰盘旋，山谷空灵；俯视，壮、瑶人家村寨错落，塘清池绿，犬吠鸡鸣。我怀疑自己的眼睛，不知是梦、是幻、是真！

蜿蜒在梯田间的山道都是石板路。据导游介绍，当地并不出产石头，这些石板都是从远处肩扛手搬运上来的。一股对壮、瑶人民的执着与坚毅的敬意从心底油然而生。经过一座古朴的廊桥，走进了一座瑶族寨子，发现这里竟是另一番天地：古树茂竹掩映房舍，梯田小溪环绕村庄。这里的木楼大多是悬空的，在外人看来，龙脊山上的每一栋木楼都让人提心吊胆，不是建在山谷中，就是悬在山崖上，或是跨越出山边，像踩高跷一样耸立着。靠近路边的店铺卖的多是当地的绣织品和银饰，或土特产。这里民风淳朴，尽管发展旅游事业多年，但龙脊人仍然保留了古朴的民风，仍然穿着传统的服饰，唱着古老的歌谣，耕耘着先人的土地。虽然一些人家也以接待游客为副业，但食宿都很

便宜，二三十元，少有铜臭渲染。他们热情待客，让人有宾至如归的感觉。

我们在一位阿婆家一边品尝当地的竹筒饭，一边听阿婆介绍竹筒饭的制作过程：砍下一节嫩竹，将特产的香粳糯米装入竹筒，加适量的山泉水，然后在坡地上挖一个深六七寸的椭圆形小坑，将竹筒斜放在坑内，埋上一层薄薄的泥土，再将柴火放在上面燃烧。当竹筒口冒气的时候再转动几次，直至竹筒的外表焦黑，就可以享用竹筒饭了。

竹筒饭味道鲜美，它既有竹子的清芳，又略带烧烤的焦香，而且物美价廉。

离开阿婆家，继续向上攀登，终于到了最美的景点"七星伴月"。只见七座山顶绿树丛生，祥云缭绕，而被七星围伴的那块山巅之田，圆圆的，平平的，大大的，果真像个满月。

站在这里放眼四顾，只感到脚下层层叠叠的梯田如潮水般涨起，以排山倒海之势奔涌而来，组成了一个纵横开阔、酣畅淋漓的梯田世界，张扬着山野之力与粗犷之美；那一层层田畔似一道道鳞片，把一座连绵峻峭的山峦装点成一条活灵活现的巨龙。我站在龙脊上了！

都说"桂林山水甲天下"，其实，我觉得龙脊梯田更争雄。如果说，桂林奇山秀水是大自然的天造地设、鬼斧神工，是上天赐予人类的一幅水墨丹青，那么，龙脊梯田则是数十代壮、瑶儿女，用毕生精力和铮铮铁骨建造出来的人文极品。桂林山水景美物秀，让游人赏心悦目、心旷神怡；龙脊梯田除了山水田园之美的观赏价值，几百年来，还生产稻菽粟米，哺育着一代又一代山民，与民生息息相关。桂林山水美景的呈现，除了自然景观，还要靠历史、神话、传说等来烘托、渲染，才能赋风景以灵性，通地理于人文，如《刘三姐》的故事让桂林山水更加增色、扬名；龙脊梯田则积淀千年农耕文明，如一摞叠放在山中的书本，诠释着愚公精神的壮美和精卫填海的可贵，它是人类文化遗存的品读，是与世隔绝的壮、瑶民族生存的写照，是人类生生不息的坚韧和与大自然搏斗的结晶。

山是龙的脊，田是天的梯；但见龙脊人，云天会玉帝！

龙脊梯田，一组大地的乐章，一部空前绝后的田园诗，从此将在我的生命里反复咏唱！

油菜花开

　　春天的脚步，袅袅娜娜跨进了三月的门槛，一场热烈惊艳的花事，便在江南拉开了帷幕。

　　三八妇女节这天，我陪着妻子来到江西婺源，观赏油菜花。

　　这里是绿色的世界，更是黄色的海洋。春风里，几十万亩金灿灿、明艳艳的油菜花，着古典的旗袍，从平仄的诗句里低眉款步，轻盈而至。黄花绿树，相拥相偎，层次分明，但黄色的铺陈更加辽阔、恢宏，那一朵朵、一簇簇、一片片的黄花，你挤我，我挤你，争先恐后，不遗余力恣意绽放，如金色的潮水涌动着，浩荡着。村庄、山林如座座孤岛，被花海包围着、氤氲着。汽车行驶其间，令人幻觉是乘坐游艇，一切都退得很远，一切也来得很近。层层梯田，从山脚绕到山岭，蜿蜒盘旋出优美的曲线；圈圈金色，从沟谷抹到峰顶，宛如大师笔下的浓墨重彩；弯弯山道，从脚下伸向远方，就像魔术师甩出一根细长的鞭子，往回一抽，仿佛就能把云天拽到面前。

三月的婺源，就这样肆无忌惮地迷人的眼，醉人的心。

我们贪婪地享受着奢华的金色，不觉间就到了篁岭。篁即竹子，篁岭多竹，其中不乏方竹、水竹、斑竹、苦竹、观音竹等珍品。这里山峦绵延，梯田陡立，涧溪横斜，竹掩农舍。此时，它们都沉浸在油菜花海中，成了黄色背景的点缀。一条一千二百六十米长的高空索道从山脚伸向山岭。高空乘缆车，一览众山小。但见云彩之下，万亩花海翻动金波，山风吹来，集体向一个方向膜拜，风吹过后，又一起站立向反方向点头致敬，动作整齐划一，气势磅礴庄严。想不到朱熹故里的油菜花，也像个读书人，那么文质彬彬，那么温良恭俭让。在高空接受群山匍匐、花海膜拜，让人飘飘欲仙，我感觉自己像天上的云彩那么轻柔，又像空气那么透明，连忧愁也是薄薄的，用剪刀轻轻一剪，就裁开了。

挂在山崖上的篁岭古村，白墙黛瓦，错落有致。房前屋后，翠竹亭亭，古树林立，有樟、枫、桃、梨，桃树梨树挂满红的、白的花朵。徽式建筑的商铺在路旁伸展，前店后坊，茶坊、酒吧、书场、砚庄，充满古老的气息。房顶窗前，支架晒物，各色衣物和作物构成一幅绝妙的田园画卷：菜花摇动江南风，梯田盘绕农家韵。

穿过村落，进入花田，游人三五成群，在山间的小路上来来往往。一对对恋人，手挽手心心相许，随着路径的深入，那亭亭的倩影在油菜花海深处若隐若现。我和妻子悠闲地漫步田间，阳光在花朵上跳舞，蜜蜂在花蕊上采蜜，蝴蝶在花枝上翩跹。一个小女孩，在田埂上一边

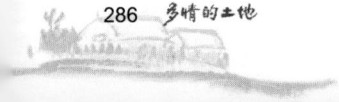

喊着妈妈，一边追着一只黄翅黑点的蝴蝶。蝶儿飞进菜地追不上，又去追另一只。"儿童急走追黄蝶，飞入菜花无处寻。"八百年前宋代诗人杨万里看到的不也是这一幕吗？原来，美丽是不受时间和空间限制的，只要有乐观的心态，美就在你身边。我又想起陆游的诗句："儿童共道先生醉，折得黄花插满头。"我多想来一碗老酒，把自己喝醉，哪怕是装醉，让孩童折几朵花插在头上，把远去的梦想、童真、青春、美丽还给我这个老头。

菜地不时蹿出几只农家小狗，像是来赏花，或是来凑热闹的，"汪汪"地叫着从这块菜地追到那一块菜地，惊起歇脚在花丛中的小鸟，扑棱棱地飞起，清脆的啼鸣，把浓浓的诗情画意引上了云霄。

呼吸着浓郁的花香和泥土的气息，甜蜜的往事轻轻地滑过心底。儿时，家乡的房前屋后，田间山坡，也撒下了黑色的菜籽，到了春天，满世界是黄澄澄的油菜花。我穿着母亲缝制的白衬衫，和伙伴们在菜地里抓蝴蝶，捉迷藏。从菜花中出来，身上一片金黄，母亲怎么洗也洗不尽那片黄，白衬衫变成了黄衬衫。那情景，至今记忆犹新。此时，望着无边的菜花，更被它的美丽迷住了，我从不同的角度凝视它，了解它，欣赏它，并定格在镜头里。

其实，我对油菜花并不陌生，毕竟是在农村生，农村长，又有务农经历，对油菜花的品格、特性，了然于胸。

它是朴实之花。油菜花不算瑞草芝兰，没有玫瑰那么娇媚，没有牡丹那么富贵，没有秋菊那么冷艳，没有荷花那么清高，也无须精心打理、名盆栽培。在生命的历程中，它就是那么朴朴实实、恬恬淡淡，带着一颗对大地和庄稼人的感恩之心，托起漫山遍野的金黄，在扎根的泥土中挥洒生命的灿烂，在春日的闹象中给人一点清欢。

它是抱团之花。油菜花开得热烈、盛大，与其他花卉相比，凸显

的是一种群体的美。它知道，一朵两朵太过于单薄，很难占领春天的舞台，但是无数的小花紧密团结，心相系、手相连，相互和谐映衬、聚合，就能成为势不可当的金色海洋。它们抱成一团，众志成城，栉风沐雨，豪情万丈，向大自然展示自己的壮阔与辉煌，彰显着一种团结的力量。

它是奉献之花。油菜花作为经济作物，不仅让人赏心悦目，而且带来巨大的物质财富。尽管花期较短，就那么十几天，但还是竭尽全力装扮春天。在它生命凋谢之日，它的精魂已悄然结成一串串饱满的果实；当它被榨出浓稠的菜籽油，让人享用时，谁曾想起，它以自己的全部生命，奉献给这个世界……

如果把油菜花拟人化，这个人一定是一个具有天真烂漫的梦想并为之不懈追求的人，她不是为绽放的烂漫而骄傲，也不是为金黄的色彩而痴情，而是永远怀着那颗童真的心，为这些灿烂的梦想去加油。对，油菜花的花语就是加油！

台湾星云大师说："花，是真善美的化身。做人何妨一朵花，多给人一些欣赏，一些气质，一些美感。好的心就像花一样，可以把欢喜给别人。"我不能成为一朵花，但我还是摘了一枝油菜花，撩着鼻子嗅回家去，为自己加油添彩，为他人传递芬芳。

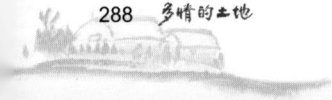

甘棠湖之夜

　　黄昏刚一露头，街灯齐刷刷亮起，明晃晃的，生生地把黄昏给吞了。

　　吞下去也消化不了。夕阳在肚子里翻腾，晚霞直往外蹿。于是，霓虹闪烁，霞光喷射，城市火树银花，变成了灯的世界、光的海洋。

　　古城浔阳，通宵达旦被灯光统治着，燃烧着，笼罩着。

　　夕阳与华灯竞相争辉。尤其是长江落日，悬日一半含在水中，一半拎在空中，生拉硬扯，撕得残阳如血，把这个滨江城市渲染得一片橙红。古城嫌白炽的路灯还不够耀眼，那些造型各异的霓虹灯、广告灯、汽车灯，还有那从千家万户窗户里透出的照明灯，也都来凑热闹。夜空五彩缤纷，神情飞扬。

最不甘寂寞的是甘棠湖，灯光占领了地面还不够，又爬上了高楼，那一道道红、一道道蓝、一道道粉、一道道黄的光影，你追我赶，交叉上升，旋转滚动，重叠辉映，把大湖两岸鳞次栉比的高楼全部占满。光束变幻无穷，半边天际，一会儿山花烂漫，一会儿绿茵遍野，一会儿鹰击长空，一会儿巨鲸破浪。就像一幅幅挂在天地间用灯光雕刻的巨大壁画，隐隐然令人恍惚。它们倒映湖中，又出现一个新的浔城。城市变幻成巨大的立体屏幕，世界浓缩成耀眼的万花筒。

走湖健身的九江人，分不清哪是现实的甘棠湖，哪是虚幻的浔阳城，人就走走停停，眼睛不是盯着脚下的路，而是瞭着四周的景。月光也被湖水捉去了，湖中就有嫦娥舞袖、玉兔戏桂、吴刚献酒，不由得让人心醉神迷。有老人走着走着，就一屁股坐在地上。有人扶起，说"走路要小心啊"，话音未落，自己一个趔趄，踩着了刚才老人摔出去的矿泉水瓶。甘棠湖，就是这样一个勾魂摄魄、让人神魂颠倒的地方。

甘棠湖原名"景星湖"，位于九江老城区西南，湖水面积约一百二十公顷，形成七公里的水岸线，像一颗明珠镶嵌在九江市区。唐代长庆二年（八二二年），江州刺史李渤筑堤湖中，便民交通，后人怀其德，称"甘棠湖"。"甘棠"二字源于《诗经》：周朝贤人召伯为解民忧，深得民众爱戴，人们将其栽种的一棵甘棠树保护起来，以示怀念。后人将"甘棠"二字作为"有惠于民者"的敬称。

甘棠湖南纳匡庐水，西引浔阳江，东贯鄱阳湖，湖水波光潋滟，四周绿柳婆娑，历代文人墨客都曾泛舟游览。清代诗人查慎行嫌前人喻甘棠湖"山头水色薄笼烟"还不够味，又补充道："一夜明镜插芙蓉，积雨初晴翠霭浓。万叠好山看未足，又添云势作奇峰。"恨不得把九江四百多处景点美色都纳入甘棠湖。

甘棠湖灯光变幻，夜色迷离，不禁把人带入时光隧道，昔日九江

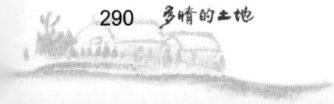

的风情 、风景、风物，随着那荡漾的湖水和闪烁的霓虹浮现眼中。

那"咚咚咚咚"的战鼓声，从周瑜点将台传来。

三国时期，曹操率八十三万人马浩荡南下，追击刘备，虎视东吴。孙权封周瑜为大都督，命令他率领水军在甘棠湖日夜操练，迎击曹军。

古时，甘棠湖与长江、鄱阳湖相通，水域宽阔，为东吴的一处水上要塞。相传，此时周瑜与小乔完婚不久，周瑜儿女情长，整天陪伴小乔，不理军务。小乔劝说无果，就装病不起，并让丫鬟谎称，只有观看水军操练才能除去病根 。于是，周瑜抽调精兵数万，战舰千艘，每日亲自督阵，加强训练，并在都督府内最高处建一梳妆台，让小乔观战。不久，曹操水师压境而来，小乔向周瑜献"火攻"之计，与周瑜的"智取"不谋而合。可是，当周瑜做好火烧赤壁的各项准备工作，就是等不到东风，急得生病时，小乔给周郎写来密书："君病妾知情，定是火攻心，欲得东南风，须去请孔明。"周瑜依计而行，请得诸葛亮借来东风，让曹操几十万大军灰飞烟灭，大败于赤壁，在我国古代军事史上创造了以少胜多、以弱胜强的范例。自此形成魏、蜀、吴三足鼎立之势。

赤壁之战，小乔的功劳究竟有多大，野史不足为证，但甘棠湖上的点将台巍然屹立，雄风犹在，它见证着当年周瑜点将的羽扇纶巾，也颂扬着小乔的巾帼英姿。人们散步或游览到这里，都会为那渐去渐远的历史背影投去崇敬一瞥。

转过烟水亭，一阵晚风送来悠扬的琵琶声，那声音，玎玎玐玐，如珠落玉盘，很有京城韵味。曲终只听落尘低泣。

这琴声，来自浔阳江边一叶小舟上。岸边，一个男子被琴声吸引，秋月孤影，注目凝神。不知是琴声勾起了往昔的幽怨之情，还是触发了见景生情的诗兴，于是吟道：

浔阳江头夜送客，

枫叶荻花秋瑟瑟。

主人下马客在船，

举酒欲饮无管弦。

原来是江州司马白居易送友来到江边，他移船询问，才知歌者原是长安名伎，因年老色衰，嫁给一商人为妻。而商人又另寻新欢，琵琶女只好独坐空船，默思往事，不由涕泪纵横，于是弹奏了一曲《霓裳》。琴声如泣如诉，音律婉转，岂知诗翁听了也是一肚酸苦，想起自己一生曲折，自幼到长安求取功名，不为所重，又因言政事，得罪权贵，被贬江州，便有同病相怜之感，对半遮面的琵琶喟叹一声："同是天涯沦落人，相逢何必曾相识。"彼此的心被琴声牵系到一根弦上。

滔滔浔阳还流淌着当年的一江春水，淡淡月色还浸漫着当年的一叶轻舟，瑟瑟秋风还飘零着当年的枫叶荻花。但是那"天涯沦落人"早已远去，甘棠湖畔，却经久不息回荡着千古绝唱《琵琶行》。

又是一个不眠之夜，又是一艘小船，泛舟甘棠湖。不过，乘船的不是文人墨客，不是公子王孙，也没有《春江花月夜》的笙歌曼舞，他们是几名军人，一个个表情庄严，使命沉重，他们紧握拳头，确定了一个重大的军事行动：南昌起义。

船上是贺龙、叶挺、叶剑英等人。一九二七年，蒋介石在上海发动了"四·一二"反革命政变，中国共产党人和革命群众的鲜血染红了神州大地，而汪精卫把持的武汉国民政府也公开打出了反共旗号。鉴于严峻形势，中共临时政治局在武汉召开了秘密会议，决定发动武装暴动。聂荣臻、贺龙等人按照周恩来的指示，来到九江叶挺所率国民革命军第十一军二十四师，向叶挺传达了中央的决定。七月中下旬，党的领导人

周恩来、李立三、邓中夏、谭平山以及后来成为十大元帅的七人来到了九江，南昌起义的提出、酝酿、策划、部署及起义部队的集结，都是在九江完成的。七月二十五日，叶挺、贺龙的部队从九江出发，开赴南昌参加起义。从此，"开天辟地第一回，人民有了子弟兵"。

在甘棠湖穿越了历史的传说，走进的依然是历史的传说，一片永无尽头的古典天空。站在灯光如昼的李公堤上，眼花缭乱的你能触到"浪动灌婴井，浔阳江上风"的律动，听到天花宫和能仁寺的晨钟暮鼓，看到陶渊明"采菊东篱下，悠然见南山"的柔情，还有一代抗金名将岳飞让母亲在背上刺下"精忠报国"的耿耿忠魂……

甘棠湖之灯，灼灼其华！

甘棠湖之夜，熠熠生辉！

情满积余村

初夏的积余村，以她的炽热和旖旎，喷吐着浓郁的田园风情。

在这芳草犹绿的地方，群峰舞动起伏的身姿，山林摇曳青翠的霓裳，溪流奏响明快的音乐，云朵拉开蔚蓝的天幕，它们在欢迎游人的到来。

九江市教育局机关三十多名退休老同志，是第一批到来的游客。机关退休支部副书记老翁在车上亮开嗓门："今天的党日活动，有三项内容——观匡庐景，品农家菜，为两位老人做八十寿。"车内爆发一阵欢声笑语。

汽车从庐山大道右拐，便驶入一条狭长曲折的山谷。右边山脚下坐落星星点点民居，一幢幢二三层高的楼房，在翠木掩映下彰显小康人家的宽裕、

恬静。左边是淙淙溪流穿行于阡陌田畴。时至小满，稻田已经蓄水，纵横交错的田埂把水田框成一块块明镜。有的水田种植莲藕，新长出的荷叶撑起亭亭绿伞，早有蜻蜓飞舞枝头。车子行了大约二十分钟，一块巨大的鹅卵石兀立路边，上面三个红色大字：积余村。车子拐进村里，继续前行几公里，停在了傅家山村民小组。

积余村地处匡庐深处，位于濂溪区威家镇东南，距九江市四十公里。这个偏僻闭塞的山村，近年来在新农村建设中脱颖而出，成为以农家乐为特色的旅游休闲胜地。我们在一家叫"经龙家庭农场"的房前下车，但见村庄四面环山，绿荫遍野，涧溪横斜，竹掩农舍。村子里最显眼的是树木，以香樟、水杉、桂花、杨梅、苦楝树居多，把房前屋后、山坡沟畔，塞得满满当当。村民的房屋统一进行了装修，不管平房还是楼阁，清一色白墙黛瓦，木栏阳台。村道边花坛草坪，长廊曲亭，连公共厕所也是古风古色。醒目处有宣传栏、路标牌。面前一根木桩上，有朝向东、南、西三个方向带白色箭头的指示牌，分别写着"映月亭""视楔印月""樟楮传说"；东边的白墙上印着红色党旗和"社会主义核心价值观"内容；西边的墙壁上，错落四块圆形的彩色图画，分别是"春耕""夏种""秋收""冬藏"。在不远处的一面墙上，挂着用十几块长条木板雕刻的"傅氏宗族家训"，都是修身立业、治家处世的箴言。许多农家门口亮着招牌，如"李嫂快餐""傅家小吃""有机茶叶"等等。

今天到来的是一群在市区工作四五十年，年龄都在花甲、古稀之上的老人。由于新冠疫情，从年初一直宅在家中，今天第一次来到野外，投入大自然怀抱，他们就像一群刚放学的小学生，恣意地欢呼雀跃，贪婪地呼吸山村清新的空气。大家三三两两，或沿着山道赏景，或溜达村内参观，或坐在长廊聊天，也有几个到屋内摆开了麻将。老人们像归林的飞鸟，各自找到自己熟悉的树枝落脚。寂寞的山村，顿时人声鼎沸，笑语欢歌。

我和几位老同志沿着山道前行，路旁浓荫蔽日，鸟声啁啾，让人心旷神怡。走过一道弯坡，一堵巨坝横亘面前，上面四个砖砌大字：简洼水库。我们拾级而上，登上大坝，眼前一汪清水。简洼水库把山谷拦腰截断，形成高山湖泊，水面宽约三百米，长约一千米，深不见底。绿幽幽的库水，微波不兴，平静得让人感到神秘。水库对面依稀可见村舍，有车辆在山中行驶。蓝天、白云、山峦、树木倒映水中，一片湖光山色、碧波云影，它们共同描绘出农家的灿烂与秀丽。平日爱好垂钓的我，对风景倒不是特别在意，而是见到水库手就痒痒，就想抽个时间，带上鱼竿，在这碧水龙潭过足钓瘾。

迎面走来一位老乡，我问："这水库里有鱼吗？"老乡指着水面笑笑："这是饮用水，不养鱼，而且是冷水，鱼也长不大，只有一两寸的白条。"老乡的回答，丝毫没有降低我垂钓的热情，恨不得现在就甩两竿子。

从大坝上下来，往左，有一座寺庙，往右，回到村里。有人前去寺庙敬香。我的佛缘不深，就返回村庄。走进村内，一棵百年古樟吸引了我，粗壮的树干三四个人才能合抱。古樟枝繁叶茂，华盖如伞，树冠有半个篮球场大。树前有一石碑，上书"樟槠传说"。近前仔细一看，这是一棵"积余神樟"。相传，朱元璋与陈友谅作战时，受伤逃到此处，正在树下休息，眼看追兵已临近，一时间狂风大作，突然落下大片树叶，将朱元璋盖住。追兵未发现朱元璋就撤出了村庄。躲过一劫的朱元璋连忙跪拜老樟树。此时，古樟化为人身说道："我为木字樟，你乃王字璋，本是一家，救你是我分内之事，更是救天下百姓。望你铭记今日之事，积善成德，余生普度！"说罢，化作青烟散去。

朱元璋连忙拜谢并在树下应诺。朱元璋当上皇帝后，兑现诺言，册封该树为皇家祈福神樟，该村为"积余村"。

巍巍古樟，千年叶绿如春，源远福泽后人。古樟下的积余村民受益匪浅，冬倚巍巍身躯挡风霜，夏依茂茂绿叶避酷暑。成长在这里的百姓人丁兴旺，多子多福。怪不得积余村树木茂盛，古樟众多。人养树，树养人，历经几百年战争风云和社会变迁，积余村始终保留一片绿洲。

与村人聊天，得知这里山高林密，夏天温度比市区低四五度，夜晚更加凉爽。几个老人便想预租民居，三伏天来此避暑。看了两三家房子，室内虽然简陋，但基本生活设施具备，便互留联系电话，以后再具体商谈。

聚集长廊小憩。大家话农家，谈观感，深深为这里的青山绿水、田园风光所吸引，为山村的温馨、恬适、宁静所打动，为党的扶贫政策给农村带来的变化所鼓舞。老人喜欢怀旧，就觉得新农村美是美，但还是缺少一点农家气息，这里不闻鸡鸣犬吠，不现牧童横笛，不见荷锄扶犁，村里没有了种田的汉子，年轻人不愿也不会种地。青壮年都进城做工去了，老人带着孙子孙女到城里陪读去了，大部分人家都关着门，留在村里开"农家乐"的也只是少数人，且大部分是大妈大嫂。正说着，一辆三轮车拉着蔬菜过来，电喇叭不停地叫着"卖菜""卖菜"。我近前一看，有苦瓜、番茄、青菜、辣椒等七八种菜蔬，一问价格，有的比市区便宜，有的比市区还贵。卖菜人解释，自家种的菜就便宜些，从市里贩来的，就要贵些。原来，农家食用的蔬菜，不少也要从市区运来。

忽而又觉得，新农村与旧农村相比，新就新在农耕社会逐渐被现代化社会所替代，新在新思想、新观念、新环境，新在城镇化、机械化、现代化……这样一想，漂泊的心绪似乎找到了归宿，悠悠的乡愁因此得到了释然。

午饭时间到了，我们走进经龙家庭农场，宽大的客厅改为餐厅，并排摆放四张圆桌。身系围裙、穿着朴素的农家女正在上菜。她们不用托盆而是双手端盘，大大咧咧，忙进忙出的神态，不禁使人想起小时候，奶奶、妈妈在灶间忙碌的情景。我走进厨房，只见柴火灶、煤气灶、电磁灶、电饭煲全都派上了用场，熬汤、炒菜、煮肉、蒸饭同时进行，屋子里香味弥漫，热气升腾，做好的菜肴先用大盆盛着，然后分盘端出，就像乡村做喜事，鸡鸭鱼肉全部摆上，左邻右舍都来帮忙。我好像回到了故乡老家，闻到了人间烟火。

回到餐厅就座。桌上摆了生日蛋糕，市教育局原副局长郭家凤、刘汉超两位老同志今年满八十岁，支部专门安排为他们祝寿，并作为一次组织生活。点燃蜡烛，老人许愿，大家齐声唱"祝你生日快乐……"欢乐的气氛把活动推向高潮。两位老人情绪激动，兴奋不已，一再表示感谢党组织，感谢同志们，感谢新时代。满满的人情味，满满的同志情，满满的正能量。党日活动还能这样搞？我在部队担任十几年支部委员和党委书记，转业后在教育局又担任十多年党组成员，参加了无数的党日活动，内容都是比较严肃的政治学习、思想教育以及民主生活会，像这种充满人情味、同志情的组织生活还是第一次参加，它把党性、人心、人情融为一体，使党员有一种"家"的感觉，即使已经退休，感情上、思想上、组织上仍有坚实的依靠和归宿。我也为此感动不已，端起酒杯，衷心祝福两位老同志幸福、健康、长寿！

来到农家乐游玩，重在一个"乐"。乐的意义涵盖了许多方面：老人有怀旧情结，淡淡的乡愁，在这里有梦回故乡的愉悦；品尝地道的农家菜，感受舌尖上的美食，给人带来味觉上的享受；接近大自然，看到一幅幅恬静的画面，体会悠悠自得的慢生活的快乐。这一切对生

活在喧嚣的都市中的人们，是一种难得的精神陶冶。

　　结束农家一日游，不是旅行，而是心灵的沉淀。我蓦然发现，幸福好像是一种很柔软的东西，常常会因为自然界的一山一水，老天爷的一阴一晴，人世间的一聚一散而波动和飘荡。大自然的一道风景，组织上的一点关怀，同志间的一声祝福，相见时的一个微笑，都会温暖整个身心。珍惜人生，好好地活着，一饭一粥，一菜一汤，一喜一笑……

　　积余村，有情，有爱，有希望！

后记：把记忆掰碎了给人看

这本小册子与去年出版的《消逝的乡景》是姊妹篇：讲的还是后黄村故事，叙的仍是斗牛山风情。

一个偏居一隅的小山村，值得如此絮絮叨叨，连篇累牍？

还是从故乡说起吧。

上苍公平地赐给每人一份礼物——故乡。不管你是在城市，还是在农村，不管你是富贵，还是贫穷，人人都拥有这份恩赐。比如我的故乡，尽管是鄱阳湖畔一个偏僻的山村，但却是我从心理上觉得能真正拥有的实实在在的土地。那弯弯曲曲的小路，布满了我的足迹，那高高低低的梯田，洒遍了我的汗水。故乡是我生长的根，它不仅记录着我成长的足迹，而且也是人生初始的启蒙者、教育者。那山水自然、茅舍农屋、百态人生、乡风民俗，自然而然地赋予了我说话的腔调、感情性格、生活习惯、心灵审美和生命的底色。无论我生活在家园，还是远离故土，生命中的养分都来自于那深扎在土壤中的密密麻麻的根须。岁月的浇灌，把这些根须凝结成一幢幢农舍、一丘丘农田、一件件农具、一个个农人、一桩桩农事、一句句农谚、一曲曲民谣……这里有我说不尽、道不完的故事，有我思不够、念不竭的亲情，有我忘不了、抹不去的风景，有我驱不走、理不清的乡愁。特别是世代生活在那个山村饱经沧桑的父老乡亲，他们吃过旧社会的苦，尝过新社会的甜，经历过物质贫乏的艰辛，承受过极"左"政策的束缚，体验过改革开放的滋味；他们有过无田无地、分田分地、生产互助、集体劳动、分田单干、打工闯荡等各种人生

阅历；他们经历过庄稼汉、农民工、边缘人（既难融入城市，又难回到农村）、农村留守老人各种身份转换。他们身上的故事最多、最沉重、最辛酸，如木刻石雕般深烙在我的心中，如果不把它倾吐出来，心里实在憋得难受。后黄村的故事、斗牛山的风情犹如清晨的旭日、雨后的溪流，在我心中喷涌欲出，湍急奔流。

乡村生活并非都是田园诗意。田园不是乐园，它有恬适、静谧、安逸，也有苦难、悲情、无奈，而且苦涩多于甜蜜。我无意把农村生活诗意化，对于农人的辛酸苦楚，不回避，不遮掩，不躲在城市的书斋里凭空想象，而是真真切切地描述那个年代的人生境况。当《消逝的乡景》搁笔，又有更多的人物、故事、风情涌现，又逼着我提笔，于是，就有了福根、福保、运长等众多农人的真实生活和人生况味的展现。这不是我多嘴多舌要讲述他们的故事，或是塑造什么农民的形象，而是他们冲到我的笔下，让墨汁显现他们的身影。

真正思念故乡的，往往都是那些离开了故乡的游子，而游子回到故乡，往往都成了局外人，很难真正发现和融入故乡。从前的老人死了，从前的大人老了，从前的伙伴大了，从前根本就没有的孩子纷纷出世了，而且还以主人的姿态，笑问客从何处来。日子、岁月虽然仍在运转，然而已是一个新的轮回。在这样一个新的轮回里，已经没有了我们的位置，归来的游子无法再像当年那样全身心介入了。何况，经过岁月的濯洗和荡涤，故乡已经面目全非：原来的青山已失去了绿色，裸露的岩石和泥土取代了树木和竹林；原来的田地大部分变为宅地、墓地、荒地，庄稼人不再以务农为本；原来的人家，也少了炊烟、鸡鸣、犬吠，村庄变为"空心村"；原来的乡民，也淡了纯厚、朴实、真情，乡风民俗日渐式微。失去农耕特征的故乡还是童年的故乡吗？新农村建设是一个方向和希望，但要改变当下农村的状况，尚需时日。熟悉的故乡日渐陌生。游子思念的故乡，只是诗里、画里、梦里的一个美术符号，只是心中常有，眼前却无的虚幻世界，说到底，它只是一种精神上的存在和回望，或者说，故乡只是一种回忆和想象，只能在记忆中去寻找。

每个人内心都有一颗深沉的种子，不过有的冬眠，有的复苏。浸润乡愁的种子一旦在内心萌动，就会悄悄地发芽、开花、结果，就会反复地在故乡的瓦砾里挖掘、翻刨、寻找，就会不停地在岁月的河流中划行、沉淀、打捞。于是，我就翻寻和打捞出故乡那陈旧的老屋、草垛、炊烟、油灯、犁耙、风车及曾经盘旋在故乡天空的苍鹰、鹭鸶、乌鸦、野鸡……

我的这番"寻觅"，得到了我的老师和朋友周晓霞女士、陈德淼先生一如既往的支持和帮助，他们几乎每篇过目，逐一修改，提出意见，不断鼓励。我微信中的"朋友圈"，也让我受益匪浅，游会雄、刘冬秀、周华等好友，都给予了许多具体的帮助。如果没有他们的点拨和搀扶，我将仍在文字的迷阵里蹒跚和徘徊。对于朋友的付出，在此表示衷心感谢！

童年是老年人的后花园，成年后的很多密码都深藏其中。当我们回忆故乡，实际上就是打捞童年的时光。美好的童年早已消失在岁月里，美好的岁月只能留在记忆中。虽然我的思维已不如少年时灵动，然而，即使风雨沧桑度过，往事的细节仍然无法被掩埋。在晚霞映天之际，在月亮升起之时，在繁星闪烁之间，这些细节就会如同月亮一样慢慢升起，如同繁星一样闪闪发亮。我愿将记忆之茧慢慢地剖开、掰碎，将往事一丝一丝地抽出给人们看。

文中还收录了一些我近年来的游记，也算是岁月留痕、他乡记忆。

这是我写作《多情的土地》的初衷。

二○二○年国庆节